ベストSF2021

柞刈湯葉
円城塔
勝山海百合
三方行成
柴田勝家
斜線堂有紀
伴名練
藤野可織
堀晃
牧野修
麦原遼

大森望 編

竹書房文庫

ベストSF2021

目次

序

新たな日本SF短編年間ベストアンソロジー《ベストSF》シリーズの第二巻となる『ベストSF2021』をお届けする。二〇二〇年（月号・奥付に準拠）に日本語で発表された新作の中から、「これがこの年のベストSFだ」と編者が勝手に考える短編十一編を収録している。

なによりも、本書は〝SF〟という概念の開発と拡張を目的として制作された――というのはウソですが（元ネタは樋口恭介《ひぐちきょうすけ》編のアンソロジー『異常論文』の巻頭言）、結果的に、SFという概念の開発と拡張がなされていることは、おそらく否定できない事実である。

実際、作品を選んだ時点から半年以上経《た》ったいま、あらためて収録作を読み返してみると、作品のジャンル的な幅の広さに驚かされる。

エッセイのように始まりエッセイのように終わる（ただし、真ん中がエッセイかどうかはよくわからない）円城塔《えんじょうとう》「この小説の誕生」でスタートし、〝異常論文〟ブームの火付け役となった柴田勝家《しばたかついえ》の記念碑的異常論文「クランツマンの秘仏」を経《へ》て、ある論文（学会発表）を核とする作刈湯葉《いすかりゆば》「人間たちの話」が、地球外生命探査について（あるいは、小説とは何かについて）根源的な疑問をつきつける。ベテラン牧野修《まきのおさむ》の凄絶《せいぜつ》なホラー・アクション「馬鹿な奴《やつ》から死んでいく」に対するは、斜線堂有紀《しゃせんどうゆうき》の特殊設定ミステリ「本の背骨が最後に残る」の鮮やかなロジックとどんでん返し。復活した《異形コレクション》から選んだこの二篇に続いて、三方行成が正しくきちんと「どんでんを返却する」かと思えば、伴名練《はんなれん》「全《すべ》てのアイドルが老いない世界」は、アイドルがふつうの人類とは異なる種属であるような世界線を舞台に昭和と令和を接続し、女性アイドルの未来を描き出す。

　勝山海百合《かつやまうみゆり》「あれは真珠というものかしら」は、語り手が楽しい学校生活を経て仕事に就くまでを切なく描き、どこがどうSFなのか編者にも説明できない（にもかかわらず二〇二〇年を代表するSF短編の名作だと確信している）。続く麦原遼《むぎはらはるか》の近未来SFは、つらい〝労働〟が楽しい〝朗働〟になった社会において「それでもわたしは永遠に働きたい」と願い、藤野可織《ふじのかおり》は「いつかたったひとつの最高のかばんで」旅立つことを夢見る女性従業員に共感し、そして最後は、SF作家歴五十年を超える堀《ほり》晃《あきら》の「循環」が、水の都を歩きながら、半世紀におよぶ〝会社〟とのつきあいを半自伝的に（SF史を重ねるようにして）回顧する。

　以上十一篇が、編者の選んだ二〇二〇年のベストSF。前巻と同じく、作品の長さや短編集収録の有無などの事情は斟酌《しんしゃく》せず、大森がSFとしてすぐれていると思ったものだけを収録させていただいた。二度とないベストイレブンの競演を楽しんでいただければさいわいです。

大森《おおもり》 望《のぞみ》

円城塔
この小説の誕生

前巻の「歌束」に続き、本書でも円城作品を巻頭に置いた。先月出た別のアンソロジーでも円城作品がトップに起用されているので、二〇年代の日本SFチーム不動の一番打者は円城塔かもしれない。といっても円城塔がSF界のイチローだと言いたいわけではなく、むしろ最近のメジャーリーグで強打者が一番に起用されるような感じですかね。二一年四月から六月まで放映されたTVアニメ『ゴジラＳ.Ｐ〈シンギュラポイント〉』で円城塔が全十三話の脚本とシリーズ構成を担当、作家と脚本家の二刀流で注目されたことを思えば、いっそSF界の大谷翔平と呼びたい。また、本編で語られるのは、タイトル通り、小説が誕生する瞬間。デビュー作『Self-Reference ENGINE』以来のテーマ（自己言及と自己生成）に挑む作品でもあり、その意味でもトップにふさわしい作品ではないか。

ご承知のとおり、円城塔は翻訳者でもあり、本編には英語がばんばん出てくるのでなんだかめんどくさく見えるかもしれませんが、英語をぜんぶ飛ばしてもわかるように書かれているのでご心配なく。本編を読んでわかるのは、「小説」という言葉が英語に訳せないこと。これが中国語なら、「僕は小説を書いている」は「我在写小说」になり、訳し返しても「私は小説を書いています」になるだけなので、なんの驚きもない。私はこの三年近く、中国語がろくにできないのに中国語のSFを日本語化する作業に関わっているため、AI翻訳（Google より DeepL、ときどき腾讯翻译君）のお世話になりっぱなし。それこそ「中国語の部屋」にずっと閉じ込められているような気分なので、本編はいろんな意味で身につまされました。〈群像〉二〇二〇年八月号掲載。

円城塔（えんじょう・とう）は一九七二年、北海道生まれ。二〇〇七年、作家デビュー。文學界新人賞、芥川龍之介賞、川端康成文学賞、日本SF大賞などいろいろ受賞している。

これはまあまあ、現実の話。今は西暦２０２０年の6月で、僕は小説を書いている。この文章をGoogleに翻訳してもらうとこうなる。

「This is a real story. It's June 2020, and I'm writing a novel. If you ask Google to translate this sentence, it will look like this」

これを僕が訳し返せば、きっとこんな具合になるはずで、

「これはほんとの話。２０２０年6月。わたしは長篇小説に取り組んでいる。君がこの文章の翻訳を、Googleに頼んでみる気になったなら、結果はこんな風に見えるだろう」

ここには無論、新鮮な驚きがある。そうか自分は長篇小説を書いていたわけなのだとわかる。全然そんなつもりはなかったわけだが、いや、だってこの文章は短篇の依頼に応えてこうして書きはじめられているわけで、まさかこの文章がやがて長篇小説に成長していくなんてこと、今の今まで、僕には全《まった》く知らされてなどいなかったのだ。でも、文章を書いていくっていうことは、そういう種類の意外性に直面し続けるってことでもある。これから何が書かれるのかをあらかじめ知ってるのであれば、小説を

書くって行為は、ただ頭の中を流れる文字を、別の場所へ移動させるだけってことになるわけで、つまりそれって、写本をつくっていくのと何の変わりもないわけだ。右の耳から漢字が並んで入りこみ、あなたがそれを辞書に照らして読み上げたとして、それは中国語を喋《しゃべ》っているということになりうるのか。

入力された文字列を、機械的に変換することで、文章を書いたことにはなりうるのか。

「Is it possible to write a sentence by mechanically converting the input character string?」

「入力された記号の並びを、機械的に転換することで、文を書くことはできるのか?」

僕がここで言いたいことはそういうことじゃないのであって、多分、僕はこう言いたいのではないかと思うがどうだろう。

受け取った文字列を機械的に変換することと、文章を書くことは同じだろうか。

「Is mechanical conversion of received strings the same as writing sentences?」

「受け取った文字列の機械的な転換は、文章を書くことと同じですか?」

うん、なんだか違うような気がするのだが、本当のところ先方が何を言いたいのか、その真意をはかるためにも、もう一度英訳してみてもらうというのでどうだろう。

「Is the mechanical conversion of the received string the same as writing a sentence?」

定冠詞の使い方をのぞいては、概《おおむ》ね同じだ。これが人間相手であれば、確固たる意思を備えた相手と判断せざるをえないだろう。もちろんここでは、これを再度日本語に戻してもらいたいところであって、これは、

「受け取った文字列の機械的な変換は、文字を書くのと同じですか？」

となり、以降、同じ文章たちの繰り返しとなる。とりあえずのところ、僕の書いた文章は、そういう意味として Google 側には受け取られたと考えておいてよいだろう。

それは僕が言いたかった内容とはやっぱりちょっとズレていて、ここで僕がやりたいことは、自分の言いたいことをきちんと言いつつ、Google によって翻訳された英文も、十全に意味を伝えるものとなるような日本語を考えるということである。

僕は、ある程度まで自分の理想とする英文を想像することはできるのだが、それを表示するために、まず日本語を入力し、翻訳を経た英文として表示させることができるのかには全く全然自信がない。

これは自覚していることだが、僕がこうして記す日本語は奇妙なもので、その理由ははっきりしており、それは自分が一番馴染《なじ》む日本語が、数学や物理の本に書かれた日本語であり、そこではなにか日本語というものが二次的なものとして扱われていて、

それはおそらく、この国における物理や数学というものが、翻訳を経由して輸入されたものであるということに起因しているのであって、でも僕は、そうした日本語を美しいものだと感じており、しかし、とても奇妙なものだと理解している。

ディスプレイでは、Googleがこう言っている。

「I'm aware of this, but the Japanese I write in this way is strange, and the reason is clear, because the Japanese that I'm most familiar with is written in math and physics books. And there was something Japanese being treated as a secondary one, probably because the physics and mathematics in this country were imported via translation. But I feel that Japanese is beautiful, but I understand it's very strange」

「わたしは気づいており、しかしこうしてわたしの書く日本語は奇妙なもので、その理由は明らかであり、なぜならわたしが最も馴染んだ日本語は、数学や物理の本に書かれたものであるからだ。そこでは、なにかこう日本語といったものが、二次的なものと扱われ、たぶんそれは、この国における物理や数学が翻訳を通じて輸入されたものだからだ。でも、わたしはその日本語を美しいものだと思うのだが、それはとても奇妙なことだと理解している」

そう、わたしは、まだそういう風には、日本語を美しいとは考えていない。

さてこの短篇の書き方の候補として、わたしは当初、みっつのものを考えた。

ひとつ目は、まず日本語の小説を書き上げてしまって、それからそれをGoogle翻訳にかけてしまって、それを自分で翻訳し直し、それらみっつを並列に並べてしまうというもの。

ふたつ目は、まず日本語の小説を書き上げてしまって、それからそれをGoogle翻訳にかけてしまって、それを自分で翻訳し直し、最後のひとつを小説として発表するというもの。

みっつ目は無論、それらの折衷案で、やはり先のふたつには尖りすぎたところがあって、伝統的な紙メディアにはそぐわない。なんならオンラインに上げてしまって、Google翻訳を通すのは各人御勝手にとでもするのが無難といったくらいの話だ。

結局、こうして書きはじめている。ただ翻訳をするだけでは、やはり怠惰の誹《そし》りを免れえまい。

「After all, I'm starting to write this way. You can't escape the slander of just being translated」

うん、ちょっと違うと思うな。

実施にあたり、Google翻訳を通しただけの文面をそのまま貼り付けることで各方面に権利上の問題は生じないのかを、講談社の法務に問い合わせてもらったところ、問題ないとの答えがあって、こうしている。念のため。

実際こうしてはじめてみて、真っ先に気になったのはやはり、変換を繰り返していったときの収束先で、別段、翻訳を繰り返していったときに、文章が同じ繰り返しに陥るという保証はないのであって、たとえば翻訳のたびに、ぐんぐんと伸びていく文章というものだってあるかもしれない。むしろそうしたものの方が素敵ではないかと思う。なかなか存在しそうにない代物ではある。あいまい文も極まれりといったところか。

そうしてやはり、標的の問題がある。たとえば、あなたは、dogという出力を得たいとする。これは単純、「犬」と入れれば良いだけだ。では「A dog」であったなら。「犬一匹」か。それは「One dog」。では、「一匹の犬」か。それも「One dog」。それではこれでどうだろう。「ある犬」。あなたはそうして「A dog」を得る。

今の例では犬だったが、あなたが望む文字列が、結果として出力されることがあるかどうかは全く不明だ。あなたが何度繰り返しても、その文字列は遂に決してそこには現れないかもしれないし、いきなりすんなり姿を見せるってこともありうる。

あなたが望む標的は、その文字列は、そもそもこの世に存在していないかもしれない。

たとえば、文法的に間違った文字列を望んだときなど。「A dogs」という表示を得るのは至難の技ではなかろうか。おそらくだけど。

しかも結果はそのときどきのGoogle翻訳家の気分、というのが言い過ぎならば、そのときどきのGoogle翻訳のバージョンにも依存することが避けられない。

ここでは、しかし積極的に、こうして文章を続けていくことによる新たな意味生成や出会いの場を期待したい。全くの勘違いとしか思えないような出来事が、本質的な事件として、小説の中に立ち現れる瞬間だとかを。だがそれは本来、翻訳に期待される機能でもない。


「ख़ैर, क्या यह स्पष्ट है कि मैं यहाँ क्या सोच रहा हूँ?」

これは今僕が書いた何かの文章を、Google翻訳を用いて、何語かに翻訳してみた文章だ。文字はディーヴァナガリとわかる。だが、こうして記す僕自身、何が書いてあるのかはさっぱり皆目わからない。

正直僕は、とある仕事の関係で、バガヴァッド・ギーターの原文を調べてみるまで、ディーヴァナガリがUnicodeに入っていることを全く意識せずに暮らしてきた。それは考えてみるまでもなく勿論《もちろん》入っているに決まっているのに、実際にそれを目にして、意外の念に打たれたりした。勿論、ヒンディー語の表記に使われる以上、それは当然あるはずで、しかし古代語としての位置を占めるサンスクリット語を表記するためだけであっても、収録されていないなんてことはありえない。

Googleさんには、文字列から使用言語を推測する機能も備わっているので、単純にそれを利用して素直に訳し戻してもらうと、先の文章は、

「さて、私がここで何を考えているかは明らかですか？」ということになる。言語は、ヒンディー語であるらしい。

おそらく僕は、そんなような何かの文章を書いたのだろう。意味は通る。でもここで僕が知りたくなるのは、正確にはなんと書いたのかということであったりする。

改めて「さて、私がここで何を考えているかは明らかですか？」を入力すると、結果は先ほどと概ね同じ、

「ख़ैर, यह स्पष्ट है कि मैं यहाँ क्या सोच रहा हूँ?」

となる。とはなるのだが、では僕は本当に、「さて、私がここで何を考えているかは明らかですか？」という文章を書いたのだろうか。答えは否で、書くはずがない。しかし、それを証明してみせろと言われると困る。僕が今、その文章を書いたはずがないと考えるのは、自分がその文章を書いたはずがないと感じているということだけを根拠にしていて、だってそれでは段落のはじまりとして格好がついていないじゃないかとか、音のリズムが悪いじゃないかと感じるからだということなのだが、何かの

統計量を示せるわけでもないし、明日明後日《あさって》明々後日《しあさって》、一年後二年後十年後でも同じことを主張できるかと言われると詰まるところがあって、でも今このときはこれが不自然な文章であると感じる。

なんとかここで自説を補強するためには、やっぱり同じディーヴァナガリの文字列となる日本語の文章をひねりださねばならないわけで、僕が自分の書く文章の独創性を主張するのであれば、ここでさらりと正解をひねりだしてみせればよいのだ。

たとえば自分の気持ちを想像するなら、元文章は、

「さて、僕がここで何を考えているかわかるだろうか」

あたりだったのではなかろうか。これは、

「अच्छा, क्या आप जानते हैं कि मैं यहाँ क्या सोच रहा हूँ」

こうなる。どうも、最初の変換とは違うようだし、驚いたことに「さて」さえもが違って見える。ヒンディー語ではもしかして、「さて」に当たる語がたくさんあって、微妙なニュアンスによって使い分けたりすることになっているのだろうか。それとも、行頭からコンマまで続く文字の連なりが「さて」を意味しているのではという類推がすでに間違いなのか。

多分こうした驚きだけでも、小説を書きはじめることはできるのだろう。

たとえばあなたの前に箱があり、それはあなたの言葉に対して、なんらかの応答を

返す。やがてあなたは、その応答が、あなたの言葉を箱の言葉に訳し直したものなのではないかとの推測を抱くに至る。そうしてあなたは箱の言葉の研究を開始する。ロゼッタストーンに刻まれたきり微動だにしない、ヒエログリフ、デモティック、ギリシア語から、シャンポリオンはヒエログリフを解読してみせたのだ。訳文を自在に生成できるのならば、単語の意味を調べることも、文法構造を推測することも、もっとはるかに楽にすむはずではないか。

しかし、作業は意外に難航し、なぜって、箱の言葉はあなたの当初の想像以上に、妙な代物であるからだ。

たとえば箱の裡《うち》なる言葉は、単語の形が文章の中に組み入れられるごとに激しく変わる言葉であったりするわけだ。「鉛筆」という単語が単文中では「机」となり、疑問文の中では「椅子《いす》」に変わるといった具合に。あなたはだんだん、その言葉を「翻訳は可能であるのに」、「その構造を理解することはできない」代物なのかと考えはじめる。

といった具合に。

ＳＦをはじめたいのならば、箱はそういう言葉を利用する宇宙人ということにでもなるのだろうし、文芸向けにはじめるならば、Google 翻訳を用いて色々試してみる主人公の独白体を採用するというあたりになりそうだ。

今僕の目の前には箱があり、そうしてそこには、（僕にとっては）謎の言葉が表示されている。その箱はどうやら、「さて、私がここで何を考えているかは明らかですか？」と問いかけているらしいのである。

僕は、こうした場合には、こんな風に考えるのが好きだ。その箱自体が僕であり、僕自身、その出力に戸惑っている。脳が謎の存在からの入力をこうして翻訳してくれるのだが、それはなんだか全然しっくりこないのだ。本来はもっと筋の通った、自分にぴったりくるはずの、まるで自分が発したとしか考えられないような種類の言葉が脳の向こうにありそうだという予感だけが存在する。さらにここで厄介なのは、その謎の存在なるものが、まさにこの自分だとしか考えられないことである。

僕が最初に入力したのは、本当は、「さて、ここで僕が何を考えているかは自明だろうか」という文章だった。

さて、ここで僕が何を考えているかは自明だろうか。

と、ここまで話をすすめてきても、僕が一体何をしようとしているのか、腑《ふ》に落ちていない方もあるかと思う。あるいは僕が漠然《ばくぜん》と考えている方向性とは全く異なる明後日の方へ漂い去ってしまっている方もいるかと思う。

一番よくありそうな勘違いは、僕がここで、Google 翻訳を用いて、小説を翻訳することの不可能性みたいなことを言おうとしているってやつだ。そこでの僕は、小説とはつまり人間の書くものであり、翻訳もしかり、随分溝は狭まったけれど、最後の最後に文学という線引きが残るであろう、と主張するのだ。

僕は全くそんなことは考えていないのであり、ともかく機械翻訳は成長を続け、そう遠くない未来、ある程度の実用性に達するだろう。現在だって、僕がこうしてちまちまと文句をつけ続けてはいるものの、ある種の実用性は備えているのも疑いえない。ある程度の、というのはこうだ。機械翻訳はやがて、人間の翻訳者のようなヴァリエーションを揃《そろ》えることになるだろうって意味だ。少なくとも文芸の分野において、

「一番優れた翻訳」って感じのものは決まることがないだろう。順序を決めるには、まず、それぞれが比較可能であるという前提が要る。だがしかし、文芸作品の誰々訳と誰々訳に優劣をつけるなんてことは一般的に難しい。そりゃ箸にも棒にもかからないいって場合は別だが、翻訳なる行為には、訳文の出来だけではなくて、それが翻訳されるに至る経緯や人間関係、どこでどっちがどう見初《みそ》めたかなんて話もどんどん入ってくるわけで、それら全てをひっくるめての営みが、ざっくりと翻訳と呼ばれているのだ。

たとえば訳者はそれを、留学中のあるときに、書店の片隅でみかけた。それとも自分が苦しい時期に、その本に悩みを救われた。単に出版社から依頼を受けた。長年取

り組み、訳文を改良し続けて、ついに上梓することを得た。骨がらみになると生命が危ないと感じたので、距離を置いて扱った。右から左にさくさく流した。ただ機械翻訳に突っ込んでみた。

そのどれもがそれぞれ固有の背景を持ち、翻訳としての価値を持つ。機械翻訳を通しただけのものとしたって、それが意味を持つ文学的場面なんてものはいくらでも想像ができるのであって、商業的な価値のない駄文であっても、文学的には称揚される一文となることだって十分ありうる。一番単純なのは、そうだな、その機械翻訳の制作にまつわる物語がくっついている場合にでもなるだろう。自分ではものを書けなくなった作家が、機械翻訳ソフトウェアを書くことで、再起を図るなんていう話だってよいだろう。それとも、脳の活動を直接「翻訳」するマン・ブレイン・インターフェースの話になるかもしれない。そこで書かれる「作品」がなんらかの「文学作品」になることは大いにありえて、現代においてもすでに、猿はときどき「名画」を描かされ、人工知能だって「名画」を描かされているわけなのだから、美術館の展示品として、真っ二つにされたまま生かされている牛の脳の活動を「翻訳」し続ける文学機械なんてものは十分成立する余地がある。僕はそれを文学の可能性と呼ぶことをためらわないが、誰もが競って群がるとまでは思わない。

もっとも、あらゆることが例外に満ち満ちている文芸という話であるから、「一番優れた翻訳」が存在するってこともたまには起こる。

たとえばサイデンステッカー訳の『細雪《ささめゆき》』を、誰かがどう訳し直すことができるのかっていうような話。


二番目によくありそうな勘違いは、僕がここで、機械に小説は書けると主張しようとしているというものだろうか。

率直なところ、機械が人間と同程度の小説を書けない理由はないと思う。作文コンクールに入賞したり、文学賞を獲ってみたりするくらいには。でも、なかなか人間の思い描く小説以上のものっていうのは難しいのじゃないかと思う。だって人間は、今ある小説以上に素敵な小説ってものを知らないわけで、本当にすぐれた小説が現れたとき、それを小説と理解できるかは決して自明な話ではない。それはまあ、機械の方が手っ取り早く小説をでっちあげたり、今こうして僕が書いているような文章をずらずらと生成していくことは得意だろうが、それはただ速度の話にすぎないのであり、速度の話をはじめるならば、それを可能とするまでにかかる投資の話だって必要なはずで、本当にあなたはある程度の時間をかけて、たとえばここで僕が書いているこの「小説」みたいなものを、より美しく感動的に仕上げることのできるソフトウェアをつくってみたいと思うだろうか。機械側には、人間の認知機構に合わせた小説を書くなんて義理や動機があるわけもなく、人間側でも大量生産の必要がない文章を、大規模に設計しはじめるきっかけはないように思える。それはまあ、あらゆる小説を出力しうる汎用小説機械みたいなものは存在しうるかもしれないのだが、それはそれでどんな小説を出力して欲しいのかの指定が難しいことになるのではないかと想像する。

機械はそりゃあ、優秀な小説の作り手にも、翻訳者にもなれるだろう。でも人間から見て、きちんと成長していけるのかどうかは怪《あや》しいと思う。たとえば、朝顔は支柱に絡んで空へと伸びるが、それは人間の都合に合わせているだけの話で、当人たちは気軽にずるずる地べたに広がって行く方がよっぽど自然なんじゃないかってこと。そういう野放図な「小説」の方を、機械は好んだりするんじゃあないかと思う。どうだろう。君は、どんな種類の小説を好む？

「What kind of novel do you like?」

「君は、どんな種類の小説を好む？」

このくらいの問答ならば、僕たちの気持ちはぴたりと重なり合っている。

「With this kind of question and answer, our feelings overlap exactly」

「こんな種類の問答ならば、僕らの感じは厳密に重なり合う」

残念、またすれちがったね。

僕がここでこんな「小説」を書いているのはある種の危機感に迫られてということでもある。そうだな、どうも最近このところ、自分が日本語から離れてきたのではないかと感じるからで、それは別段他の言葉が堪能になってきたとかいう話ではなく、日本語自体が変化のときを迎えようとしている気配を感じるからだ。当然、同様のことは中国語にもスペイン語にも英語にも起こっているのだろうとは思う。

たとえばこの頃、本を読むのがめっきり遅くなってきている。それはやっぱりなんでも調べることができてしまうおかげで、特に歴史小説などを読むときには、まず人名を調べ出す、時代背景を調べ出す、その子孫を調べ直すなんてことをはじめてしまう。小説を読んでいたはずが、小説を書く際の題材になったものを検索しだし、どこまでがフィクションでどこまでが事実とされている事柄なのかを押さえたくなる。調べるといっても検索をかけるくらいの話で、それが本当に効率的なファクトの調べ方なのかは大いにあやしいところがあるが、それは措《お》く。

僕たちは膨大な情報に容易にアクセス可能となった時代に生きており、でもそこで得られる多くの情報は、なんだかぼんやりしたものや、あるいはむやみと尖ったものがほとんどだ。ぼんやりっていうのはこうで、隔靴《かっか》搔痒《そうよう》、間違ってこそいないのだが、そういうことでもないのだよなという感覚で、既に何例か見てきたとおりだ。

「It's this kind of vagueness, and it's not a mistake, but it's not like that, as I've already seen some examples」

「それは、こういう感じの曖昧《あいまい》さであり、間違いじゃないが、そういうものでもないってやつで、既に何例か見てきたとおりだ」

ふむ。ここにまた一例があり、僕はこの英文は何だか落ち着かないなと思うが、訳し直してみるとそう悪くもないなと思ったりする。

尖っているっていうのは、まあ、その内容にかかわらず、とにかく目につくことだけに特化した文字の並びのことだ。文字にはやはり虫みたいなところがあって、ただそこにいるだけのインパクトというものだって重要だ。読まれることが自分の生存に密接に関わるジャンルに生息している文章たちは、とにかくもまず、見かけを飾ることに執心し、刺激的な単語をいかに並べていくかに特化していくことになる。他の誰かが苦心して練り上げた文章をもじり、真似して、オリジナルであるかのように擬態する。意味伝達の作用を度外視すればどれだけのことができるのかにその種の文字列たちは日々挑戦し続けており、ウイルスのように、罪悪感とも責任感とも無縁に暮らす。

あるいは変わっていっているのは、本というもののあり方なのかも知れず、以前はともかくも建前上は一冊の本の中に収まっていた文章たちはいまや盛大に溢《あふ》れてしまって、他の本や書き込みたちと手を結び、一大ネットワークを築いてしまって、一冊の本を読み続けるのが、読書としては適切ではないというところまで突き進んでいくのではないか。そこではあなたは、ある本を手に取り、気になる箇所を調べに出かけ、そちらでもまた道に迷って、あちこちさまよい歩いていくうちに当初の目的は失われ、主人公は忘れ去られて、ただ読み手という主人公だけが、自分のお話を自在に紡いでいく、ということになるのではないか。僕にはそれはひとつの理想的な本の読み方とも映るわけだが、問題としてはやはり、そんな面倒くさい仕方の読書はゆくゆく廃れていきそうで、やはり、一冊にまとまった本が求められることになるのではないかとも思う。

そこでは情報の提示の仕方が改められ、たまに目立たぬ脇道がちらほらと見える程度で、本道が一本、はじめから終わりまでを貫いている。

そんな小説を可能とするように言葉は変わっていくのではないかと僕は考え、いや用途に応じて様々な種類の言葉が育っていくのではないかと思う。

僕はこの「小説」の冒頭からずっと、ヘミングウェイのことを考えていた。決して、ヘミングウェイのように書こうとしてみたわけではない。ただどうしても、小説の変化が当面は、ヘミングウェイの方へ向かうことは避けられないのじゃないかと思うのだ。

あるいは機械化されたヘミングウェイに。簡潔にして明晰《めいせき》な、ほんの短い文章たちの集まりに。僕にはそれが、地球に生命が生まれる直前、断片的なＲＮＡ鎖が海をぷかぷか漂っていた頃の光景のように映る。

「For me, it looks like a scene when fragmented RNA chains were floating in the sea just before life was born on the earth.」

「僕には、それが、この地球に生命が生まれる直前、断片的なＲＮＡ鎖が海中を漂っていた頃の風景のように思える」

そうじゃないんだ。

生命が生まれる前、断片的なＲＮＡ鎖が漂っていたという説がある。

「There is a theory that fragmented RNA chains were floating before life was born.」

そのＲＮＡ鎖は、自己複製系をなしていた。

「The RNA strand formed a self-replicating system.」

それはやがて、より大きな複製系に成長し、生命を生み出した。

「It eventually grew into a larger replicating system and gave birth to life.」

——なるほど。

ようやくここに、君を小説を書く際の相棒と考えることのできる瞬間がやってきた。

正直なところ、規定の枚数に達してもこの時が訪れなかったらどうしようかとひやひやしていた。もちろん、疑っていたわけではない。疑いを抱いたままで、こんな文章を書き続けてこれたはずがない。が、くるはずのものがこないことなんてありふれているし、見逃しだってよく起こる。やや到来が遅かった感じはするが、これでようやく、この小説のタイトルだって決められる。

"It gave birth to life"

「生命を与う」

それは、生命に誕生を与う。これは未《いま》だかつて僕の中には存在していなかった文章で、今ここでこうして何かを書くことにより、そうして翻訳することにより、しかも機械的に翻訳をすることにより得られた何かで、この小説の拠《よ》り所となるもので、ここまでの文章は、この一文を捻り出すために存在していて、この文章が生まれたことで、この小説は終わりを迎えることが可能となる。あるいは長篇小説に育っていくことになる。

ここでこの小説のタイトルはこうなって、

"It gave birth to this novel"

訳はこうなる。

「この小説の誕生」

これは別段、ぴったり重なりあった訳というわけではない。何かが違うという微《かす》かな違和感は相変わらず残る。だがしかし、そこには何かの種類の響き合いが存在し、そこからお話が展開されていくのが見える。

多分、今の僕らにはこの程度の短い文章からはじめて、たどたどしく関係を進めていく必要があるんだろう。賢《さか》しらげに長文を振りかざしあい、ぼんやりとわかるようなわからないような言葉を投げあうよりも、ひとつひとつじっくりと、そこでは何が起こるのかを確かめていく必要があるのだろう。やがてそんな一歩一歩があったことさえ、きれいに忘れ去られてしまうような初々しさで。

僕は今の時代に、情報と衝突しあうひとつの歴史のはじまりの気配を感じとっていて、これから何かが新たに生まれ育っていくことを疑っていない。でもそれが何かは未だ不明で、だって太古の地球の海にぷかぷかしていたＲＮＡの断片たちには、その後の生命の行末なんて想像すべくもなかったろうから。

あとがき

この「小説」は当然、スナップショットのために書かれた。

２０２１年10月29日現在、冒頭一段落のGoogle翻訳はこうなる。

「This is a real story. It's June 2020, and I'm writing a novel. Here's what Google translates for this sentence:」

君も随分と「書く」ようになったじゃないか、と僕は話しかけている。


作中に登場する「とある仕事」は『ゴジラS．P』にでてくるバカヴァッド・ギーターのデーヴァナーガリー文字表記についてである。この件については東京外国語大学の佐藤雄太《さとうゆうた》さんに多大な協力を頂いた。この場を借りて感謝したい。どうしてここで。

付け焼き刃の「学習」は専門家の前にはなにほどのものでもなかった。

機械と人間の違いは結局、人間と人間の違いよりも小さくなることはないだろう。

柴田勝家

クランツマンの秘仏

二〇二一年の日本SF界隈《かいわい》を席捲《せっけん》したのは〝異常論文〟だった。SFマガジン二一年六月号の異常論文特集がネット上で話題になり、同特集掲載作に新作十篇を加えた樋口恭介《ひぐちきょうすけ》編のSFアンソロジー『異常論文』は発売前から増刷される大人気となった。この異常論文ブームの発端は、前年の八月、SFマガジン十月号に載ったある短編を読んだ樋口恭介が「異常論文アンソロジー読みてえ」とツイートし、それを読んだSFマガジン編集長（当時）の塩澤快浩《しおざわよしひろ》が「SFマガジンでお願いできますか？特集で」とリプライしたこと。その〝ある短編〟というのが、柴田勝家「クランツマンの秘仏」。つまり、本編こそ、〝異常論文〟ブームの火付け役なのである。

もちろん、論文形式のSFは、私が知る範囲でも、アイザック・アシモフ「再昇華チオチモリンの吸時性」（一九四八年）の昔から数多く存在し、ラリー・ニーヴンの「スーパーマンの子孫存続に関する考察」とか、ジョン・スラデックの「教育用書籍の渡りに関する報告」とか、石黒達昌《いしぐろたつあき》「平成3年5月2日，後天性免疫不全症候群にて急逝された明寺伸彦博士，並びに，」など、折に触れて注目作が書かれてきた。〝論文〟度合いも作品によってさまざま（論文形式の小説があるのだから、小説形式の論文があってもおかしくない……などと考えはじめると元も子もなくなるので注意）。本編は、〝論文の抜粋〟という体裁をとっているものの、タッチはノンフィクションに近い。

柴田勝家（しばた・かついえ）は一九八七年、東京都生まれ。二〇一四年、『ニルヤの島』で第2回ハヤカワSFコンテストの大賞を受賞してデビュー。一八年に「雲南省《うんなんしょう》スー族におけるVR技術の使用例」で、二一年に「アメリカン・ブッダ」で、星雲賞日本短編部門を受賞。短編集に『アメリカン・ブッダ』、長編に『ヒト夜の永い夢』（以上、ハヤカワ文庫JA）などがある。

〈前文・日本の友人たちに向けて〉

ヨアキム・クランツマンという人物をご存知だろうか。貴方《あなた》たちの国では忘れられた存在かもしれないが、彼はその生涯の三分の一を日本の秘仏研究に費やした人間だ。この文章が貴方たちに届くことがあるならば、どうか今一度、彼の業績を思い出して欲しい。それが私の何よりの望みだ。

1.

クランツマンの秘仏とは、信仰が質量を持つという一種の思考実験である。その名称は、スウェーデン人の東洋美術学者ヨアキム・クランツマンに由来し、初めは彼が論文中で用いたジョークであり、後に彼が行った奇妙な実験そのものを指している。

一九六一年に訪日したクランツマンは、三重県にある伊勢波観音寺《いせなみかんのんじ》を訪れ、そこで開山以来およそ千二百年にわたって非公開とされた本尊の十一面観音像を調査することになった。

クランツマンは仏像の公開を求め、まず本尊の実在を確かめようとしたが、これに寺院側は許可を出さなかった。たび重なる交渉を経《へ》て、なお非公開を貫く寺院側に嫌気が差したのだろう。彼は論文の中で「この秘仏は間違いなく存在している。彼ら（僧侶たち）が信仰を保っている限りは」と冗談めかして語った。

このジョークから発展し、クランツマンの秘仏という言葉は「物質の実存には信仰が必要である」という思考実験となり、さらに逆転して「信仰さえあれば、いかなる物質も存在できる」という論へと結びつけられた。彼自身も「信仰実験」と称して、信仰と質量の関係を証明しようとしていた。これは個人の思念が物質に対し影響を及ぼす例として引き合いに出され、今では主にオカルトか疑似科学の文脈で言及されている。

クランツマン自身は、北欧における東洋美術研究史をまとめあげた優れた学者であったにもかかわらず、この一点のみを取り上げ、今では胡乱《うろん》な擬似科学の信奉者とみなされている。

その最たる例として挙げられているのが、クランツマンが残した「二枚のX線写真」についての謎だ。

縮小コピーされたそれは、一九六九年の七月、クランツマンが三度目の訪日時に撮影したもので、伊勢波観音寺の秘仏が納められた厨子《ずし》を写したものだった。

その一枚は厨子中の十一面観音像の像容を鮮明に捉えているが、もう一枚は全く空洞となった厨子を写している。同一の対象であるのに、秘仏の有無だけが違っている。

撮影時の順番が定かならぬ二枚の写真について、当時においても様々な意見が噴出した。例えば「秘仏が納められていたものが、後になって取り出された」とするものや、または「厨子は最初から空《から》だったが、これを隠そうとした寺院側とクランツマンで共謀し、贋物《にせもの》を秘仏として後から入れた」というような現実的な説だ。

それらに対し、クランツマンを超心理学の権威と信じる立場のものたちは別の説を訴える。つまり「本来、秘仏は実在しなかったが、強い信仰心によって実存として仏像を生み出した」という意見だった。

もちろん、それを物理現象として鵜呑《うの》みにすることはできない。しかし、クランツマン自身の経歴を追い、いかにしてこの奇妙な思想を世に残したのかを問うことは重要である。

今なお多くの研究者がクランツマンの残した論文と理論を考察している。その多くは疑似科学の文脈であるが、ここでは客観的に彼の研究を検証していく。

特にクランツマンが晩年に行った「最後の信仰実験」こそ、彼の研究人生において特筆すべきものであったはずだ。いかにして彼がそこへ辿《たど》り着いたのか、今一度確かめていきたい。

2.

一九二〇年、ヨアキム・クランツマンはスウェーデンのイェーテボリで生まれた。北海に繋がる西海岸の街であるイェーテボリは、古くから交易都市として栄え、ストックホルムに次ぐ第二の都市であった。クランツマンの父親は労働者階級で、郊外にあるハガ区で鉄工所に勤めていた。一方、彼の母親は教師であり、自分の子供も当然のように学問の道に進むことを期待していた。

その期待に添うように、クランツマンは幼くして英語の他にドイツ語とポーランド語を習得するなど、勤勉な少年期を過ごした。世界恐慌で国家という船が大きく揺れようとも、学問という揚げ綱を手放さないだけの分別があった。父親もそれを何より喜んだ。

ただし、その硬い綱が時としてクランツマンの手を赤く傷つけることもあった。

彼が八歳の時、忘れ物を届けるために父親の仕事場へ行くことになった。その途中にある鉄の広場《ヤーントルゲット》で、クランツマンは生涯にわたって影響を及ぼす出会いを果たす。

その広場には最近になって作られた噴水があり、そこにオブジェとして五体のブロンズ像が飾られていた。ストリンドベリという美術家の作品で、それぞれヨーロッパ、アフリカ、アジア、アメリカ、オーストラリアの五大陸を表した女性の裸体像だった。

　クランツマンが最初に目にしたのはアジアの女性像で、中華風あるいはインド風の髪飾りをつけ、スカートのまま両膝を左右に開いて足を組み、指を立てていた。作者はアジアの象徴としたつもりだろうが、その様式はまさしく仏像だった。

　この女性像を見た時、クランツマンは言い様のない重苦しさと恥ずかしさを覚え――それは股を大きく開いた姿のせいかもしれないし、金属で表現された乳房の柔らかさのせいかもしれない――頬を真っ赤にして自宅へ逃げ帰った。

　これが初恋だったとクランツマンは後に述べるが、事実、これ以降の彼は学問的興味を語学から東洋美術へと移していく。まさに運命の分かれ道になった。もしもクランツマンが最初に見たブロンズ像がオーストラリアの女性だったならば、彼は偉大なオセアニア美術の研究者になっていただろう。

　そして、東洋美術に興味を抱いた少年にとって、イェーテボリという土地はいくらか親切だった。この街は東インド会社の出港地であり、貿易によってもたらされた中国の美術品が多く残っており、市内にあるルスカ美術館は多くの東洋の美術品を所蔵していた。クランツマンが美術館で見たものは明朝の中国で作られた布袋像《ほていぞう》で、それが本物の仏像との最初の出会いだった。

ただし、この布袋像を見た時、クランツマンは大きな感動を得られなかった。これは後のクランツマンの信仰実験の内容にも繋がるが、布袋像について彼は「ただ軽いように感じた」と書き残している。無論、彼に初めての感動を与えたブロンズ像と比べれば素材からして軽いものになる。しかし、それ以上にクランツマンが感じたのは仏像の概念的軽さだったのだろう。それは約五百年前に作られた本物の仏像であり、ほんの数年前に制作された仏像とも言えないブロンズ像と比べられるものではない。

この二つの違いを求める内に、クランツマンは信仰の有無こそが物質に固有の霊的質量を与えるのだと考えるようになった。

つまり、布袋像の滑らかな肌の曲線は確かに本物の輝きを放っていたが、それは美術館の照明が与えた西洋的美学の反射だった。クランツマンが見たかったものは、中国奥地の寺院にあって、今なお信者が手向けた線香に燻《いぶ》され、燈明《とうみょう》によって幽《かす》かに浮かび上がるような、確かな信仰を伴った仏像の影だった。

では一方、彼が見たブロンズ像は誰に信仰されていたのか。それはクランツマン自身に他ならない。

彼の家の隣にシーラという女性が住んでいた。クランツマンより三つ年長で、中流階級の家の娘だ。気の強い女性で、内気だった少年にとっては実姉のような存在だった。そして彼女こそが、クランツマンが憧れたブロンズ像の輝きの光源だった。

少年時代のクランツマンは年上のシーラに恋をしていた。彼女が特別にブロンズ像に似ていたわけではないが、その切れ長の目は両者を同じものに見せたのだろう。年下の幼馴染《おさななじ》みに向ける、シーラの勝ち誇ったような硬質の視線、その表情のままに彼女がはしたない姿で固まっている。そうした妄想がクランツマンの心を惹《ひ》きつけた。

この経験によって、クランツマンは後に「信仰と質量」の関係を考察するようになった。

折しも、アインシュタインの一般相対性理論が受け入れられ始めた時期だった。ギムナジウムに通うようになったクランツマンは、質量と重力に密接な結びつきがあることを知った。とはいえ、その理論の基礎にあったのは、大きな質量を持つものは強い重力を持つという、実にニュートン力学的な解釈だった。彼は後の論文で「ある種の仏像には人を引きつける力（重力）があり、それは仏像ごとにある固有の霊的質量と比例している」と述べている。

クランツマンは重力を信仰の科学的な呼び替えであると捉え、さらに二つの関係を入れ替えて、強い信仰を持つものには大きな質量が宿ると提唱した。

あの布袋像が軽いものに思えたのは、それが美術品でしかなく、かつてあったはずの信仰が抜け落ちてしまったからで、対してブロンズ像に重さを感じたのは、彼自身がシーラに捧《ささ》げた信仰が込められていたからだ。クランツマンはそう信じた。

いずれにせよ、この時期を境にしてクランツマンの人生に年上の幼馴染みと仏像の陰影が深く刻みつけられた。

一九三八年、クランツマンは市内にあるイェーテボリ大学に進んだ。専攻は東洋美術、漠然《ばくぜん》と興味を持っていた仏像文化を正しく学ぶつもりだった。しかし、世界中のどこであれ、この時代の若者にとって未来は約束されたものではなかった。

大学に入った直後、クランツマンは軍の徴兵を受けた。当時のナチスドイツに対し、スウェーデンは中立を貫いたが、それは十分な軍備があったからだ。確かにナチスへ鉄鋼を提供し、ソ連戦に際しては鉄道を明け渡したが、決して居心地の良いベッドを用意したわけではない。多くの学生たちと同じように、クランツマンもナチスの脅威に備えて軍事教練を受けた。

本心では、彼も学問に身を捧げたかったのかもしれない。だが、その彼を励ましたシーラ自身が、それより四年前に女性志願防衛隊《ロットルナ》として従軍していた。シーラを心から崇《あが》めるクランツマンにとって、彼女を戦場に送り出して、自分だけ大学に通うことなど許されなかった。

結局、第二次世界大戦でスウェーデンが戦火に巻き込まれることはなく、ナチス崩壊後の一九四五年には、クランツマンも大学に復学した。また二年後、彼はシーラとの婚姻を果たした。

クランツマンが大学を卒業し、ストックホルムにある東洋博物館に勤めるようになった頃、夫妻は首都の郊外に居を移し、正式に結婚生活を始めた。その年には二人の間に子供もできた。

戦後の空気は晴れやかで、社会民主労働党による福祉国家政策も実現し、周辺各国と歩調を合わせることで冷戦時代にも中立を保つことができた。

理想的な環境だった。クランツマンの職場は、ストックホルム宮殿を望むシェップスホルメン島にあり、そこにはインド、中国と朝鮮、日本の美術品が多く所蔵されている。コレクションの中心は考古学者ユハン・アンデショーンが中国から持ち帰ったものだが、西側諸国に加わった日本を知るための材料も豊富だった。

クランツマンは館長であるカールグレンの信頼を受け、主に仏像の同定作業に従事した。新たに持ち込まれたものも含め、博物館に所蔵されている仏像を精査し、その様式や制作年代をまとめ、巨大な目録を作っていった。それは今でも北欧の極東文化研究において重要な位置を占めている。

しかし、ここでもクランツマンは仏像の持つ霊的な質量を満足に感じられなかった。

東洋美術、それも仏像に対する深い学識はクランツマンを当該セクションの首席キュレーターに導いたが、それが与えてくれるものには限度があった。もちろん、少年時代に布袋像を見た時と比べれば、十分に感動を得られただろう。たとえ博物館という場所であっても、その仏像が経てきた由来を知ることで信仰の残光を見ることができた。それでも、やはり美術品としての仏像は本来の姿とは在《あ》り方が違う。クランツマンがそれらに感じる重さは、彼に課せられた責任よりずっと軽かった。

仕事にも慣れ、シーラとの間に第二子が生まれた頃、クランツマンは博物館で東洋文化研究会を主催するようになった。インド哲学、中国仏教を学び、日本文化も大いに吸収していった。

そして一九五七年、日本にあるスウェーデン公使館が大使館へと昇格した。それと共に、クランツマンは妻子を連れて初めての訪日を果たす。彼としてはインドと中国も平等に魅力的だったが、日本の方が家族旅行の行き先として相応《ふさわ》しかった。

クランツマン一家は東京から京都へと移動し、大阪、奈良と主に関西で旅行を楽しんだ。妻であるシーラは着物を気に入り、十歳になる長男のテオドル、四歳の次男カールは二人してカボチャの天ぷらに舌鼓《したつづみ》を打った。もちろん、クランツマン自身も古都の寺院を多く巡り、そこに残っている仏像の美を堪能した。

後の論文でクランツマンは「日本で初めて見た仏像は三十三間堂のもので、その威光は間違いなく私の中に流れる時間を停止させた」と当時のことを述懐している。

その感動は予想以上に大きかったのだろう。

これまで遠い北欧の国で見てきた仏像とは異なり、日本の寺院に鎮座するものには、今なお信仰を集めている仏の姿があった。クランツマンの観点から言えば、それは大きな質量を秘めた物体だった。それを抱いて海へと飛び込めば、二度と浮き上がってこられない。そうした実感を得た。

この初の訪日は、クランツマンにとって大いに満足いくものだったのかもしれない。しかし、この旅を終えた後になってから、彼は次第に漠然とした欠落感を覚えるようになっていく。日本的に言えば、彼は仏像の魔力に取り憑《つ》かれたのだろう。故郷に帰ってからも、彼は日本で撮影した仏像の写真を何度も見返していた。

これまで美術的観点でのみ接していた仏像に対し、クランツマンは宗教的な力を感じ取ってしまった。もちろん彼はスウェーデン国教会のキリスト教徒だったが、日曜礼拝に足が向かないことも多くある性分だった。その彼が、教義とは全く無関係に、ただ仏像という存在に神聖さを見出した。

より神聖な仏像を見たいというクランツマンの欲求は膨れ上がり、さらに中国とインドへの研究旅行を考えるようになる。そうした中で、彼は日本にある伊勢波観音という寺院を知った。その本尊たる仏像は、実に千二百年もの間、誰の目にも触れてこなかったという。

その事実がクランツマンを秘仏研究へと駆り立てた。

3.

伊勢波観音寺は、正式には龍仙山慈光寺《りゅうせんざんじこうじ》という。三重県度会郡南勢《わたらいぐんなんせい》町、五ケ所湾《ごかしょわん》に臨む龍仙山の中腹にある小さな真言宗系の寺院だが、その創建年代は八世紀に遡《さかのぼ》る古刹《こさつ》である。

寺伝によれば、その開基は坂上田村麻呂《さかのうえのたむらまろ》とされる。

田村麻呂は伊勢征伐を任され、近くの集落を荒らし回る多娥丸《たがまる》という名の鬼を攻めることになった。だが多娥丸は鬼ヶ城と呼ばれる砦《とりで》に籠《こ》もり、さすがの英雄も手出しできない状況となった。その時、海から一人の童子が波を切って現れた。童子は鬼ヶ城の前で舞を披露し、それに興味を惹かれた多娥丸は砦から姿を消した。その瞬間を狙い、田村麻呂は矢を射かけ、無事に多娥丸を討ち取ることができた。この童子こそ、田村麻呂に加護をもたらした観音菩薩の化身であり、後には金色の仏像となったという。田村麻呂はその仏像を波観音として祀《まつ》り、近くの山に安置して寺院を建てた。

これが慈光寺に語られる開山縁起だが、歴史的事実とは言い難《がた》い。

多娥丸の伝承は南伊勢から熊野にかけて残り、別伝では金平鹿《こんへいか》という鬼神を退治するものになっている。八世紀から九世紀にかけて、この地域が政治的に不安定になり、その武力鎮圧の様子を坂上田村麻呂という英雄に仮託したと見るのが一般的だ。

一方、田村麻呂が観音信仰と結びつけられる例は多くある。京都にある清水寺《きよみずでら》は本尊を十一面千手観音像としているが、その創建には田村麻呂が関わっている。伝承によれば、もともと音羽山で修行する賢心という僧が観音菩薩を護持していたが、そこを訪れた田村麻呂が彼に帰依し、自邸を寺院として寄進したのが清水寺の始まりだという。以来、田村麻呂自身も観音を崇め、彼が建立したと伝えられる寺院の多くが観音菩薩を本尊としている。ただし、十一面観音と千手観音を混同して伝えていることも多い。

千手観音、十一面観音はともに六観音に数えられ、それらは観世音菩薩が六道全《すべ》ての衆生救済のために姿を変えたものとされる。造像例では唐招提寺《とうしょうだいじ》や粉河寺《こかわでら》の千手観音、長谷寺《はせでら》や聖林寺《しょうりんじ》の十一面観音像などがある。

この変化観音の思想は主に密教において語られ、今でも観音像を本尊とする寺院は密教系のものが多い。しかし、日本で観音信仰が始まったのは、空海《くうかい》、最澄《さいちょう》らが密教を持ち込んだ時代より古く、奈良時代に広まった雑密《ぞうみつ》——大陸から断片的に伝えられた密教思想——を端緒《たんしょ》としている。雑密は日本で山岳信仰と合流し、里を離れて深い山中で修行することを目的とした。

また加えて、秘仏という信仰形態も密教と日本的な思想が合流して生まれたとされる。崇めるべき本尊の姿を隠すのは、日本の神道において御神体を人目につかないようにするのに通じ、また仏像を民衆に見せず、その代替物を公開するのは顕教と密教の関係に近い。

秘仏には数年から数十年に一度だけ開帳するものがあるが、中には決して公開されないものもある。後者は絶対秘仏と呼ばれ、例としては粉河寺の千手観音像や、東大《とうだい》寺二月堂《じにがつどう》の十一面観音像がある。珍しいものでは道成寺《どうじょうじ》の秘仏たる北向観音像《きたむきかんのんぞう》があり、この南北朝時代に作られた像の中には、さらに古く奈良時代の千手観音像が隠されていたという。

ここで話を振り返れば、秘仏とは神道的かつ密教的な信仰形態であり、その本尊としては十一面観音や千手観音などが多く、純正密教が伝来する以前の雑密や修験道で盛んに崇められた。それは時代で言えば八世紀の中頃で、坂上田村麻呂が活躍した時代と重なっている。

以上の点を伊勢波観音寺に当てはめ、この寺院の由来を確かめていきたい。

伝承の通りならば同寺は八世紀に創建されたもので、山号の龍仙山が実際の山から取られていることから——日本の寺院での山号は所在地とは無関係の場合が多い——古くより山岳修験の霊場として開かれていた可能性がある。そして修験道の霊場であったのなら、そこに奈良時代の観音信仰が持ち込まれたことも頷《うなず》ける。つまり、最初に同地で観音像が崇められていたことから、後になって観音菩薩と関係のある坂上田村麻呂の伝説が繋がったと考えられる。

　では、この寺の本尊は何か。

　それに関して残された情報は少ない。何故《なぜ》なら、この寺院の本尊も粉河寺や東大寺の例と同じく、絶対秘仏とされているからだ。同寺の創建を伝える唯一の資料である『波観音縁起』には金色の十一面観音像と記されているが、それが正しいのかは解らず、実際の仏像の像容も判然としなかった。

　また文献では、波観音の本尊は秘仏であると伝えられていたが、その実在は長く確認されてこなかった。

　江戸時代に伊勢の地誌を書いた安岡親毅《やすおかちかたけ》は、その著書『勢陽誌補遺《せいようしほい》』の中で、波観音について「本尊は秘仏にして、坂ノ上田村丸の奉安せしものと伝う。本像、余人に見たる者なし。寺僧に曰《いわ》く、厨子の亡失して久しく伝来出処も相知らずとの由」と記述している。つまり、当時は本尊そのものの行方が解らない状況だったという。

　それが世に現れたのは二十世紀に入ってからだった。

　一九五九年、東海地方を襲った伊勢湾台風によって波観音寺にも大きな被害が出た。五千人以上の犠牲者を出した猛烈な台風は、この寺院の本堂も倒壊させた。この時、寺の被害を確かめに来た当時の住職は、瓦礫《がれき》となった本堂の中に異様なものを見つけた。

それは高さ二メートル弱、底部の一辺が一メートル、上部に屋蓋《おくがい》が飾られた箱だった。

使われている木材は古く、漆塗《うるしぬ》りの外壁は黒ずみ、観音開きとなっている扉の合わせは古紙によって封がなされていた。これこそ波観音の本尊を納めた厨子であり、これまで数百年もの間、本堂の天井裏に隠されていた存在だった。その事実に思い至った住職は、すぐさま人を呼んで厨子を避難所へ運び込んだ。

これまで秘されていた波観音の登場に、避難所で生活する多くの被災者が救われた。住職は避難所の近くに簡易な寺を建て、災害復興のための祈禱《きとう》を行った。その甲斐《かい》もあってか、翌年には水も引き、多くの人々が自宅に帰ることができた。

しかし、ここで一つの事件が起きた。

秘仏の霊験を確かめたい一部の信徒が、波観音の本尊を開帳すべきだと声を上げ始めた。伝承の通り、本尊が黄金の十一面観音像であったなら重要文化財ないし国宝に指定されるだろう。そうなれば伊勢波観音寺の復興は優先的に行われ、その周辺地域も整備される。そうした理知的な訴えを聞き届け、住職以下数名の寺僧の立ち会いのもと、まず厨子の中身を確かめようという動きが出た。

まさにその時、地球の裏側ではチリ地震が発生していた。およそ二十四時間をかけ、津波は三重県南部にも到達し、復興もままならない家々を襲った。それは寺僧の一人が、厨子を封印する古紙を剝《は》がし始めた瞬間でもあった。

被害としては小規模なものだったが、寺院の関係者たちはこの事態に何か霊的なものを感じ取った。波観音という名前もあり、この本尊が世に出る時には大波が起こるのだと一部の者は信じ、もっと直接的な者は秘仏を暴こうとした祟《たた》りで津波が起きたのだと言い立てた。

いずれにせよ、この事態で秘仏公開は有耶無耶《うやむや》になってしまった。

寄付によって伊勢波観音寺――慈光寺が再建されたあと、厨子は正式に本尊として置かれることになったが、それでも絶対秘仏として開帳が行われることはなかった。

4.

クランツマンが伊勢波観音寺のことを知ったのは、一九六〇年の夏のことだった。最初の訪日時に知遇を得た仏教研究者・五味正吉《ごみしょうきち》が、クランツマンのために新聞記事――伊勢湾台風の被害と秘仏が現れたという内容だ――の切り抜きを送ってきた。添えられていた英訳文を一読しただけで、クランツマンは伊勢波観音に強く興味を惹かれた。

すぐさま五味への返事をしたためたクランツマンは、特に波観音についての情報を求めた。それが三通目のエアメールを受け取った時には、クランツマンは再びの訪日を計画するようになっていた。

時期が良かったのか、あるいは悪かったのか。

もしクランツマンが初めて訪日した時に、既に波観音が話題になっていたなら、彼は間違いなく現場を見に行っただろう。そして、ある程度の満足感を得て帰国し、あれほど秘仏に執着することもなかった。日本旅行を終え、未《いま》だ満たされない気持ちを抱えていたクランツマンは、だからこそ絶対秘仏という存在が自らの欠落を埋め合わせる最上のものだと確信した。

必ず波観音を見るべきだと、クランツマンは自らに言い聞かせた。自分が日本で見た三十三間堂も、清水寺も、伊勢波観音と同じく観音菩薩を本尊としている。だからこそ、自分は波観音寺と大いに引かれ合っているはずだ。彼はそう考えた。もっとも、この時の感情を彼は「それは恋心のようなもので、気がある相手からのありふれた気遣いを、全て運命的な愛だと思いこむような勘違い」だと語っている。

ともかくも、クランツマンは翌年の冬には日本へ降り立つことになる。以前と同じように北極圏を旅客機で渡ったが、今度は一人きりの旅だった。羽田に到着した日には五味の歓迎を受け、彼の紹介で朝日新聞社の北欧特派員である梁田《やなだ》伊三男《いさお》と出会っている。

五味と梁田の案内によって、まずクランツマンは東京近郊の寺院を巡った。特に彼が興味を持ったのが浅草寺《せんそうじ》で、その本尊たる聖観音像も秘仏として有名だった。

浅草寺の秘仏にも数多くの伝承がある。七世紀に寺院が開かれて以来、この聖観音像は誰の目にも触れてこなかったとされ、無理に見ようとした者は目が潰《つぶ》れるとも言われてきた。また逆に本尊の実在が疑われることもあり、明治期には国家が介入して調査する運びとなった。しかし、その時にも秘仏を調べようとした役人が怪死を遂げたとされ、ついに住職が命がけで像の実在を確認したという。

この浅草寺の絶対秘仏に関する逸話を聞いたクランツマンは、今すぐにでも波観音の本尊を確かめたく思った。当然、浅草寺の秘仏も見たいとは思っただろう。しかし、彼は波観音という未知にこそ惹かれた。処女峰への登頂を夢見る登山家のように。

また東京から名古屋に向かう間、クランツマンは同行者の五味から、アーネスト・フェノロサに関する逸話を聞いた。

一八八〇年代、フェノロサは岡倉天心《おかくらてんしん》を伴い、法隆寺夢殿《ほうりゅうじゆめどの》を調査した。夢殿の本尊もまた絶対秘仏たる救世観音像《ぐぜかんのんぞう》だった。聖徳太子の姿を模したとも伝えられるそれは、世に出せば大地震が起こると言われ、祟りを恐れた人々によって深く秘されていた。だがフェノロサは祟りを恐れることなく、学術的な勇気によって厨子の扉を開く。像をくるむ布を取り去れば、下から優美な笑みを浮かべる木造漆箔《うるしはく》の仏像が現れた。飛鳥《あすか》時代の傑作、それは間違いなく美の到達点の一つだった。

もしもフェノロサが扉の重みに打ち勝てなかったとしたら、救世観音像が世に出ることもなく、国宝として今なお目にすることはできなかったはずだ。

そう五味が話を結んだ時、クランツマンは深く頷いて友人の手を取った。彼らは自分たちを新たな時代のフェノロサと岡倉天心になぞらえていたのかもしれない。

クランツマンは西へ向かう特急こだまの車内で、二つの未来を想像した。東海道新幹線が開通し、日本が見事な復興を遂げる未来、そして自分が伊勢波観音を世に出し、その美しさを人々に伝える未来。彼にとって、それは二つとも輝かしいものだった。

だが、彼の予想は裏切られた。

名古屋で一泊した後、クランツマンたちは朝から三重県南勢町へ向かった。伊勢波観音の檀家衆は五味の要請を受け入れ、北欧の仏教美術学者が学術調査に訪れることを歓迎していたはずだ。だが、当の住職である新川秀雲《あらかわしゅううん》が本尊への調査を頑なに断ってきた。

五味が最初に檀家衆と接触して以後、波観音の祟りの噂《うわさ》は予想以上に広まっていた。学術調査を受け入れ、その価値を世間に認めさせたい側と、祟りを恐れて秘仏を公開させたくない側。暗然と横たわっていた両者の力関係は既に崩れていた。

結局、二日間の滞在日程は全て寺院側との交渉に費やされたが、それでも住職である新川を説得することは叶わなかった。ただ一つ許されたのは、秘仏が納められた厨子の外観を写真で残すことだけだった。後ろ髪を引かれる思いで、クランツマンたちは南勢町を去っていく。

この時の経験がもとになって、クランツマンは「信仰がある限り、秘仏は存在している」という有名な言葉を残すことになる。そうした意味では重大な転機だったが、この日を境にして、彼の旅程には暗雲が立ち込め始めた。

次の目的地は五味が所属する京都大学だった。日本人の美意識と仏教芸術について、クランツマンが学生を相手に特別講義をする予定だったが、これは当時の全学連とすり合わせが上手くいかず、わずか二十分で切り上げられてしまった。

二度目の訪日は、彼にとって挫折の旅となった。

そして、この旅路を終えたクランツマンは世にも稀《まれ》なる信仰実験に取り憑かれるようになる。

5.

ヨアキム・クランツマンの信仰実験は「対象における信仰の総量が質量を決定づけ

る」という理論——一度はクランツマン自身が妄想だと切り捨てたような——からなっている。これは今では思考実験として知られている第一実験と、彼が実証として行った第二実験の二つを指しているが、その前段階として、先の一九六一年の訪日での経験が挙げられる。

伊勢波観音の秘仏を目にすることができなかったクランツマンは、スウェーデンへ帰国した後に、ごく簡単な滞在記を書き残した。そこで語られた日本人像は幻想の民族などではなく、実に保守的かつ頑迷な、それでいて西洋人の影を滲《にじ》ませる人々だった。これまで彼が美徳として受け取っていた奥ゆかしさと謙虚さは、それぞれ秘密主義と拒絶思想に言い換えられた。

しかしながら、クランツマン自身は日本人を軽蔑するでもなく、むしろ彼らの思考法を重視して、それに関する研究を始めた。特に彼が言及したのは「タテマエ」の精神で、その例として出したのが御前立《おまえだ》ちと呼ばれるものだった。

御前立ちとは、秘仏を模して作られた仏像であって、本尊の代替物として崇められる存在だ。いわば我々が目にできない仏に代わって表へ顔を出す双子の一方である。これと同様の例として、クランツマンは神社の御神体を挙げた。つまり、神社には崇めるべき神のコピーである依代《よりしろ》が置かれているというように。

この類《たぐい》の「みなし」は西洋人にも「象徴」として理解可能であり、例えば教会のマリア像は聖母本人が石膏《せっこう》で固められたものではないし、パンとワインがキリストの実際の血肉でないこと――クランツマン曰く、彼が未来永劫《えいごう》にわたって血肉を生み出す肥満児でない限り――と同じだ。

しかし、次にクランツマンは理解不能なものとして、歌舞伎や文楽に現れる黒子を挙げた。この「存在するが存在しない」ものについて、彼は「もちろん西洋にも、追放主義や中世ヨーロッパにおけるアハト刑（人権を剝奪《はくだつ》する追放刑の一種）、またはコベントリー送りの語（あえて無視するといった意味のイディオム）など、無視すべき実存という概念はあるが、日本人はそれを肯定的に捉えている。その心性を理解することが、彼らを理解することである」と述べている。

クランツマンは日本人を通して、人間は「ある」と「ない」を恣意的《しいてき》に使い分けることを訴えた。それは特定の物体を別の何かと同一視することもできれば、ある存在を意識の外へと追いやって消失させることもできる。

こうした人間の認識能力に、クランツマンは自身が幼少期から考えてきた「信仰と質量」の関係を当てはめて考えた。強く信仰しさえすれば、クロスさせた木の枝にも救い主と同等の霊的質量が宿る。また逆に、信仰を喪失した存在は意味を消失する。我々がクロマニヨン人の偉大な英雄を知らないのは、それが誰にも信仰されていないからだという。

これらの思考実験は、母国での仕事に飽いていたクランツマンにとって手慰み程度のものだった。それがある時、ふとした事件をきっかけとして――まるで月の動きから歳差《さいさ》運動を実感するように――この思考を一つの摂理として受け止めるようになる。

一九六三年、クランツマンは普段通りに博物館での仕事を始めた。久しぶりに仏像を大々的に展示する機会があり、彼は以前に撮った波観音の厨子の写真を持ち出すことにした。しかし、部下の不手際で件《くだん》の写真を入れた箱が他の資料のものと交ざってしまった。クランツマンは特に気にもせず、いくらか面倒だが全ての箱を調べれば良いと考える。そして彼の直感か、それとも偶然だったのか、何気なく複数の箱を抱えた際に一つだけ他よりも重く感じるものがあった。まさかと思いつつ、クランツマンがその箱を開ければ、たくまずして厨子の写真があったという。

それは人間が霊的質量を知覚できる証拠である。クランツマンはそう信じ、帰宅してすぐに二人の息子を呼び出した。十六歳になったテオドルと十歳になったカールは、父親から初めてゲームに誘われたと思い喜んだ。

まずクランツマンは全く同じ形の二つの箱を用意しつつ、長男からサッカーボールを預かった。それにはベルントソン――一九五八年のワールドカップで活躍した彼だ――のサインがあり、普段からテオドルが大事にしているものだった。父親がその大切なボールを箱にしまった時、これはゲームではなく陰湿な躾《しつけ》なのではとテオドルは不安がった。次にクランツマンはもう一方の箱に新品のサッカーボールを入れ、息子に見えないように二つの箱を何度か交差させた。そして息子たちに向け「どちらか一方、重いと感じた方を当ててごらん。それにテオドルのボールが入っている」と伝えた。

この実験の結末は予想通り。

長男のテオドルは、サイン入りのサッカーボールが入った方の箱を高確率で的中させた。かたやベルントソンに思い入れのない次男のカールは、一般的な確率で正解を誤った。クランツマンは同様のことを次男にもしかけ、今度は彼が大事にしているダラ馬の置物を預かり、また同じような新品とで、それぞれ二つの箱に入れて同じ問いかけを行った。すると、今度はテオドルの方が誤答するようになり、カールが正解を多くした。

これが第二の信仰実験の始まりだった。

クランツマンは協力者をつのり、自身が大切にする物体を用意させて同様の実験を繰り返した。いくつかの事例では有意差が出たが、逆に正誤の確率が変わらないものもあった。ただ、そうした事例については「(箱の中にある)物質を真に信仰しているかどうか、それは個人の意識の領域であり、これを確かめる術《すべ》はない」と彼は述べている。

この時期にクランツマンは最初の論文として「信仰と質量」を発表し、霊的質量――当初は霊的ミサと誤訳されることもあったが――という語を使うようになった。

このクランツマン論文は、飽くまで自身の発見を文化的かつ科学的に著述しようとしたものだったはずだ。しかし、六〇年代は世界中にニューエイジ思想が広まった時期にあたり、彼の論文を最初に取り上げたのも、そうした今でこそオカルトと揶揄《やゆ》されるような媒体だった。

一九六四年、スウェーデンで発刊された『探索者《ソーカレン》』誌のスヴェン・マグヌセンもいち早くクランツマン論文を取り上げ、他の超常現象や代替医療の記事と同じように誌面に並べた。確かに科学誌への掲載とは趣《おもむき》を異にするが、それでも霊的質量という概念を誠実に扱っていたのだろう、この記事の反響は予想以上に大きかった。

クランツマンのもとに、信仰実験と同様の経験を伝える手紙が数多く届き、彼は自らの考えが正しいものと信じるようになった。彼はマグヌセンに請われる形で、条件を変えた上で何度か信仰実験を執り行った。

その多くは追実験に終わるが、一方で新しい発見もあった。例えば、いかに個人が重いと感じたものでも、その対象に思い入れのない他人には変化を感じ取れないこと。また被験者が重いと感じた箱を計量しても、それは他の箱と同じ数値を示すといったことだ。霊的質量とは飽くまでも人間――もしかしたら一部の動物も――が直感として理解できるものであって、既存の計測器には現れないものだった。この時から信仰実験は超心理学というラベルを貼られることになる。

これらの実験のうち、特筆すべき事例が二つある。

一つは六五年の三月の実験で、これは霊的質量が対象となる物質を変化させるというものだった。いささか胡乱な結末となったため、クランツマン自身も「ジョーク的な事例の一つ」として挙げている。

この実験では十八歳の女性が被験者となり、亡き母親から譲り受けたというロザリオを対象の物質としていた。多くの実験と同様に、女性から借り受けた対象物を箱に入れたのち、複数の箱の重さを比べて正解を導き出す予定だった。しかし、一人のスタッフの不手際によって被験者に提示すべき箱を別の実験のものと間違ってしまった。このミスが起こった瞬間を複数のスタッフが目撃しており、箱を渡したスタッフもすぐに過ちに気づいた。だが被験者の女性は事実を伝えられるより先に、一つの箱を指して「これにロザリオが入っている」と言った。それを聞いたスタッフは一言詫《わ》びてから箱を回収に向かったが、それでも被験者は首を振ってから、その場で箱を開けて正解を確かめようとした。すると、その箱の中には正解のロザリオが入っていたのだ。

もちろん、その場のスタッフ全員が思い違いをし、最初から正しい箱を渡していた可能性はある。しかし、クランツマンは冗談めかして別の可能性に言及した。つまり

「被験者の強い信仰心が箱の中身を変化させたのだ」という。

　クランツマンの言葉は冗談に過ぎなかったが、記事としてまとめたマグヌセンは、この「信仰が物質を変容させる事例」によって様々な超常現象を説明できると訴えた。例えば、数多くの物質化現象や引き寄せ現象、他にも「シラクサの涙の聖母像」や「ヘムステッドの涙を流すイコン」といった彫像や絵画の聖人が涙を流す現象も、こうした強い信仰心が物質を変容させた結果だとしている。

　これは信仰が霊的質量を増大させた例だが、もう一つの事例ではその逆の変化が述べられている。それは同年七月の実験で、用意した物体から霊的質量が失われるといったケースだった。

　この実験では、被験者の男性が用意した指輪――それは前年に男性が婚約者から受け取ったプレゼントだった――を用いていた。前回の実験で男性の正答率は八〇％を超えていたが、この二回目の実験までの間に男性は婚約者と破局し、この指輪は全く無用のものとなっていた。その件があったからこそ、指輪の霊的質量に変化はあるのかを確かめる目的で実験が始まった。

　結論から言えば、正答率は一〇％以下にまで落ち込んだ。二つの箱から正解を選ぶだけのテストだから、単に霊的質量が失われ、普通の物体に戻ったのなら正答率は半々で推移するはずだ。むしろ「選ばない」という観点においては九〇％以上が正解となっている。実験後、被験者へ質問すれば「重さの変化は感じなかった。ただなんとなく、片方を漠然と選ばなかった」という答えが返ってきた。

　これについてクランツマンは「霊的質量は単に消えるのみでなく、時として負の方向に増大するのかもしれない。被験者の人生にまで立ち入るつもりはないが、おそらくは実験で使われた対象物は彼にとって忌避すべきものとなり、無意識下で選ばないという判断をしたのだろう」と記事でまとめた。

　この実験から発展し、クランツマンは「負の霊的質量」という概念を提唱するようになる。

　いわゆる人間の忌避感や嫌悪感を正しく説明するのは難しい。タブーや恐怖症と言い換えることもできるが、個人が積極的に逃れようとする対象だ。クランツマンは「光に引き寄せられる虫もいれば、光から逃げる虫もいる。人間にとって信仰と忌避は同じ光だ」とし、人間の信仰心と忌避感を、正の走性や負の走性のような生物の生得的機能の一種として捉えている。

　そしてクランツマンは「負の霊的質量」の概念に、実生活でも囚《とら》われるようになっていた。

　件の実験と前後して、クランツマンは自宅で小さな事件に遭遇した。彼の言葉を引けば「自分が周囲から孤立し、無視されること、まるで風に揺れる庭木の一葉を気に留めないように、誰かの認識から消え去ってしまうことへの恐怖」を感じたという。

随分と大仰な言葉で述べているが、それはクランツマンが夜に帰宅した際、自身の呼びかけに妻と子供たちが反応しなかったという、実にありふれた体験への言及だった。とはいえ彼の記述によれば、食卓で楽しげに笑う妻子のそばまで来て、何度も呼びかけてようやく気づかれたというから相当なものだったのだろう。

この時期のクランツマンは信仰実験のために家をあけることも多く、家族から粗雑に扱われており、そのせいで起きた些細《ささい》な事件だった。妻であるシーラと二人の息子が示し合わせ、家に寄り付かない父親へ抗議のつもりで悪戯《いたずら》をしかけた。あるいは単純に影が薄くなった父親をなおざりにしただけに過ぎない。

しかし、実験の過程で「負の霊的質量」を見出したクランツマンにとって、この家族の対応は大きな傷となった。それは痣《あざ》のように青黒い影となり、彼の晩年の研究姿勢に陰鬱《いんうつ》な色を与えた。

後年、クランツマンはこの事件を持ち出し、最愛の妻に向けて以下のような言葉を残した。

「我が愛《いと》しのシーラ。君が存在を保てていたのは、僕が君を信仰し続けていたからだ。でも、あの夜の一件で僕は君への信仰心を失ってしまったのかもしれない。それはお互いにとって悔やむべきことだった」

6.

一連の信仰実験が行われた四年後、一九六九年になると、クランツマンは三度目の訪日を果たす。

それは五味からの招きによるもので、あの伊勢波観音寺において秘仏の調査許可が下りたという報《しら》せを受けたからだった。実に八年越しの執念が実った形だが、その許可の理由とは住職である新川秀雲が病没し、跡を継いだ息子と檀家衆が秘仏調査に前向きだったからだという。

クランツマンも五十路《いそじ》手前、協力者である五味も七十代に差し掛かっている。今回の調査で何かしらの発見があることを二人とも願った。ただ仏像の光に魅せられた研究者が、今では即物的な成果を望んでいた。

日本に降り立ったクランツマンは、前回の訪日時には開業していなかった東海道新幹線へと乗り込み、伊勢波観音寺のある南勢町へと向かった。

故郷には妻のシーラと工場に勤めるようになったテオドル、私立学校に通うカールを残してきた。この時、既にクランツマンは家族と疎遠になっていた。信仰実験にのめり込む中で、彼は家庭を顧みる余裕をなくしていたのだろう。北欧における東洋美術史と超心理学において彼の名は一定の価値を得たが、家族という分野では「父親」の名前を加えることはできなかった。

それでもクランツマンは希望を捨てなかった。

秘仏を調査し、その文化的光明を外界へ持ち込むことさえできれば、さらには秘仏という存在が霊的質量の理論を完成させたならば、その時こそ研究者として意味のある人生となる。全ての研究が終わった時、改めて家族に向き合おう。クランツマンはそうした述懐を短く日記に書き残していた。

クランツマンの日記にそうした文言が現れた次のページには、彼が南勢町に着いてからの数日間の様子が記述されている。

一九六九年の七月十六日――まさにアポロ11号が地球から飛び立つ直前だった――クランツマンは先んじて南勢町に入っていた五味、さらに以前の訪日で出会った朝日新聞社の梁田と合流した。この時、梁田は新聞社を退職してフリーの記者になっていた。

同日の夕方、クランツマンたちは伊勢波観音寺の新しい住職である新川尚雲《しょううん》との会合に赴く。尚雲は未だ四十代と比較的若く、他の檀家衆と共に秘仏を科学的に調査することに前向きな人物だった。しかし、ここで寺院側はクランツマンたちの予想に反した条件を提示してきた。

秘仏の調査は受け入れたが、厨子を開け放つことだけは頑なに断ってきたのだ。これは前住職の教えもそうだが、秘仏を明らかにすることで、再び災害が起きるのではと恐れた檀家衆と南勢町民からの意見だった。

会合の席で持ち出された新しい条件に五味は苦い顔をしたが、クランツマンは前回とは違った態度を取った。それは彼自身が、ここ数年の信仰実験を通して、人間の強い信仰によって様々な超常現象——箱の中身が変わり、また別の空間から引き寄せるといった——が起こると学んだからだった。彼の言葉を引くならば、それは「その厨子には無数の人々の信仰が集まり、霊的質量が限界まで圧縮されている状況」なのだという。これが開かれた際には「神秘の崩壊が起こり、行き場を失った霊的質量はまるでブラックホールのように巨大な力を生むだろう。実際に大津波が起こるかもしれない。そういう形で人々が信仰しているならば」としている。

そうしてクランツマンが寺院側の要求を受け入れると、今度は住職の尚雲も態度を軟化させ、厨子を開かない限りはいかなる形式での調査も受け入れると表明した。

その条件を聞き、密《ひそ》かに微笑《ほほえ》んだのはクランツマンでも五味でもなく梁田だった。この時、彼は新聞社時代の伝手《つて》を駆使し、他の二人にも知らせないまま調査の計画を進めており、特に東京文化財研究所へ協力を仰ぎ、X線透過調査を行おうとしていた。

クランツマンの日記によれば、その日の会合が終わった後に梁田は二人に自身の計画を明らかにしたという。これにはクランツマンと五味もにわかに沸き立ち、翌日からの調査の成功を大いに夢見た。

調査許可を得たことで、梁田は即座に東京へと戻ることとなり、X線調査のための技師を連れて帰ってくることを約束した。一方、残されたクランツマンと五味は秘仏に関する他の調査を行うこととした。それが「最後の信仰実験」の始まりであった。

その実験については、クランツマンの日記に経緯がわずかに記されているのみで、具体的な記録はほとんど残っていない。理由の一つは実験の内容が新規性に乏しかったものと推測できるが、より大きな理由としては、この五日後に起こった出来事が彼の精神を全く別物に作り変えてしまったからだろう。それは人類が初めて月面に降り立ったニュースとは関係なしに。

ともあれ「最後の信仰実験」に先立って行われた、一つ目の実験の方は少しばかり記録が残されている。

南勢町での滞在二日目、クランツマンは伊勢波観音寺に入った。秘仏を納めた厨子との再会だった。彼は人手を頼み、まず厨子を台車に載せることを提案した。檀家衆の古老たちは難色を示したが、住職である尚雲と五味の説得を受けて認めることになる。尚雲が経典を奉じたあと、檀家衆の中から選ばれた二人の男が合力して厨子は降ろされた。

この時まで、住職は厨子の重量を量るために台車に載せるのだと思っていた。事実、本堂に持ち込まれた農業用台はかりで計測は行われ、厨子の総重量は二〇八キログラムと判明した。同じく天蓋までの高さは一メートル七七センチとされ、ちょうど当時の家庭用冷蔵庫に物を詰めた状態と同程度だった。こうした簡単な計測が続くのだと、住職たち南勢町の人々は考えたはずだ。だから次にクランツマンが取った行動には首をひねることになる。

クランツマンは、厨子を載せた台車の横に新たな台車を用意した。そこへ地元の青年に持ってこさせた土嚢《どのう》を積み上げ、二〇八キログラム分の重りとした。二つの台車にそれぞれロープを繋いだところで、クランツマンは周囲を暗幕で覆ってみせた。何をするつもりか、という尚雲の問いかけは五味に向けられたが、それを彼が訳すことはなかった。クランツマンは無心で作業を進め、やがて二本のロープを手にして暗幕をくぐって現れる。彼は厨子を用い、これまで自分が行ってきた信仰実験を行おうとしていた。

そして、この時の実験結果はクランツマンにとって自明のものだった。

導かれるままにロープを引いたのは尚雲と檀家衆だった。当然の如《ごと》く、彼らは厨子と繋がっている方のロープを持ち上げ「こちらの方が重く感じる」と言った。初めて信仰実験を目の当たりにした五味は驚嘆していたが、霊的質量を確信していたクランツマンにとっては新たな発見ではなかった。秘仏は間違いなく篤《あつ》い信仰心によって巨大な質量を得ている。彼はそう端的に述べた。

それから二日間、二人の研究者は南勢町の人間と協力して信仰実験を行った他、厨子についての考察を加えていった。クランツマンが詳しく調査したところでは、厨子は十七世紀頃に作られたものと推定された。また五味はそれに加えて、波観音寺が江戸時代に始まった寺請制度と合わせて真言宗に宗旨変えをし、同時期に本尊を納めるための厨子を作ったのだと推理した。

恐らく、この数日間はクランツマンにとって最も充足した時間だったのかもしれない。自身の理論が完成に近づいていく、その足音を聞くことができた。望み続けた秘仏を傍らに置き、その神秘を余すことなく味わうことができた。

しかし、七月二十一日になると、三つのものがクランツマンにもたらされた。

一つ目はアポロ11号が月面着陸に成功したという話。二つ目はX線装置をトラックに積み、東文研の技師と戻ってきた梁田。そして三つ目に、遠くスウェーデンから届いた、妻シーラの危篤を伝える国際電報。

この前後の記録はクランツマン自身の日記にも残されておらず、どのような経緯——紛糾と逡巡《しゅんじゅん》とも言える——があったのかは解らない。

しかし、一つの事実としてクランツマンは日本に留まった。

彼は妻のために帰国することなく、梁田らと共に秘仏調査を続けた。そして、X線技師の手によって厨子の透過撮影が行われた。使っていなかった庫裏《くり》へと厨子は持ち込まれ、壁に貼り付けられたフィルムにその陰影を刻みつけた。

長年にわたって待ち望んだ、秘仏の真実の姿。彼はそれを見たいがために妻を捨て置いた。だが、この写真に対するクランツマンの感想はただ一語。

スウェーデン語で「otrolig《信じられない》」と記されたのみだった。

7.

一九六九年七月二十五日、クランツマンは南勢町に五味たちを残した上でスウェーデンへと帰国した。

この時、クランツマンは既に自らの妻が生きていないだろうことを予見していた。彼は日本を発《た》つ前に長男テオドルに宛てて国際電話をかけ、万が一のことがあれば、自分に代わって様々な手続きを済ませるよう取り計らっていた。また飛行機が北極海の氷河を越える中、クランツマンは日記に以下のような長文を書き残した。

「シーラ、僕の全ての運命の人。ずっと君のことを愛していた。幼い頃に、鉄の広場で女性像を目にした時からだ。でもきっと、僕はその時に二つの運命を背負ってしまっていた。あの美しい仏像に似たブロンズ像に君の面影を見たことで僕たちは結ばれた。その一方で、僕は本質的に仏像を愛する運命にあって、その代替物として君に惹かれただけだったのかもしれない。ああ、なんて酷《ひど》い言葉だ。赦《ゆる》してくれとは言えない。ただ僕は、この世から君が消えようとしている時、まさに秘仏の真実が明らかになることを求めてしまった。だからこれは罪で、黒い影に覆われた事実が罰だ。あの秘仏は、君という存在を象徴していた」

これらの記述に表されるように、帰国直後のクランツマンは憔悴《しょうすい》しきっていた。またアーランダ空港で彼を出迎えた息子たちは喜びの笑顔を見せることもなく、その重苦しく冷たい空気がシーラの旅立ちを仄《ほの》めかした。

クランツマンは多くを問わなかった。それは自分の存在が家族にとって何の意味も持たないと自覚していたからだろう。既に成人していたテオドルは父親の到着を待たずに事務手続きを済ませ、早々に母親の葬儀を執り行っていた。死亡後から葬儀まで一週間以上は時間を置くスウェーデンにおいては異例であった。

「彼ら（息子たち）は母親の遺体を火にくべて灰とした。とても迅速《じんそく》に。それはもしかすると、死体となってさえ僕と対面したくないと思ったシーラの遺言を忠実に守ったのかもしれないし、仏像研究に没頭するあまり帰国を遅らせた父親を罰したかったのかもしれない」

日記の中でクランツマンはそう語った。事実はどうあれ、彼がシーラと再会を果たしたのは墓前においてであった。

森の墓地《スクーグシュルコゴーデン》はストックホルム郊外に新たに作られた墓地であり、今では世界文化遺産として有名な場所だ。スウェーデン人にとって墓地は忌避すべきものではなく、死者が自然へ回帰する場として好意的に受け入れられ、この共同墓地にも多くの人々が眠っている。そして、その一角にシーラの墓はあった。息子たちと共に墓地を訪れたクランツマンは、妻の遺骨が納められた墓を前に短い祈りを捧げた。

「石の下に納められたシーラと、厨子の中に秘された仏像、その二つは僕にとって完全な相似だった」

そのどちらも隠され、中身を検《あらた》めることは許されない。目にすることができない相手は果たして存在しているのだろうか。クランツマンはそう思ったはずだ。両者は信仰によって、存在と非存在の二つの岸辺を行き来する。

「僕の信仰がシーラに質量を与えられるだろうか。それは不可能だ。僕からの信仰は既に失われた。人は信仰を失った時に死ぬのだ」

クランツマンは日記にそうした文言を書き加え、その下部に「キリストの復活は？」と短文を添えた。彼は人間の死を「信仰の消失による霊的質量の消失」と捉え、また逆に復活を「最大限の信仰による奇跡」と考えていた。

その後、クランツマンは一週間ほど故郷に滞在した。

しかし、既に就職したテオドルは家を離れ、カールもシグチューナの寄宿学校で学友たちと生活を共にしていた。クランツマンは一人、家族と多くの時間を共有するつもりで選んだ自宅において、ただ身辺整理をするだけの孤独な時間を過ごした。この時、既に彼の日記は書斎の机の奥へしまい込まれていた。

そして同年八月、クランツマンは家族に別れも告げずに、再び日本へ向かう飛行機に乗り込んだ。

日本に戻った後、クランツマンは即座に伊勢波観音寺を目指した。また五味は大阪の自宅に戻っていたが、彼の帰国を知ってすぐさま南勢町へ向かった。同町に残っていた梁田は、東文研の研究員の他に、奈良文化財研究所から応援に来た研究員と協力しながら、X線調査の精度を上げるための厨子の模式図を作成していた。

二人と合流したクランツマンは、身内の不幸があったと手短に伝えると、先週まで行っていた調査を再開することにした。しかし、この数日の作業について彼自身は記録を残していない。後に梁田が周囲に語ったところでは、クランツマンは予定されていた雑誌のインタビューや、地元民との交流会も全て断り、ただ一日中、本堂に置かれたままの厨子と対峙《たいじ》していたらしい。また住職である尚雲の証言では、彼が入寂《にゅうじゃく》を待つ仏教僧のように見えたという。

クランツマンはこの時、自らの理論を深く思量していたのだろう。スウェーデンに残された日記には、彼が行った「最後の信仰実験」を予期させる文章が記されていた。

「厨子に秘された仏像を見ることはできない。もしかしたら、あの地に伝わる波観音は遥か昔に失われ、厨子だけが廃棄物として残されていたのかもしれない。我々は空っぽの厨子を拝んでいる。しかし、信仰を集めることで秘仏は存在を保つ。空虚であっても、無数の人々が〝ある〟と信じれば実在する。まさに祈りだ。では逆に、神秘が失われたとしたら、それも悲劇的かつ壮絶な喪失を経験した時、人々は対象に何を思うのだろう？」

この文章が日記に現れるのは七月末の日付であり、彼がスウェーデンにいる間に書かれたことを示している。また、その翌日分から数ページを割いて長い論考が書かれている。この内容については、後に触れることとする。

そして八月五日の夜、二度目のX線透過撮影を前に、五味と梁田が研究員や新川尚雲、檀家衆を寄合所に招いてささやかな宴会を開いた。この頃になると、南勢町の人間も五味たちを受け入れていた。彼らは伊勢波観音寺が有名になる未来を熱く語り合った。秘仏が文化財として認められ、日本のみならず世界的に貴重な宝物となるだろうと。

そして、この宴席の最中にクランツマンは姿を消した。

この時、住職である尚雲は何気なく寄合所の外へ出て、波観音寺のある山の方を確かめた。すると本堂に灯《あか》りがあるのが見え、これはクランツマンが厨子を拝みに行ったのだろうと考えた。

事件が起きたのは翌六日。寄合所で目を覚ました尚雲と五味たちが寺院へ向かったところ、本堂にあるはずの厨子が消えていた。

慌てふためく一同だったが、厨子が台車に固定されていたことと、クランツマンが前夜に本堂にいただろうことを思い出し、彼が一時的にどこかへ持ち出したのだと推理した。だが、寺院の周囲を捜しても厨子はおろか、クランツマン自身すら発見できなかった。

まさかクランツマンほどの人間が秘仏を盗むなどとは、この場の誰も考えはしなかった。だが一方で、直近の彼が精神的平衡を欠いていたことに不安を覚える者もいた。五味は当時のことを振り返る記事の中で「彼（クランツマン）が悩んでいたのだろうと薄々気づいていながらも、調査の大詰めでもあったし、私たちは互いに言い出せないでいた」と述べている。

五味たちが捜索範囲を広げると、寺院の裏手から山へ続く小さな轍《わだち》に気づいた。クランツマンが台車を曳《ひ》いて龍仙山へ入ったことが知られると、彼らは檀家衆の他、町の駐在員や消防団にも応援を求め、午後には山狩りが行われることになった。

やがて夕刻に近づいた頃、山に詳しい消防団員の一人が山中で厨子を発見したという報告をもたらした。

住職尚雲が先頭に立ち、五味と梁田も発見地点へ向かうと、雑木林が開けた空間に厨子だけが置かれていた。この場の誰も気づかなかったことだが、その光景はスウェーデンの森の墓場と同等の神聖さを有していたはずだ。

そして尚雲はまず厨子に駆け寄り、その観音開きの戸を封じる古紙が破られていないことに安堵《あんど》した。クランツマンは自らの探究心を抑えきれずに秘仏を暴こうとしたわけではなく、何らかの理由でもって厨子を運んだだけだ。そう言って五味たちも彼を擁護した。

ひとまず波観音の秘仏が無事であると解ると、五味たちはクランツマンの捜索を消防団員に任せ、厨子を寺院へ持ち帰ることとなった。その道中、梁田は未だに行方が知れないクランツマンを心配しつつも、彼のためにも調査は続行すべきだと訴えた。尚雲と五味もただ待つことに耐えられず、二回目のX線透過撮影を行う運びとなった。

そして、その際に撮影されたものが二枚目のX線写真であり、これを以《もっ》て波観音の秘仏調査が終了することになる。

五味たちはX線写真をクランツマンに見せることを待ち望んだ。しかし、翌日になっても彼が姿を現すことはなかった。山狩りの規模は次第に大きくなっていったが、それでも彼を発見することはできなかった。

一九六九年八月六日、こうしてヨアキム・クランツマンの「最後の信仰実験」が実行された。

8.

クランツマンが日本で姿を消してから九年後の一九七八年、スウェーデンにおいて死者推定がなされ、彼は法的に死に、遺産は息子のテオドルとカールに分けられた。ストックホルムの家はテオドルが継いだが、その時に整理された荷物の中からクランツマンが残した日記が発見された。そこに記されていた波観音の秘仏に関する調査記録を読む内に、テオドルの中に芽生えるものがあった。

当時、クランツマンの名誉は不当に貶《おとし》められていた。

それは公開された二枚のX線写真からくる誤解だった。最初に述べたように、それは空洞の厨子と見事な十一面観音像を写した二枚であり、それらが撮影された順番を巡っていくらかの議論が起きていた。つまり、秘仏たる十一面観音像を捉えた写真は最初の撮影時のもので、空洞の厨子は二回目の撮影で撮られたものとし、クランツマンが厨子を開いて黄金の仏像を盗んで失踪したという疑惑が持ち上がっていた。

だが、父の日記を読んだテオドルは、これが完全な誤解であると確信した。

まずクランツマンが失踪した後に撮られたX線写真に仏像の姿が無かったのなら、尚雲や五味たちが騒ぎ立てるはずだが、当時にそういったニュースはなかった。またクランツマンが日記の中で「信じられない」と述べたことと、後の文章で「黒い影に覆われた事実」と記していることを関連付け、最初の撮影時に写されたものこそが空洞の厨子だと推測した。

テオドルは一回目のX線透過撮影が失敗し、厨子の中身まで写せなかったと考え、二回目に成功したからこそ十一面観音像の姿が残っているのだと結論づけた。そうであるなら、父親の業績を確かめ、その名誉を回復すべきである。彼はそう思った。

三十歳になったテオドルには既に妻子がいたが、彼は父親と同じ間違いは犯さなかった。子供には家族の名誉を回復するための大事な研究であると告げ、家庭と仕事を疎《おろそ》かにすることなく、家族旅行で日本に行く度に地道な調査を続けた。

やがてテオドルは父と交流のあった人物と接触した。クランツマンの一番の理解者とも言える五味は物故していたが、梁田は未だに記者として活動していた。また同時に、日本ではヨアキム・クランツマンが超心理学者ではなく、北欧の仏教美術学者として扱われていることも確かめることができた。

しかし、その一方で、伊勢波観音の秘仏研究は日本の学会ではタブー視されていたという。東京で梁田から話を聞いたテオドルはその事実に驚愕《きょうがく》した。その研究過程で死という汚れた色が一滴でも混じると、途端にこれまでの研究は無視されてしまう。研究成果というものは非常に属人的で、個人の思想や生涯によって価値が変わってくるものだ。まさに「見て見ぬ振り」だと、テオドルは父親と同等の気づきを得た。

これが「二枚の写真」の事実が曖昧《あいまい》になった理由だ。日本側の研究者はクランツマンの滞在中の活動に言及してこなかった。事実として、テオドルが梁田に写真が撮られた時系列順を尋ねれば、十一面観音像が写った方が二回目のものだと証言を得た。これはテオドルの推測を確かなものとするが、それ以上に父親の名誉回復を目標とする彼の心を傷つけた。梁田たちにとって「二枚の写真」は研究史上の謎などではなく、ただ口にもしたくない、忘れたい過去だったのだ。

この時、テオドルはクランツマンが日記に書き残した論考については触れないようにしていた。

日記の中で一九六九年七月末の日付から続く、一連のクランツマンの論考について、テオドル本人は全く理解できていなかった。父親の思考を追えないことを悔やみつつ、それでも彼は僅《わず》かずつでも解釈を加え、一つの論文として完成させようとしていた。日本とスウェーデンを行き来する中で得た情報をもとに、ヨアキム・クランツマンという人間と、彼が行った「信仰実験」の顚末《てんまつ》、また秘仏研究の真実をまとめ上げ、それを世に出すこと、それがテオドルの使命となっていく。

しかし、一九九七年、テオドル・クランツマンは論文を完成させることなく、四十九歳で命を落とした。

病床にあったテオドルは、これまでまとめてきた論文を自らの子供――つまり、ここまでの文章を書いてきた筆者だ――へと託した。

こうして親子三代にわたって「クランツマンの秘仏」は研究対象となったが、最後にヨアキム・クランツマンがどこへ行ったのかの考察を加えたい。

そのために、まず彼が日記に書き残した論考を引く。

「神秘が失われ、信仰が消え去り、その霊的質量がゼロになった時に死は訪れる。人間であれ、神や仏であれ、それは同じだ。しかし、以前から考えている負の霊的質量の概念をどう当てはめるべきか。ゼロが霊的な死であるなら、それより負の方向に進んだものは死の先にあるものだ。ならばそれは〝忘却〟に他ならない。まるで舞台上の黒子を視界に収めながらも、それを非存在として扱うような、人間が本能的に有する忌避感の発露だ。歴史を見れば、古代ローマでは体制への反逆者を、社会的な非存在へ追いやるような措置を取った。ダムナティオ・メモリアエと称されるそれは、肖像画から顔を削り、あらゆる記録から名を抹消した。例えば、カラカラ帝の弟であるゲタ帝も、その死後に全ての記録を抹消された。ただし、消されたゲタの名前が今に残っているのは、彼が少なからず人々からの信仰を受けていたからだろう。もし、その名を伝える人間が誰一人としていなかったのなら、今の我々では決して知り得ない、完全に歴史上から抹殺されたローマ皇帝となっていたはずだ」

クランツマンが述べたことは、社会的健忘症《ソーシャルアムネシア》のより実際的な側面だった。人々は忌避感を持つ対象を非存在として扱うようになる。それこそが「負の霊的質量」を持つということだと訴えた。

だから彼は、それを「最後の信仰実験」とした。

「あの波観音の秘仏は実存だったのだろうか。誰もが〝ある〟としながら、その真実を知ることはできない。もし仮に、その真実が人々にとって忌避感を催すような存在であったら、我々は秘仏を忘却してしまうのだろうか。波観音という実体は存在せず、歴史上からも消えてしまうのか」

物理学における負の質量はワームホールの生成に関係する。それは時空間の枠組みを取り払うことを可能にするが、これを「負の霊的質量」に当てはめた時に生まれるものは何か。クランツマンはそれを明らかにしようとした。

「信仰とベクトルを逆にする忌避が働いた時、霊的質量は大きく負の方向へ増大する。それによって生まれる事象は、例えばキリストが復活したこととは正反対の有り様で、あらゆる人々の記憶から忘却されてしまうといったことなのではないか」

ここで結論となるが、クランツマンの消失は我々が彼を忘却したからではない。彼は明確な意志を持って姿を隠したはずだ。

まず状況を想定すれば、クランツマンがスウェーデン滞在中に日記を書き残した点からして、彼は既に日本で姿を消すこと——それは広義の自殺なのかもしれないが——を企図していたように思える。さらに彼は、自身が執心した波観音の秘仏を持ち出している。最後の瞬間を秘仏と共に過ごしたと解釈できるかもしれないが、それとは別の解釈も行える。

クランツマンは厨子を開けたのだ。

何らかの手法を使い、古紙を傷つけずに扉を開いた。最初から、そこに秘仏など存在しなかった。一枚目のX線写真は正しく空洞を写していた。だからこそ、彼は二〇八キログラムもの厨子を一人で山中まで運べたのだ。彼にとって空洞の厨子は信仰の対象などではなく、霊的質量は限りなく失われていた。

そして彼は何も納められていない厨子を見て、ある実験を思いついたのだろう。

クランツマンは厨子の中へ入った。そして直後、二回目のX線透過撮影は行われた。そこに写し出されたものが十一面観音像の姿だった。彼は周到に用意した別の仏像——馬鹿げた光景だが、クランツマンはそれを着ぐるみのようにまとったのだ——を用いたのかもしれないし、もしくは、かつて彼が行った信仰実験でもあったように、他者からの信仰によって内部の物体が変容してしまったのかもしれない。クランツマン自身が秘仏になったという想像も、彼自身の理論に沿えば可能なのだから。

いずれにせよ、クランツマンは厨子の中身を細工した上で自死したのではないかと推測できる。いつか未来において、この厨子が開かれた時、いきなり西洋人のミイラが飛び出してきたなら、人々は秘仏に何を思うのか。信仰と忌避は入れ替わるのか、霊的質量はいかに変化するのか、彼はそうした思考実験をしていたのかもしれない。

この「最後の信仰実験」が評価されるとしたら、あの伊勢波観音の秘仏が公開された時だ。その時こそ、ヨアキム・クランツマンの名が世間に知れ渡るだろう。

結びに代えて、クランツマンが日記の最後に書き残した一行を添える。

「人は誰しも、歴史という渓谷に流れる忘却の川を下り、行き着いた彼方《かなた》の海で誰とも知れない死者となる」

※

本稿は宗教学者であるアニカ・クランツマン氏の論文を抜粋掲載したものであり、二〇〇九年四月に開催予定の第十三回イェーテボリ科学フェスティバルにおいて全文が発表される。

今回の科学フェスティバルでのテーマは「あらゆる時代・地域の文明」であり、開催地であるイェーテボリ出身の学者ヨアキム・クランツマンの業績を称《たた》えるものとなる。また日本の慈光寺の協力を得て、波観音の秘仏の特別公開も予定されている。

あとがき

この作品はもともと、早川書房で2020年に出す予定だった短編集用の書き下ろしとして書いたもので、この作品を完成させた直後に書いたものが、その短編集の表題作にもなった「アメリカン・ブッダ」でした。一応、どちらを短編集に収録するか悩んだりもしたのですが、これまで書いてきた短編を一つでまとめるという意味では「アメリカン・ブッダ」の方が相応《ふさわ》しく、そちらが選ばれました。では「クランツマンの秘仏」がどうなったかというと、販促も含めて短編集の発売月のSFマガジンに掲載されることになりました。その後、本作は樋口恭介《ひぐちきょうすけ》氏に発見され、さらに『異常論文』というムーブメントへと繋がりました。とはいえ本作が全ての契機だったわけではなく、以前からSFの中には素晴らしき論文調の小説がありました。それが『ベストSF2021』という場で選出されたことで、過去からの名作を繋ぎ、また新たな時代へ繋げられます。それを何より嬉しく思います。

柞刈湯葉
人間たちの話

〝異常論文〟に続いて収録した本編では、「火星地下のメタン生成岩石におけるＤ―プロリンの不均等な分布について」と題する架空の論文（正確には、国際宇宙生物学会における発表）が焦点となる。地球外生命探査の話なのに、どうして「人間たちの話」と題されているのかという謎は、最後まで読むと腑《ふ》に落ちる仕掛け。

著者は、去る二〇二一年十月二十三日にリモート開催された京都ＳＦフェスティバルで、「地球外生命はどこにいるのか」と題する講演を行った。その際、参考文献に挙げられた書籍は、スチュアート・カウフマン『自己組織化と進化の論理 宇宙を貫く複雑系の法則』（米沢富美子《よねざわふみこ》監訳／日本経済新聞社）、金子《かねこ》邦彦《くにひこ》『生命とは何か 第2版 複雑系生命科学へ』（東京大学出版会）、阿部豊《あべゆたか》『生命の星の条件を探る』（文春文庫）など。本編とも関係の深い内容なので、興味のある方はご一読を。

本編は、短編集『人間たちの話』（ハヤカワ文庫ＪＡ）のために書き下ろされた作品。この小説を読んで編者が思い出したのは、テッド・チャンの掌編《しょうへん》「大いなる沈黙」（早川書房『息吹』所収）だった。同作では、絶滅の危機にあるオウムの一羽が語り手となり、地球外知性を探査する人類に対し、「どうして人類は、わたしたちの声を聞くことに関心を持たないのか？／われわれは、彼らとコミュニケートできる非人類種属だ。われわれこそまさに、人類が探している存在ではないか？」と問いかける。

柞刈湯葉（いすかり・ゆば）は、福島県生まれ。分子生物学系の研究職（タンパク質の構造変化が専門だったらしい）のかたわら、二〇一六年、『横浜駅ＳＦ』（カドカワＢＯＯＫＳ）で小説家デビュー。一九年に退職し、専業作家となる。その他の著書に『重力アルケミック』（星海社ＦＩＣＴＩＯＮＳ）『横浜駅ＳＦ 全国版』（カドカワＢＯＯＫＳ）、『未来職安』（双葉文庫）がある。

「むかしむかし、あるところに」

そういった言葉を弄《ろう》する哺乳類の一種が、進化の枝先にふっと現れる以前から、彼らはそこに存在していた。

彼らの棲処《すみか》は、太古の火山活動によって形成された、多孔質の岩石だった。

岩石の隙間は水で満ちていて、そこには幾千種もの有機分子が溶解していた。

分子のいくつかは触媒の能力を持ち、ある分子をべつの分子に変化させることができた。

それによって生じた分子が、新たな触媒能を獲得し、さらに別の分子を生み出すこともあった。

そのような複雑な化学反応の連鎖が、多孔質の岩石に含まれる無数の小部屋《セル》で、それぞれ独自に進行していた。小部屋同士は小さな穴で連結されており、ある小部屋で増えすぎた物質が、別の小部屋にゆっくりと染み出していった。

気まぐれに降り注《そそ》ぐ放射線が小部屋のなかの分子を切断し、発生した遊離基《ラジカル》がそこで暴れまわることで、彼ら自身では作り得ないような画期的な新分子が生み出されることもあった。

絶海の孤島が独自の生態系を形成するように、物理的に隔離された小部屋で偶発的な触媒サイクルが誕生すると、それが周辺に伝搬《でんぱん》し、岩石内部の環境を大きく塗り替えることもあった。

彼らのいる場所は、寒く暗い地中深くだった。外気から供給される物質やエネルギーは乏しく、わずかな化学結合を切断するのにも悠久に近い時を要したが、地上世界の干渉を一切受けずに過ごしている彼らにとって、時間という概念は大きな問題ではなかった。

酸素はなかったが、それも好気生物ならざる彼らには好都合だった。

もしもある化学者が高度な分光技術を用いて、内部の小部屋に含まれる分子組成を解明すれば、それはまるで脳の神経系のような複雑なネットワークを構成していることに気づいたであろう。

少々の空想力のある者であれば、これらの小部屋たちが、

「うちで作ってるアミノ酸の触媒能を使えば、そちらの穴はもっと豊かになりますよ」

「それには及ばない。我々の部屋には我々の秩序というものがある」

「いえいえ、これからの時代はアミノ酸触媒です。我々は天からの光によってこのイノベーティブな分子を生み出したのです。あなた方のように表面に含まれる無機塩を使っていては、すぐに他の部屋からの侵略者に滅ぼされてしまいますよ」

といったコミュニケーションを交わしているように見えたかもしれない。

もちろん彼らは言葉を使うような知性など持たない。ただの岩石に閉じ込められた、有機分子の水溶液でしかない。

遺伝の法則と呼ぶにもあまりに貧相な、記憶の漏洩《ろうえい》のようなもので、つたなく脆《もろ》い秩序を継承させているのだった。地中深くでただ静かに、おそらく数億年にわたって、自分たちの存在理由を問うこともなく。

だが、これはそんな話とはおよそ関係のない、とある家族の物語である。

■

新野境平《しんのきょうへい》がこの世界に生まれ、物事を抽象的に考えるだけの思考力が形成された頃、彼の脳に最初に浮かんだ疑問は、

「なぜ自分はこんなにも孤独なのか」

というものだった。

それは彼の恵まれた生い立ちを考えると、いささか不適切な疑問だったかもしれない。彼の育った家は、経済的な縮小を続ける日本において望み得ぬほど裕福なものであった。

「幸福な家庭はどれも同じようなものだが、不幸な家庭にはそれぞれべつの不幸がある」とトルストイは書いているが、彼の生まれた家庭はまさにそのような紋切り型の幸福のもとにあった。

父は都内の開業医の二代目で、母は専業主婦であった。家には二台の車と、二頭の大型犬がいた。望んだものはたいてい買ってもらえたし、行きたい場所に行くことができた。視界に入る世界は愛情に満ちていて、自分と世界とをごく自然に同一視することができた。

「ちゃんとした大人になれ、仕事はなんでもいいから」

と父はいつも言い、自分や姉に後継ぎになれとは言わなかった。苦労して診療所を立ち上げた初代は、その成果を少しでも長続きさせるために息子を二代目にと願ったが、労せずに財産を手に入れた二代目は、それを失うことにも鷹揚《おうよう》だった。二代目にはそういう傾向がある。

生まれながらに十分な富と優秀な頭脳があり、そして自由にも恵まれていた境平は、なんにでも望むものになることができた。

そして、まさにその幸福が彼を孤独にしていた。

彼が日々感じていたのは「他者」の不在だった。

自身に理解できず、自身を理解しようとしない、一体化できない異質を彼は求めていた。恵まれた環境で育った少年には、そういった要素に飢えることがままあった。そんな境平にとって日々の糧《かて》となっていたのは、古代の地球に存在した異質に対する関心だった。

小学生のとき、境平は化石に残る古代生物に熱中した。彼は両親に頼んで、恐竜図鑑や骨格模型を求めた。少年が恐竜に興味を持つことは健全な科学的好奇心の萌芽《ほうが》であると両親は考え、率先して高価な資料を買い与えた。

一方で、同年代の少年が熱中するような怪獣や巨大ロボットには、ほとんど興味を示さなかった。彼が求めていたのは、かつて地上に存在していた「理解の及ばない異質」であり、少年向けコンテンツ市場にあふれる、人間のために設計されたオブジェクトではなかった。そういった玩具に対する関心のなさもまた、彼に対する両親の評価を高めた。

母は境平を何度となく化石の発掘体験ツアーに連れて行った。日本国内で恐竜の化石が出る場所は少なく、貝や植物程度のものであったが、境平はそういう古代生物の記憶に触れるたびに、この地球に確固たる異質が存在していたことを実感し、それをささやかな人生の糧にしていた。

しかし、二次性徴と並行して起きた境平の知的成長が、ふたたび彼の孤独を深めることとなった。

名門とされる私立中学の図書室で、年齢にやや不似合いな書籍を読み続け、彼はその人生にとって不都合な真実を知った。地球のすべての生物は、およそ三八億年前に生まれた単一の細胞の子孫である、と。人間からバクテリアに至るすべての細胞で、DNA－RNA－タンパク質からなる共通のシステムが動いており、その遺伝暗号表に至るまで完全に一致していることが、彼らの経歴を証明していた。

図鑑や博物館で「奇想天外な動物たち」と紹介されている熱帯動物や深海生物、化石にのみ姿を残す絶滅種たちは、すべて造形が奇抜なだけの親戚にすぎない。生命世界はすべて同質であり、孤独な遠祖の単調な写し身だけがこの青い球面を満たしているのだ。彼はそのように理解した。

「生きとし生けるものはみな兄弟だ」という博愛主義の言葉は、境平にとってはべつの意味に響いた。自分は地球にただひとつだけ存在する、生命という孤独な巨人の細胞にすぎないのだ、と。

そういうわけで、彼の関心は宇宙に向かった。

地球は同質に満ちている。異質な他者を求めるのならば、真空の闇に隔てられたほかの星に求めるしかない。一五歳の境平はそのように考えた。

その頃世界中のテレビでは、中国国家航天局の宇宙飛行士が、月面に五星紅旗を打ち立てる様が放映されていた。アメリカに次ぐ二国目の月面着陸を、経済成長著しい中国が成し遂げたのだった。

あらゆる科学的業績に対し「日本人の貢献」を探すマスメディアは特集番組を組んで、関西の工場で生産されている宇宙船の瑣末《さまつ》な部品を、ミッションを左右する重大な機器であるかのように報じた。地方都市の工場が画面に流れ、作業着を着た工場長が「この小さな部品が人類の大きな偉業を成し遂げた」と喧伝《けんでん》していた。

だが、いくらかの判断能力のある視聴者には、それは見た目通りの小さな部品でしかなかった。

「なぜ日本はこうなってしまったんだろうな」

と、境平の父はテレビに向かってつぶやいた。

それは二〇世紀末に生まれた日本人に共通する感覚だった。アメリカに次ぐ経済・科学大国だったはずの祖国が、次々と新興国に追い抜かれていく様を、ただ見ているしかなかったのが父たちの世代だ。

しかし、中学生の境平にはその嘆きが理解できなかった。

「お父さん、日本でも中国でも立派なことは立派なことじゃないですか」

と言うと、父は少し不満げな顔をしたが、すぐに思い直して、

「そのとおりだ。お前はいいことを言う。そのくらい広い視野を持っていれば、きっと広い世界で活躍できる人間になるだろう」

と言った。

この父の見込みは間違っている。境平はなにも人間社会に対し広い視野を持っていたわけではない。むしろ逆で、彼にとって日本人と中国人はおろか、アジア人と白人の違いも理解できなかった。そういった国籍や人種の多様性といったものはすべて、彼にとっては「孤独な巨人」の構成要素にすぎなかった。細胞や臓器のひとつひとつに尊重されるべき人格を感じないように、彼はナショナリズムとは無縁だった。

「境《きょう》ちゃんは将来、宇宙飛行士になるの」

と母が紅茶を淹《い》れながら尋ねた。このところ息子の関心が古生物よりも宇宙に移ったことに母は気づいており、息子が望みさえすれば当然それが成し遂げられる、と信じているようだった。すると境平は、

「いいえ。僕はあれほど身体《からだ》が強くないので、科学者になろうと思います」

と答えた。どうやら息子は自分が言うような「ちゃんとした大人」になりそうだ、

と父は安心した顔をし、それから姉のほうをちらと見たが何も言わなかった。三つ上の姉はこのとき一八歳だったが、自身の進路を考えあぐねて受験勉強に身が入らないようだった。かくも明瞭に自身の進路を固めている弟をどのように思ったかは分からない。

境平は特別身体的に脆弱《ぜいじゃく》というわけではなかった。彼が宇宙飛行士を少年時代の夢としても考えなかったのは、宇宙に行くのが自分である必要性を感じなかったからだ。

地球上の人類はＤＮＡで見れば99％以上同質であり、ほんの数万年前に分化した近い親戚にすぎない。そのうちの誰かが宇宙に行くのであれば、それは自分が行くのと本質的に同等だ。人間の業績は人間全体に帰せられるものであり、個人はそれぞれの適性に応じた役割を果たせばよい、と彼は思っていた。

こうした性向は科学者には適していたが、円満な人間関係を築くには少なからず支障となった。たとえば境平は、ひとりの女性を、他と区別して愛することができなかった。十代二十代を通じて彼は何人かの恋人を持ったが、それはあくまで身体的な必要性から生じたものであり、彼の独特な孤独感を癒すのとは無関係の行為だった。

もちろん、境平自身がそれを人間的欠陥と考えることはなかった。もし自分が結婚して夫婦生活を始めたとしても、それは家にいる人間の数が一から二になるだけの、生態学上の変数の変化でしかないと思っていた。

こんな彼の人間観に変化が生じたのは、三五歳のときであった。

■

人気《ひとけ》のない夜の住宅地を、自動車のライトが照らしていた。タイヤの摩擦音とともに、合成された走行音が路上に響いた。音に引きずられるように、椋鳥《むくどり》たちの声が続いた。時刻は午後一〇時を回っていた。

電気自動車の走行時に義務付けられている走行音は、ふたつの理由で今の境平には無用である。第一に、現代の制御技術があれば、もはや歩行者が自動車に気づかなくても危険がないこと。第二に、勤務先の大学から自宅までの帰路に、配慮すべき歩行者がほぼ存在しないことだ。自動化技術の発達と人口減少、時代に追いつかない法整備といった、日本国の置かれた現状がそこに象徴されていた。

少年時代の予定のとおりに科学者となって以来、境平はおおむね同じリズムで日々を消化していた。日の昇る時間を大学の事務作業や学生指導にあて、日の沈んだ時間を研究にあてる。自宅の時間はほぼ睡眠時間である。そのような生活をここ八年間、つい一月前まで続けていた。

階段を上り、静かに玄関ドアを開けると、

「おかえりなさい、叔父《おじ》さん」

と、ダイニングテーブルに伏していた少年が、眠そうな顔で境平を見て言った。

「累《るい》。まだ起きていたのか」

テーブルには惣菜が小皿に載っている。昨日の晩、境平がスーパーで買ってきたものだ。ほとんど料理をする暇のない彼は、二人分の食事を数日ごとにまとめて買ってくる。

「遅くなるから、夕飯を食べて寝ていなさいと言っただろう」

「夕飯は家族揃《そろ》ってとるものだと、お祖母《ばあ》ちゃんが言ってました」

「無理に『家族』をやる必要はないんだよ」

と境平は宥《なだ》めるように言う。

「もちろん、君はまだほんの一二歳だ。ひとりで生きていける歳《とし》じゃない。だが、それは経済的なことであって、形としての家族が必要な時期はもう過ぎているはずだよ。成長期に必要なのは、ちゃんとした時間に夕飯を食べて、ちゃんとした時間に寝ることだ」

「すみません。明日から改めます」

累がしゅんと頭を下げるので、境平は少し迷った後、財布から紙幣を取り出して、

「はい」

と小遣いを渡した。生活費と身の回りのものを買うために渡している金《かね》だ。

不定期的なタイミングで小遣いを渡すのは、自分は怒っているわけではない、ということを表明するためだった。子育て経験のない境平は、金銭を渡すという形でしか子供への感情を表現できないのだった。

「多いです」

紙幣を丁寧《ていねい》に数えてから累は言った。

「二週分だ。来週、スイスで国際会議があるんだ。五日で帰る。何か、学校に出す書類はないか？」

「あっ、宿題があります」

「宿題？」

「うちの人の仕事を聞いてくる、というものです。研究とか、大学のこととか」

「……ああ」

と頷《うなず》いて、一拍おいてから「うちの人」が自分を指していると気づいた。この少年の保護者はいま、自分なのだ。

「今日はもう遅いから、明日でいいかな」

「はい。大丈夫です」

そう言うと、累はテーブルに置かれた惣菜をもくもくと食べ始めた。

突然預かることになった子供がすでに小学六年生で、数日ひとりにしても問題ない年齢だったことは、境平にとって幸いといえた。もしこれが未就学の幼児であれば、境平の機械のように規律的な生活は大幅に乱されることになったに違いない。

姉の子供を、しばらく預かってもらえないか。

そんな相談を母にされたのは、盆休みに帰省した都内でのことだった。

境平が子供の頃から、父は「七〇歳で医者を引退して、老後はオーストラリアで過ごす」と決めていた。後継ぎのいない診療所の引き渡し先も、都内の一等地にある自宅の売却先も、老夫婦ふたりが過ごすにはちょうど良い気候のおだやかな家も、随分前に見つけていた。

随分前とはすなわち、境平の姉が、息子の累を両親に預けたまま、音信不通になるよりも前のことだった。

父にしてみれば、それは人生で数少ない「不測の事態」だったようだ。医学部を出て親の後を継ぎ、ふたりの子供を持ち、二頭の犬を飼い、都内の一軒家に住み、老後は海外でのんびり過ごす。そのような紋切り型とも言える幸福な家庭の構築を、すべて計画通りに遂行してきたのが父の七〇年間だった。

もちろん父ほどの財力があれば、小学生の累を連れてオーストラリアに移住するのは容易であっただろう。ただ、子供をおいて行方不明になるという姉の行動は、

「ちゃんとした大人になれ」とだけ言われて育った子供が初めて起こした「ちゃんとしていない行動」なのだ。その結果である累の存在を、父は許せなかったのかもしれない。

「それにねえ、日本に残ったほうがあの子のためだと思うのよ」

と母は父を弁護し、

「母さんの言うとおりだ。それに、累は子供の頃の境平によく似ている。今からでもお前が、ちゃんとした大人の見本を見せてやってくれ」

と父は言うのだった。

平均的な家族観の持ち主であれば、小学生の孫を残して海外移住するのがいかに社会通念に反するかは理解できたであろう。しかし境平にしてみれば、祖父母が育てるのも叔父である自分が預かるのも大きな差があるとは思えなかったし、両親の老後の計画が、後から来た累よりも優先度が高くなるのは自然であるように思えた。

ひととおりの話を聞くと、境平は両親にこう言った。

「前から決まっていたのなら、仕方ないですね」

家に帰るとすぐに物置として使っていた部屋を整理し、子供ひとりが住めるスペースを確保した。積まれていた書籍をダンボール箱に詰めて壁に寄せ、その上に天板を載せて椅子《いす》を置けばちょっとした学習机になった。ネットショップで買ったパイプベッドを開いて腰掛けると、急拵《きゅうごしら》えにしては上等な子供部屋に見えた。少なくとも、児童相談所に虐待を疑われる部屋ではない。

それより心配だったのは、同居人に自分の生活圏を荒らされることだった。三五歳まで独身をやっている男には、意思を持つ人間と同居することに対する想像力はほとんど残っていない。想像力が不足すると、しばしば物事を悪いほうに考えてしまう。

実際に暮らしてみると、累は驚くほど手のかからない子供だった。

食べ終わった食器はきちんと自分で洗ったし、ゴミ出しの日にはきちんと自分でゴミを出しに行った。洗濯といくつかの家事を担当させても、彼はどれもそつなくこなした。

「母親に捨てられ、親戚をたらい回しにされている子供」と言われて想像する姿とは、およそ似つかぬものだった。

祖父母が累を「ちゃんとした大人」にするべく、誠意ある接し方をしていたことが窺《うかが》える。母が境平に言った「あの子のためだと思う」というのも、体《てい》のいい言い訳ではなく、本心から出た言葉なのだろう。

境平が与えた部屋も、子供部屋としては不自然に思えるほど整頓されていた。

机の脇には学校カバンが置かれているが、その置き方ひとつとっても、育ちの良い子供が友達の家に遊びにきたときを思わせた。壁のフックを使わず、足場と視界のノイズにならない場所を目ざとく見つけている。几帳面《きちょうめん》さを感じさせる一方で、そこには妙な違和感があった。まるで、この部屋に住人がいないように見せる努力をしているようだった。

ただ、本棚の本が少し動いているので、どうやら累が時々読んでいるらしい。いささか神経質な境平でなければ気づかなかっただろうが、それがこの部屋にとっての数少ない、生きた人間の匂いだった。

「子供が読んで面白い本はないだろう」

と境平は言った。部屋に置かれているのは、境平が学生時代に使っていた、紙箱入りの古い専門書のはずだった。

すると累は黙って、低い棚にある大型本に目を向けた。子供向けの恐竜図鑑だった。そんなものをこの家に持ち込んでいたことを、境平はすっかり忘れていた。

「ああ。それは叔父さんが小学生の頃に、お祖母ちゃんに買ってもらったものだ。読んだかい？」

「恐竜の絵が、アプリの図鑑とずいぶん違うなって思いました。なんか、怪獣みたいで」

「叔父さんが子供の頃はそうだったんだ。その頃は恐竜はトカゲやワニに似た動物で、男の子にすごく人気があった。今みたいに、鳥の姿じゃなかった」

「恐竜の姿って、変わるんですか」

「恐竜は変わらないよ。ずっと昔に絶滅したからね。変わったのは人間の知識だ。新しい化石が発掘されたり、分子解析が進んだりして、鳥類に近い系統であることが分かってきたんだ。だから、研究成果にあわせて図鑑も書き換えられていくんだ」

「ぶんしかいせき」

と、累はその言葉を、大事な宝物を扱うようにゆっくりと繰り返した。

「恐竜の身体に含まれていたアミノ酸などの分子を調べることだよ。骨よりも分子のほうが、遺伝学的な情報が残りやすいんだ」

と説明すると、累は興味深そうな目でこちらを見た。なるほどこの子は自分に似て、科学的好奇心が強い性向のようだった。こういった性質も遺伝的な傾向が強いのだろうか、と境平は思った。

顔の造形はまったく似ていない。境平はほかの家族同様に典型的な日本人顔だが、累は彫りの深い、いくらか欧米寄りの顔をしている。背丈も同年代の少年よりいくらか高い。

境平は図鑑をぱらぱらとめくった。懐かしい図版に古めかしいフォントで説明が書かれている。その中で、「オヴィラプトル」と書かれたページを開いた。

光沢紙のカラーイラストで、頭にニワトリを思わせる赤いトサカがあり、羽毛に覆われて、鳥の巣のような場所に座り込んでいる。

「たとえばこれは、研究によって姿が大きく変わった恐竜だ」

と累を見て言った。

「こいつは最初、卵の化石と一緒に見つかったんだ。ほかの恐竜の卵を盗んで食べていたんだろう、と推測した科学者が『卵泥棒』という意味の名前をつけた。でも、その後の研究で、どうやら卵泥棒《オヴィラプトル》は自分の卵を温めていたらしい、ということが分かった。だから今の図鑑には、卵を温める絵が描かれている」

「どうして昔の科学者は、卵を盗んだ、なんて思ったんですか？」

「卵を温めるっていうのは、鳥の行動だからだね。昔の科学者は、恐竜をトカゲみたいな動物だと思っていたから、温めるっていう発想がなかったんだろう」

「でも、名前は変わらないんですか」

「一度決めた学名を変えるのは、ちょっと難しい」

「かわいそうです」

「そうだけれど、人間が恐竜にどういう名前をつけるかなんて、恐竜にとってはどうでもいいことだ。こういうのは、あくまで人間たちの話なんだ」

「かわいそうですよ」

と、累はもう一度言った。真剣な目だった。まるでその恐竜が卵泥棒と呼ばれることで、自分の存在が否定されてしまうかのようだった。

「うむ、それはもっともな話だ。それじゃ、累が大きくなったら、名前を変えるように国際会議で提案してみるといい」

「変更できるんですか？」

「叔父さんは分類学の専門家じゃないからね。具体的な手続きはわからないけれど、人間が決めたことなんだから、きっと人間が変えられるんだろう。でも、そのためにはたくさん勉強しないといけない。まずは、宿題をやろうか」

「はい」

と累は頷いて、ランドセルからノートと鉛筆を取り出した。ノートの表紙には、

「6年2組　新野累」

と、サインペンで丁寧な字で書かれている。

姉の子なのに自分と同じ姓であることが、彼の短い人生にまつわる幾つかの事情を想像させる。

累は、戸籍上の父を持ったことがなかった。

もちろん生物学的な父は存在する。一二歳の累はおそらく、自分に「父親」なるものが存在することを、とうに理解しているだろう。

境平はその男の名前も、現在の住所も知っている。顔写真も、検索すればすぐに手に入る。

ただし、累にはそれを知らせていない。

幸福な家庭で育った境平も、さすがに三五歳ともなれば、血縁と戸籍を一致させられなかったり、子供が父親に会えない事情がこの世に存在することは理解している。

■

境平たちが住んでいるのは、都心から電車で一時間ほど離れた、かつて学園都市として開拓された地域だった。いくつかの企業が誘致された後に撤退し、最終的に大学しか残らなかった街だ。家族向けの賃貸住宅が、都内のワンルームと同額になるまで過疎化が進んでいた。

こういった場所では、大人の半分は大学職員であり、

「きみのお父さんは何をしている人なの？」

と聞くと、それは職業ではなく研究分野を指す。少なくとも、仕事を聞かれて困るような大人はほとんど存在しない。だからこそ「うちの人の仕事を聞いてくる」という、ある意味で無神経な宿題が出るのだろう。

累はそんな環境では例外的な「複雑な家庭事情の子供」だった。

その短い人生のうち最初の九年を母と二人で暮らし、母の事情によって祖父母のもとに移された。そこで三年を過ごし、祖父母の都合によって叔父である境平のもとに移された。九と三という数字を並べて、自分も近い将来に事情によってこの子をよそに移すことになるのではないか、と境平は考えた。自分の意思とは関係ない必然的な現象としてそれが起きるのではないか、という予感がぼんやりとあった。

だが、ひとまず今の自分の仕事は、「うちの人」としての宿題をこなすことだった。

「叔父さんの仕事はね」

ひと呼吸おいてから、ノートと鉛筆を抱えた累を見て、少し勿体《もったい》をつけるようにつぶやいた。

「宇宙の生命を、探すこと、だよ」

と言うと、累は怪訝《けげん》そうな目を向けて、

「でも、叔父さんは宇宙に行くわけではないんですよね」

と尋ねた。ああ、と境平は頷いた。

母がかつて「境ちゃんは将来、宇宙飛行士になるの」と言ったように、宇宙に関わる仕事というと、誰もがまず宇宙飛行士のことを考える。制御技術の進歩でほとんどのミッションが無人化されても、宇宙開発の看板は人間の仕事だ。

「そうだね。でも、宇宙の生命を見つけるためには、地球でやることのほうが多いんだ」

「そうなんですか？」

「ああ。宇宙飛行士たちが火星に行けば、火星人が集まってきて『火星へようこそ。僕たちは火星人だよ。友達になろうよ』って話しかけてくれるわけじゃないからね」

と言うと、累は不満げな顔をした。少し頰をかきながら、境平は窓の外にある田んぼを指した。

「たとえば……ほら、あの田んぼの水をひとすくいすると、その中には数えきれないほどの微生物がいる。でも、見るだけじゃ分からないだろう。この地球にも、動物や植物よりもはるかに多くの微生物がいることは、顕微鏡が発明されてやっと分かったんだ。山のような生物を観察したアリストテレスや、『博物誌』を書いたプリニウスも、そんなことは知らなかった」

「じゃ、宇宙に顕微鏡を持っていくんですね」

「もちろん、探査機にはいくつもの測定装置が積まれている。でも、重い装置を打ち上げるのは大変だし、地球で作った装置がほかの星でうまく動作するか分からない。だから、今はサンプルリターンといってね、ほかの星で生物がいそうな場所を見つけて、地面をひとすくいして、地球に持って帰るんだ。そういうのを分析して、生命がいるのか、いないのか、といったことを叔父さんたちが調べるんだ」

「調べる星はどうやって決めるんですか？」

と累は尋ねた。少なくとも宿題のマニュアルにそんな質問は載ってないだろう。累が自身の興味から言っているのだ。境平は少し嬉しくなった。

「叔父さんが今やってるのは火星だけどね。選び方にはいくつか条件がある。もちろん近くて行きやすいってことも大事だけど、一番重要なのは、水があること」

と言った。

「水」

「たとえば、木星のエウロパは氷で覆《おお》われた衛星だけど、その下には水が大量にあることが分かっている。いま、インドの探査機がサンプルの回収に向かっているところだ。エウロパの氷にパイプを刺して、中の水を少しだけもらって帰ってくるんだ」

「氷ではだめなんですか？」

「そうだね。生命を探すなら、何よりもまず、液体の水だ」

「なぜですか？」

「そうだね、ちゃんと説明しよう。固体の氷というのは、こういうふうに、分子がきっちりと整列している状態だ」

と、壁にかけてあるホワイトボードに、円形を格子状に並べていった。研究職にある者は自宅にもホワイトボードを置くことがある。ないと落ち着かないという理由で。

「まず、生命が生まれるっていうのは、とてつもなく複雑な化学反応なんだ。何千種類もの物質が出会って、連鎖的に反応しなければならない。ところが、こう分子がきっちりと並んでいると、隣同士の原子でしか反応が起きないので、とても生命が生まれるような複雑なことは起きそうにない。いってみれば、学校の授業中だ。先生の説明を聞くくらいしかできない。ここで温度を上げていくと」

ビーカーの中に丸をたくさん描いて、矢印を伸ばしてそれらが動き回る様子を描いた。

「液体の水ができる。これは休み時間だ。みんなが好き勝手に動き回ることができるようになる。そうすれば、仲のいい友達が集まって、ゲームをやったり、遊びに行く計画を立てたり、複雑なことができる。さらに温度が上がると」

と言って、今度は何もない空間に、数個の分子が矢印で飛び回る様子を描いた。

「気体の水蒸気。これは放課後になって、てんでばらばらの場所にいる状態だ。これだと、互いの距離が遠すぎるので、やっぱり複雑なことが起きそうにない。つまり、液体の水が、複雑なことをやるには一番都合がいいということだ」

境平はペンのキャップをはめた。即興で考えたにしては、なかなか悪くない説明だと思った。

「でも、水でないといけないのですか？　つまり、あの、牛乳とか……」

と累は尋ねた。水でない液体を挙げようとして「牛乳」が出てくるところが小学生らしい。

「牛乳も基本的には水だ。第一、牛乳がある星なら牛がいるよ」

と言うと、累はきゅっと肩をすくめて、なにかから身を守るようにノートを顔の前に掲げた。しまった、と境平は思った。相手の考えを無下《むげ》に否定してはいけないと「研究室における学生指導ガイダンス」で言われたことを、彼はしばしば忘れてしまう。

少し咳払《せきばら》いをして、なるべく優しい声で境平は続けた。

「でも、その疑問はとてもいい疑問だ。たとえば土星のタイタンには炭化水素の海があるから、もしかしたら炭化水素の生命がいるかもしれない」

「たんかすいそ」

累はその言葉を一文字ずつ丁寧に反復した。

「ガソリンとかアスファルトとか、つまり石油のことだよ。そういうところにも生命がいる、と考えてる人もいる。ここではアゾトソームという分子が……」

「あれ。石油って、恐竜の死骸からできたものじゃないんですか？　恐竜がいないと、石油もできないんじゃ」

と累は口を挟んだ。おそらく恐竜図鑑にそういう話が書いてあって、石油があるなら恐竜がいたはず、と考えたのだろう。今さっき自分が言った論法に、石油の由来についての知識まで交えてやり返してくる。賢い子だ。

「よく知ってるね。地球の石油はそうやって作られたと考えられている。ただタイタンの海はメタンとかエタンとかいった分子だ。ええと、メタンは知ってるかな。タイタンはとても寒いから、地球でガスになるような分子が液体として存在するんだ」

「メタンは生物がいなくてもできるんですか？」

「生物がつくるメタンもあるし、そうでないメタンもある。だから、メタンだけでは生命の証拠にならないが、……いや、メタンが証拠かどうかという話じゃなかったよな」

と言うと、累はちらっとノートを見て、

「水以外の液体じゃだめなのか、という話です」

「そうだった。とにかく、水じゃない生命を探している人も、一応いる」

質問がぽんぽんと出てきて、話の方向性が定まらない。そういう会話が境平には心地よかった。普段、授業で学生に対し一方的な説明をするごとに、こんなことをするよりも教科書を読むほうがよほど効率がいいだろう、と思っていたものだ。

「ただ、もし水でない生命がいるとしたら、それがどんな姿なのか、どんな分子構造をしているのか、叔父さんたちは実例を知らないから分からない。知らない場所で、想像がつかないものを探してこいと言われても、難しいだろう。でも、水でできた生命なら実例をひとつ知っているから、探しやすい」

「なるほど」

と、累は熱心にノートになにかをメモしていった。いったいこの話を「宿題」としてどうまとめるつもりなのか、と境平は考えた。

もう少し具体的な自分の話をしてもよかった気がするけれど、それはあまり累に知られたい話ではなかった。概念的な説明に比べて研究の実務は、科学的な難しさとは別の意味で、子供には教えたくない話が多い。

累はとても賢く、そのうえによくできた子だ。だが複雑な事情を抱えている。

現実の人間の厄介さなんてものは、この子がいちばん体感として知っている。そんなことは自分が偉そうに教えるものではない。ちゃんとした仕事をちゃんとした大人として、自分がどう育てばいいのか、という見本を与えてやることが必要なのだろう。おそらく累はこれまでの人生で、そういうものを与えられてこなかった。

翌日以後、境平が家に帰る時刻には、もう累の部屋の電気は消えていた。前に境平が言ったことを、きちんと守っているようだった。

■

累に出されたのと似たような宿題を、かつて境平も与えられたことがある。

「おうちの人に、自分の名前の意味を聞いてみましょう」

という課題が、粒子の粗いプリンタによって印刷されていた。小学三年生のときだ。

しかし、彼はそんなことは聞くまでもなく知っていた。いつも父が自分に語って聞かせていたからだ。

境平が生まれたのは、二〇一五年の七月のことだ。

それは、ＮＡＳＡの打ち上げた探査機ニュー・ホライズンズ号が冥王星に到達し、特徴的なハート形の地形写真を送ってきた夏だった。当時の日本人にどれだけ宇宙に目を向ける余裕が残っていたかは分からないが、少なくとも境平の家は、そういう家だった。

ニュー・ホライズンズ。

新境地、
新地平。

「境平が生まれるまでは、どんな本を見ても、冥王星は想像図しか載っていなかったんだからな」

と、父はなにかの時に言っていた。あれは確か、「世の中には本に載っていないこともある、外で友達と遊ぶのも大事だ」という話につながったはずだ。ただ説教としては失敗で、境平には未知を解き明かす興奮しか伝わらなかった。

その夜、境平は家にある古い天文図鑑を開いて、

「太陽系の惑星たち」

というページを見つけた。九枚のカラー図版が正方形状に並んでおり、

「第2番惑星　金星（ガリレオによる撮影）」

「第8番惑星　海王星（ボイジャー2号による撮影）」

といったキャプションが添えられていた。いちばん右下に、

「第9番惑星　冥王星（想像図）」

と書かれた高精細な挿画が載っていた。写実的なタッチのイラストで、言われなければ想像図だとは分からない。分光学的測定によって色合いは現実のものに似せていたものの、冥王星のシンボルであるハートマークはそこに存在しなかった。

発行年は二〇〇五年とある。おそらく既にニュー・ホライズンズ計画は公開されており、遠くない将来この九人兄弟の末っ子が姿を明かしてくれることを、図鑑の執筆者たちは認識していたに違いない。

二〇〇六年にケープ・カナベラル基地から打ち上げられたとき、ニュー・ホライズンズ号は「惑星探査機」だった。いまだ誰も見たことがない、もっとも遠くもっとも小さい惑星のために、人類史上もっとも速い人工物として地球から放たれた。

そして、その半年後に、冥王星は国際会議によって九番惑星の地位を奪われ、「準惑星」という耳慣れない肩書を与えられた。

惑星探査機は、準惑星探査機となった。

もちろん、ミッションの科学的意義はまったく縮減せず、観測される冥王星にはなんの影響もない。あくまで、地球の住民たちが冥王星をどう分類するかという話なのだから。

だが、境平は自分の名前について考えるたびに、ニュー・ホライズンズ号に関わった研究者たちの気持ちを想像せずにいられないのだった。

おそらく冥王星の格下げが決まった瞬間、彼らは自分たちの心の中で、まだ見ぬ冥王星の姿が変わるのを感じたことだろう。浮世離れの傾向の強い科学者たちも、自分たちがあくまで人間社会の中にあって、人間たちの尺度を通じてしか物事を見ることができないことに、気づかされたに違いない。

■

四日間にわたるスイスの国際会議で、境平の発表は最終日に位置していた。

「火星地下のメタン生成岩石におけるＤ－プロリンの不均等な分布について」

というのが要綱に掲げられた彼のタイトルだ。

ＥＳＡ（欧州宇宙機関）の無人探査機によって、火星の地下から回収され地球に送られたメタン生成岩石（と暫定的《ざんていてき》に呼ばれているサンプル）の、分光学的な分析についての報告だった。

ジュネーブの会議場には、数百人の聴衆のほかにマスメディアも数多く入場していた。巨大なカメラが壁一面に並び、放送機材のチェックらしい作業を行っていた。見慣れぬ光景に境平は戸惑った。

通常、学会に一般のマスコミが立ち入ることはない。

そもそも学会には非公開のものも多く、出席者は他の研究者の研究内容を口外しないよう誓約書を書かされる場合すらある。メディアの注目が集まるのは、よほどの有名人が登壇する場合と、よほどの重大発表がある場合だけだ。

今回は後者だ。その年の国際宇宙生物学会では、「地球外生命体の発見」という、人類の科学史に、それどころか人類史に残るべき重大発表が行われる予定になっていた。

だが、そんなことは関係なく、境平は自分の仕事をするだけだった。いつものとおり、発表原稿の最終チェックを始めた。

火星の地表においてメタンが不均一に噴出していることは、二〇一〇年代のNASAとESAのミッションで明らかになっていた。

当初は地質的な活動だと思われていたが、二〇年代から三〇年代にかけてこれらの噴出源の地下探査が行われ、火星の地下水脈が発見されると、俄然《がぜん》、地球外生命体への期待が高まった。そして四〇年代初頭のミッションでついに、これらの水脈から複数の岩石サンプルの回収に成功した。

サンプルは古代の火山活動によって形成された多孔質の岩石で、採掘される直前まで内部に液体の水を含んでおり、分光学的な測定により大量の有機物を含有していることがわかった。

この成果が発表されると、学会のみならず一般社会までが沸いた。

火星起源のメタン生成細菌が発見されたのか、と。

ところが、いくら表面を削って分析しても、細胞膜を形成するような脂質や、遺伝物質と思われる核酸、酵素活性を持つタンパク質に類する物質は検出されなかった。少なくとも地球の科学者が「生物」と聞いて想像するようなものは、そこに存在しなかった。

生命の痕跡が見当たらない謎の火星石には、暫定的に「メタン生成岩石」という名前がつけられ、より詳細な内部構造の調査を待つこととなった。

貴重なサンプルである以上、中を割って調べるわけにはいかない。非破壊的な分析方法が検討され、専用の核磁気共鳴装置までが開発され、放射光分析のデータとあわせて、少しずつ調査が進んでいった。それによって、火星大気中の二酸化炭素と水が内部に含まれる有機低分子の触媒作用によってメタンとなることや、多孔質の岩石に含まれる無数の小部屋がまるで細胞のように半独立の化学系を構成していることが、徐々に明らかになりつつあった。

となると問題は、それは生命と呼べるのか、だった。

人類は、生命のあり方を一パターンしか知らない。地球に住む生物はすべて、ＤＮＡとＲＮＡとタンパク質からなる中心教義《セントラルドグマ》を持ち、すべて共通の遺伝暗号に基づいている。これは、数十億年前に存在した、ただひとつの細胞を起源にしているからである。

だからこそ、地球生物とまったく独立に生じた化学システムを目の前に示されても、それが生命なのかどうかを決めるのは簡単ではない。

これに似た議論は、かつてウイルスを対象に行われていた。

もともと病原体として発見されたウイルスは、細菌などの従来の微生物よりもさらに微小な生きた液体、として学界に報告された。

しかし、構造が単純で結晶化が可能であり、代謝を起こさず、宿主の増殖機構を間借りしないと増殖できないことから、「生命ではない物質」とみなす傾向が強まった。

ところが二一世紀以後の研究で、細菌並みの大きさを持つ巨大ウイルスや、自前の酵素を持つウイルスが見つかると、徐々にウイルスを生命とみなす勢力が優勢となり、二〇三〇年頃からはウイルスを「カプシド生命体」として、細胞による「リボソーム生命体」と区別するのが学会の主流となっている。

いわば冥王星とは逆に、一度「生命体」の座から降ろされたものが、研究の進展によってふたたび返り咲くこととなった。

とはいえ、ウイルスはあくまで細胞から分岐したものであり、細胞と共通の遺伝暗号を持ち、起源としてはヒトと同様の地球生命に属する。その意味では、境平の考える地球生命という孤独な巨人のひとつの分枝にすぎない。

一方、いま科学者たちの前に提示された火星の岩石は、ウイルスよりもはるかに縁の遠い存在だった。そこにはＤＮＡやＲＮＡ、タンパク質のような複雑な生体高分子は存在しない。せいぜい十個以下のアミノ酸が重合したオリゴペプチドがあるのみだ。生体膜による区画で恒常性を維持する能力すらなく、火山活動によって生まれた小部屋に間借りしているだけの秩序だ。

もちろん、岩石自体には増殖する能力は存在しない。あくまで、ある小部屋に生まれた有機分子の触媒機構が、大気中の二酸化炭素を同化して有機物を生み出し、その分子組成を隣の小部屋に伝搬させるだけだった。

この日、境平を含む「火星チーム」の仕事は、この岩石を「火星の生命」と学会に認めさせることだった。

「ご覧の通りメタン生成岩石の内部には複数種類のアミノ酸が検出されましたが、特に注目すべきは、Ｄ－プロリンの分布です」

と、境平は流暢《りゅうちょう》な英語で静かに言った。

火星チームにおける彼の担当は、岩石に含まれるアミノ酸の組成分析だった。地球生物は遺伝暗号表に記された二〇種類のアミノ酸をもとにタンパク質を構成し、それらが生命活動を担っている。プロリンはそのひとつであるが、単体で触媒としての能力を持ち、有機物をほかの有機物に変化させる反応を仲介する能力を持つ。

ただし、プロリン自体は小惑星や隕石にも微量に存在するため、火星地中の岩石に含まれていても、それだけで生命の証拠にはならない。

今回の発表で境平が示したのは、このプロリンの岩石内部における偏りだった。

「核磁気共鳴画像が示すプロリンの分布によると、このように、岩石のこの位置にある一点を中心に、遠く離れるにつれて薄まっていくことがわかります。さらに円偏光X線によって、この岩石内にはL－プロリンがほぼ存在しないことが明らかになっています」

と、レーザーポインタで、D－プロリンの濃度分布がピークを示すヒートマップの赤点を指した。

「したがって、サンプル内のこの位置において、D－プロリンが生成し、ゆっくりと周辺に拡散したことを示唆しています」

もちろん、プロリンが無から発生するわけではない。岩石内に含まれるなんらかの有機分子が、水に溶けたアンモニアや炭酸ガスと反応し、いくつかの中間体を経て、プロリンに変化していると考えられる。

そして、その反応が岩石内部のある一箇所だけで進行し、生成したプロリンが周辺に漏れ出しているのだ。鉱物としての組成がほぼ均一であることを考えると、そこでは物理的な構造によらない秩序が、物質の不均一な分布を構成していることが窺えた。

境平はすべてのスライドで、そのプロリンが「D」であることを強調していた。分子生物学を知る者であれば、境平があえて解説せずとも、この「D」という文字の重みは理解できた。

地球生命を構成するタンパク質は、すべてL型アミノ酸でできている。L型のアミノ酸が重合してできたタンパク質が、L型のアミノ酸を合成し、それが集まってふたたびL型のタンパク質となる。そういう自己増殖的なサイクルを何十億年も繰り返している。

L型とD型の違いは単なる左右の違いにすぎず、そこに生体物質としての優劣は存在しない。原始生命において何らかの偶然でL型が優勢となり、D型を駆逐したと考えられている。生命進化の多くはこういった偶然に支配されている。

そして、火星の岩石においてD型のアミノ酸が増殖しているということは、そのアミノ酸は、地球の生命活動とはまったく独立な、しかし地質的反応よりもよほど複雑な化学系から生み出された、ということを示している。

おそらく見る者の多くは、その「D」の一文字に、火星チームの確固たる意志を感じたことだろう。

「我々の勝利だ」

と。

最後のスライドには、研究費についてのコメントがあった。ＮＡＳＡとＥＳＡ、その他いくつかの欧米系の基金の脇に、慎ましく日本の科研費の紫色のロゴマークが描かれている。

境平の「これで発表を終わります」のひとことが会議場に響くと、司会者の質疑応答の合図を待つまでもなく、聴衆からひとりの若いアジア人が手をあげた。

「メタン生成岩石の内部構造は、岩石に閉じ込められている以上、その系自体は増殖能力を持たない。そこで起きているのはあくまで、岩石内の有機物の濃度変化にすぎない。したがって、それは生命とは言えない」

中国の研究者だった。境平はその顔に見覚えがあった。「金星チーム」の若手研究者だ。

「それについての議論は火星チームの全体的な問題ですので、この後のルブラン先生に譲りたいと思います」

と、境平はその指摘をかわし、司会者に次の質問を促した。

自分はあくまで、岩石内のアミノ酸分布についての調査結果を示したにすぎない。これが生命であるかどうかはまた別の話だ、という態度を、今回の発表の間中貫いていた。それは彼の立場のせいではなく、単純な実感だった。

ただ、中国を中心に組織された「金星チーム」には、そうはいかない事情があった。火星の生命探査で欧米に出遅れた中国は、金星の上層大気における生命探査を進めていた。もともと秘密主義的な傾向が強い彼らが、今回の「火星チーム」に、自分たちの成果をぶつけてくる形になったのだ。

金星チームの主張する「金星の生命活動」は、火星のメタン生成岩石のような明瞭な境界線が存在しなかった。大気中に分布するガスに大量に溶けた有機物が、局所的に自己増殖的な挙動を見せることを、彼らは「生命活動」と表現していた。

ただ、それを見せられた委員たちの反応は冷ややかだった。

細胞膜またはカプシドによって外部と隔てられた生命ばかり見てきた科学者にとって、外界との境界がそもそも存在しない生命というのは、いささか受け入れがたいようだった。それであれば、火星のように岩石の殻が存在する生命のほうが、まだ容認しやすい。殻は卵のイメージで、生まれつつある生命を守るものとして肯定的な印象を与えている面もあった。

火星の生命がやや固体的すぎるのに対し、金星の生命はそれ以上に気体的すぎる、というのが、その場に集まった科学者たちの印象のようだった。

その日の夕方、国際会議のプログラムの最後に、会場に集まった二百名の委員による投票が行われた。

火星案と金星案のどちらを、人類史上初の生命体として認定するか、ということだった。

投票は委員に配られたタッチ式端末によって行われ、すぐさま集計結果が前方のディスプレイに発表された。


火星案は、一一二票。

金星案は、三五票。

棄権が、五三票。


過半数の委員の票を集め、火星のメタン生成岩石は、生物であると認められた。

歴史的瞬間だった。

背後に控えたマスメディアから大量のフラッシュが焚かれた。

火星チームのメンバーたちは、互いに声をあげて喜び、抱き合った。

ついに地球人類の前に、宇宙生命が姿を現したのだ。

少なくとも後世の教科書には、この日が「生命科学の歴史にとって重大な一日」として書かれている。

なお、五三票の「棄権」のうち一票は、境平によるものだった。

■

「投票の内訳は見ましたか？」

シャルル・ルブラン氏はフランス語訛《なま》りの英語で境平に尋ねた。境平は首を振った。

メタン生成岩石解析のリーダー格であるルブラン氏の自宅で、境平は彼の家族と夕食をともにしていた。

「いえ」

「中国人の一部が、我々に味方したらしい。よほどインドに負けるのが嫌だったのでしょうね。中印の対立が、はからずも我々に利したということになります」

「そうですか」

と、境平は窓の外を見ながらワインを口にした。アルプス山脈の稜線《りょうせん》が月明かりに照らされている。絵本の中のように幻想的で美しい風景だ。

　過半数の票が得られなければ、地球外生命体の「発見」認定は見送られることになっていた。金星チームが勝てないことを認識していた中国の委員が、火星に票を集めることにしたらしかった。もちろん、純粋に科学的な見地から選んだのかもしれない。

今回の認定が急がれたのは、いくつかの政治的な事情があった。

木星の衛星エウロパのサンプルを抱えたインドの探査機が、順調に行けば、四年後に地球に帰還する予定になっていた。

エウロパは太陽系生命の最有力候補地だ。液体の水が豊富に存在し、木星の潮汐《ちょうせき》力《りょく》による活発な地質活動もある。サンプルリターンに成功し詳細な分析が行われれば、誰の目にも明らかな宇宙生物が見つかるかもしれない。そうなれば「地球外生命体の発見」の聖杯は、インド人の手に渡ることとなる。

そうなる前に、聖杯を誰かに与えてしまう必要があった。

特に、インドと政治的な対立を深めている中国にとっては。

そして、それを止める政治力を、今のところインドの研究者コミュニティは有していなかった。

境平のグラスが空《から》になると、すぐにルブラン氏の妻が何か言いながらワインを注いだ。境平はフランス語を解さなかったが、労《ねぎら》いと感謝の言葉を言っているのだろう、ということは理解できた。

「我々の国もすっかりムスリムに占拠されたので、この頃は良いワインを手に入れるのも大変ですよ」

　とルブラン氏は笑みを浮かべた。境平の貢献を称《たた》えるために用意した特別なワインだそうだが、彼には日本のスーパーで手に入るものとの違いが分からなかった。自分に称えられるべき貢献があるのかも分からなかった。

　境平と彼の研究室はサンプルの分光学的解析については高い技術を有していたし、火星チームに参加することでＮＡＳＡやＥＳＡからの研究費を受けることができた。日本政府による予算がほとんど期待できない現状では、研究を継続するためのもっとも合理的な選択肢だった。

　ただ、彼がここ数年にわたってメタン生成岩石の解析を進めたことが、地球外生命体発見への「貢献」だったという実感はほとんどなかった。地球外生命体を発見するのがこのチームであるということは、欧米社会では決定事項として進んでいたらしかった。自分がしたことは、未知の研究ではなく、決定事項の追認だった。

　ルブラン氏の隣に座った少年が、父になにか話しかけていた。彼は中国人《シノワ》？　いや日本人《ジャポネ》だよ、という単語が聞こえた。

「息子のアンリが『お父さんが日本に住んでいた頃の知り合い？』と聞いていますね」

　とルブラン氏は境平に言った。

「この話はしましたっけ。実は私、若い頃は日本に住んでいたんですよ。最初の博士研究員の頃だから……ええと、一三年前になりますか」

境平はそれを言われなくとも知っていた。この男の経歴は、研究業務とはまったく無関係な経緯で知っていた。だが彼はそんな素振りは見せずに、

「湿気《ヒューミッド》の多い国でしょう」

と、乾いた声で言った。

「何だって？　ああ、ユーミッドな国。そうですね。でも、とてもいい国でしたよ。人々がみんな魅力的で」

と彼は言った。フランス語話者は英語でも、最初のhを省略しがちになる。

ふたりがそんな話をしている間に、アンリはしばらく手元で携帯をいじった後で、「コンニチワ！」と元気な日本語で話しかけた。境平も「こんにちは」と返した。

あらかじめ予想していたことだったが、アンリ少年の顔は驚くほど累に似ていた。累の顔から何かしらの数学的操作によってアジア人の要素を取り除けば、ちょうどこんな顔になるのだろう。

ただ、遠慮がちな累と違ってアンリはよく笑った。ふたりの小さな妹も、母がフランス語でなにか言うたびに、天使のような笑みを浮かべていた。

この家族は、幼少期の自分の家のように、幸福に満ちている。

幸福な家庭はどれも同じようなものだ、とトルストイは書いているが、境平は遠く離れた異国のこの光景に、どこか懐かしさまで感じていた。そんなものを感じるのがおそろしく不適切な行為だと知りながら。

ルブラン氏は、火星チームの実質的なリーダーであり、いまや人類初の宇宙生命の発見者となったこの男は、かつて滞在した湿気《ユーミッド》の多い国で得た子供と、その母親を捨てた。

その子供は、いま一二歳になって、境平の家にいる。

「やつは裁かれるべき罪を犯した」

「その男を、お前は、世紀の大発見の立役者にしたのだぞ」

「いまがチャンスだ。この幸福な家族に、彼の罪を洗いざらい話すのだ」

という声が、頭の奥から聞こえてきた。

だがそれは、境平の内なる良心の声ではなかった。人間の良心はこうあるべきだと、社会生活を営む上で後天的に学習した知識からの声だった。

三五歳の彼には、その声は子供の頃よりもはっきりと聞こえていたが、あくまで情報として認識されるだけで、彼の感情を揺さぶったり、行動を律するものではなかった。

誰が誰の父親であるか、そんなことがなぜ重要なのか、境平はやはり、わからなかった。

　宇宙の闇を隔てた異星に住む異質たちに比べれば、日本人だとかフランス人だとか、実の親とか育ての親とかいったことに、なんの意味があるのだろうか。

　多孔質の岩石の中での、近い部屋と、少し遠い部屋の違いでしかない。DNAの、配列の類似度の問題でしかない。そんなものに、なぜ誰も彼もが深刻になるのだろうか？

　それが境平にとっての、内心から来る素直な感情だった。

「素晴らしいワインをありがとうございます」

　と、境平は笑って言った。

■

「なぜ宇宙生命を探すのでしょうか？」

　五日ぶりの日本語が境平の耳に刺さった。空港から自宅に向かう暇もなく行われた記者会見で、彼は大量のマイクとカメラを向けられていた。スイスでの彼はあくまで火星チームのひとりにすぎなかったが、こちらでは国家の英雄のような扱いだった。

「それは私たちがこの宇宙で、あまりに孤独だからです。この地球には百億もの人間

のであり……」

と、遥《はる》かに多くの生物が暮らしていますが、それは全てひとつの細胞から派生したものではなかった。

と、あらかじめ用意していたコメントを境平は読み上げた。記者団の質問には彼が想定していない質問も山のようにあったが、それらはあまり科学的な意味のあるものではなかった。

火星生物は何を食べるのか？

意思の疎通は可能なのか？

地球を侵略する恐れはないか？

こういった質問を適当に受け流しながら、どうも記者というのは自分よりも遥かに想像力が豊かなのではないか、と考えた。ある記者が、

「今回のノーベル賞級の発見について……」

と言い出したときは、境平は思わず笑いそうになった。地球外生命体の発見は「ノーベル賞級」なのか、と。となれば地球人は毎年いくつの地球外生命体を見つけねばならないのだろう。中国やインドが頑張れば、そんな時代が来るかもしれない。そして太陽系は生命で満ちあふれるのだ。

「なぜ日本はこうなってしまったんだろうな」

という父の言葉を思い浮かべた。疲労と時差と慣れないフラッシュの光のせいで、

意識が不明瞭になりつつあった。

「いえ。僕はあれほど身体が強くないので、科学者になろうと思います」

という自分の言葉も浮かんできた。あれは中国の宇宙飛行士たちが、月面に立った時だったか。

自分はあのとき宣言したとおり、科学者になった。中国のチームにも打ち勝った。南半球にいる父は、息子を誇らしく思っているかもしれない。

「それでは、今回の喜びを誰に伝えたいですか？」

ひとりの女性記者の声が、朦朧《もうろう》とした意識の中に挿し込まれた。

「今回の喜びを、ですか……」

境平はそう答えながら、記者の意図をはかりかねていた。

今回の喜び？

どの喜びだ？

ここ最近で嬉しかったことは、累の宿題を手伝ったとき、彼が思った以上に賢く、科学的好奇心あふれる少年だったことくらいだ。もちろん、記者が聞いているのはそれではない。

この状況で彼らが欲しがっているのは、「日本国が今回の発見に重要な貢献をした」という空想であり、すなわち、立役者である自分が日本国という共同体に属している、という認識だ。そうなればおのずと言うべきことは決まってくる。

「そうですね。大学の研究室のみんなや、いつも相談に乗ってくれた友人たち、育ててくれた両親、そして……」

そこまで言ったところで、ふと、累の顔を思い浮かべた。

「皆さん」

とマイクに向かって、静かにつぶやいた。性能のよいマイクらしく、小さな声も会見場にきれいに響いた。

「皆さんには、あれが生物に見えたんですか？」

質問をした女性記者は、きょとんとした顔で境平を見た。ほかの記者たちも、顔にいくつかの「？」を並べていた。

数秒の沈黙が流れた。

もしかしたら自分の探している「他者」は、こういう顔をしているのかもしれない、と境平は思った。

都心から自宅に向かう電車に乗るころには、すでに会見の様子が夜のニュースで配信されていた。一時間以上マイクを向けられていた気がしたが、放送されたのはほんの数分のクリップで、「人類史上の偉大な発見に貢献した日本人科学者」という形できれいにまとめられていた。規定のストーリーに則《のっと》った映像をこれだけ素早くまとめる能力があれば、研究職でも便利だろう。

メタン生成岩石についての簡単な説明も添えられていた。こちらは「岩石の中に細菌のようなものがいると当初考えられていたが、実際はそうではなく」ときちんと書かれており、比較的見られるものだった。あらかじめ研究室の助教あたりに取材したのかもしれない。

電車が都心から離れるにつれて光は徐々に減り、窓に見えるのは斜め向きに流れ落ちる雨粒だけだった。湿気の多い境平の祖国は、雨が多い国でもある。そんな景色を見ながら、彼はぼんやりと原初の生命の誕生について思いを馳《は》せる。

これだけ豊富な水がありながら、なぜこの惑星には生命が一系統しか生まれなかったのか。

原初の生命には、D型のアミノ酸を基盤とするものが存在したのかもしれない。彼らと我らの間に物質的な優劣は存在しない。偶然に勝てなかったのだろう。

なぜ恐竜は滅び、哺乳類は生き残ったのか？

なぜネアンデルタール人は滅び、ホモ・サピエンスは生き残ったのか？

我々の優れた点はいくらでも挙げられる。ただ、もし彼らが生き残って文明を築けば、おそらく彼らは今の自分たちと同じくらい、彼ら自身の優れた点を並べたことだろう。そして、自分たちが生き残るべくして生き残ったという、勝者の空想に浸るのだ。

　駅から車を拾って自宅に戻り、疲れた頭でドアを開けた。

　五日ぶりの玄関にうっすらと覚えた違和感が、その像を結ぶまでに数秒ほどかかった。

　累の靴がない。

　時刻は夜一〇時だった。

　明らかな異常事態だった。もともと累は学校以外の用事で外出することはほとんどない。少なくとも、境平に連絡もなく外泊するようなことは絶対にないはずだ。

　慌てて靴を脱ぎ捨てた。

　玄関のすぐそばにある、累の部屋をノックした。

　反応がないことを確認して、ゆっくりとドアを開け、中の様子を見た。

　次の瞬間に境平がしたことは、災害情報にアクセスして、出張中に日本で起きた地震を確かめることだった。だが目の前の惨状が自然災害の結果でないことは、結果の表示を待つまでもなく明らかだった。自然災害は、図鑑の中のページを破いて床に散らしたりはしないはずだ。

それは人間の行動の結果であり、すなわち、なんらかの人間の感情の跡だった。

累が怒っているのだ。

それは明らかだ。

何に？

この一ヶ月、まるで自分の存在を隠すように慎ましく過ごしていた累が怒りに近い感情を示したのは、境平の見たかぎり、ただ一度だけだ。

巣の上に座り込んだオヴィラプトルのイラストが、断片になって床に散乱している。人間の都合で勝手に卵泥棒と呼ばれ、人間の都合で訂正できなくなっているものだ。

そのページの断片を見るだけで、境平はそこにどんな感情が起きたのかを、まるで追体験するように理解できた。

累が怒るのは、人間の都合に振り回されることだ。

おそらく累はあのニュースを見たのだろう。

あの賢い少年は、自分が宿題として聞いた話と照らし合わせて、そこで起きたことに気づいたのだろう。

「何かの都合で曲げられた現実がここに存在する」と。

累は怒っているのだ。境平に対してではない。

累は人間に怒っているのだ。

「もしもし」

反射的に通話ボタンを押してから、自分はいま電話をとったのだ、と認識した。電話という古典的な通信手段を使う者は、境平の仕事相手には存在しない。友人にもいない。家族だけだ。

「ニュース見たよ、境平」

累ではなかった。女性の声だった。

十数年ぶりの会話だったが、それが誰なのか、境平はすぐにわかった。

「姉さん」

■

「すごい仕事をしたんだね。おめでとう。きっとお父さんも喜んでくれてるよ」

故人を偲《しの》ぶかのように姉は言った。

「そんなことはどうでもいい」

境平はぶっきらぼうに言った。実際、今直面している問題に比べればどうでもよかった。

「姉さん、今、どこにいるんだ？」

「ごめんね」

と言った。居場所は言えない、という意味だろう。

「累はそっちにいるのか？」

「累はあんたのところにいるんじゃないの？　お母さんに、そう聞いたんだけど
……」

「いなくなった」

「えっ？」

「姉さんのところに行ったかもしれない。追いかけるから、場所を教えてくれ」

「えっ、でも、あの子も……」

と言いかけて黙った。あの子も私の居場所は知らない、と言おうとして、それがあまりに酷な事実であるため、口に出すことを躊躇《ちゅうちょ》したのだろう。

「ねえ、姉さん。どうして累を捨てたんだ」

小さな呼吸音だけがしばらく続いた。やがて観念したように、口を開く音が聞こえた。

「ごめんね。私、あんたと違って馬鹿だから。あの人も、子供さえできれば私と結婚してくれるだろうなんて思ったの」

世の中にそういう道理があることは、境平も知っていた。子供ができることによって男女間に社会的責任が発生すると。ただし、世の中にはその道理を通さない人間もいると。姉は言葉を続けた。

「でも、私、もう累を見るのも駄目。あの子の顔を見てるだけで、自分がどれだけ愚かだったのかを見せられてるような気分になるの」

その言葉を聞いて境平は初めて、自分と累の間にある深刻な差を理解した。

境平は、両親が幸福な家庭を計画し、その結果として生まれ、愛されて育ってきた子供だった。姉もそのように生まれ育ったはずだ。

だが累は、姉の愚かさの結果として生まれてきたのだ。

遺伝的にきわめて近い血縁者なのに、与えられた環境条件があまりにも違うのだ。

「累はいま、姉さんの居場所を知らない。そうなんだね？」

感情を喉の下に押し留めて、境平は必要なことだけを聞いた。

返事はなかった。おそらく肯定の意味だろう。

電話を切った。

雨に濡れた靴を履いて、玄関を出た。

境平たちが育った都心の家は、両親はすでに海外に移住し、もう別の家族が住んでいる。

もし累が姉の居場所を知っているのなら、向かう先はそこしか考えられない。だが、知らないとなれば、どこを捜せばいいのか。

宇宙生命を探すよりも難題じゃないか、と境平は思った。居場所を失った子供がどこに行くかなんて、境平は人生において一度も考える機会がなかった。そんな必要がなかったのだ。

こんなにも前提に差がある自分が、どうして累を育てて、「ちゃんとした大人の見本」たることが出来るというのだろうか？

しかし境平の心配をよそに、累はあっという間に見つかった。

最寄りのバス停のベンチにひとりで腰掛けて、巡回バスを待っていた。トタン屋根の下で、跳ねる雨粒を避けるようにビニール傘を前に向けていた。

この雨の中ではどこへ行くにも、一時間に一本の巡回バスを待って駅まで向かうしかない。火星探査機が二年に一度しか上がらないように、子供はそれほど遠くには行けないのだ。

車を停《と》めてバス停の前に出ると、雨はさっきよりも激しくなっていた。

傘を持ったままじっと下を見ていた累は、ちらっと目を上げて境平を見て、ふたたび目を地面に下ろした。靴とズボンの裾が泥で汚れていた。

「どこに行くんだ、累」

と声をかけた。それが愚かな質問であることは、返事を待つまでもなく分かった。

「どうして出ていったんだ」

「すみません」

雨の音が続いた。どこか遠くで蛙《かえる》の声も聞こえる。

「僕は、ここを出たほうがいいのかな、って思ったんです」

境平はその言葉だけで、彼の中で何が起きたのかを体感できた。

この少年は、人間の都合に直面したときは、自分が家を出ねばならない時だと、条件反射的に認識してしまっているのだ。母のもとから、祖父母のもとから、そのようにして移されてきたのだ。

だが、その状況を前にして、どうすればいいのかは分からなかった。

境平の求めている「他者」はまだ見つかっていない。その候補たちは、これからも地球に送られてくるはずだ。エウロパの、エンケラドゥスの、タイタンの、もしかしたら、いずれは太陽系外に探査機を送れるかもしれない。自分の仕事はまだ終わっていない。

あのニュースは必要に迫られて内容を誇張しているだけで、自分は決して、人間の都合に振り回されて科学の道理を曲げたりはしない。

だから、累も出ていかなくていいんだ。

そういったことを、この場で言って聞かせねばならなかった。それは境平にとって、科学的な事象を説明するよりも遥かに難しいことだった。

「……あの、叔父さん」

と、累が先に口を開いた。

「叔父さんは、お母さんをどういう人だと思ってました？」

「姉さんは……」

と言ったきり、境平は口をつぐんだ。

ここで何か姉の人間的な温かみが伝わるエピソードを語って聞かせれば、この複雑な事情を抱えた少年の心を慰めることができるのかもしれない。だが境平は、この状況にふさわしい言葉をなにひとつ思いつかなかった。雨がバス停のトタン屋根を打つ音だけがしばらく響いた。

幸福な家庭で愛されて育った少年であればおよそ味わうことのない無力感が、いま境平の全身を覆っていた。つい数時間前に国家の英雄のごとく祭り上げられたことが、かえってその感覚を強めていた。

「ねえ、叔父さん。ぼくも、兄弟《きょうだい》がいればよかったのにって、思うんです」

沈黙を破ったのは、また累のほうだった。

「どうして？」

「ひとりだと、なにかの間違いかもしれないじゃないですか。ふたりいれば、自分が生まれてきてよかったんだと思えます。ここにいていいんだって、思えます」

どん、と心臓が鳴る音が聞こえた。

そこに自分がいる。そう境平は思った。

彼の恵まれた生い立ちを考えると、自分を累と同一視するのは、いささか不適切な行為だったかもしれない。だが、境平はその瞬間、人生において初めて、他人の問題を自分の問題として共感することができた。

この子は自分と似ている。かつて父が言ったように。

境平が人生をかけて探している他者とは、すなわち、地球に生きる生命の兄弟なのだ。

宇宙のどこかに他の生命体が存在することで、自分たちが生まれるべくして生まれたものだと、信じることができるのだ。

もちろんそれは空想だった。宇宙の摂理は生命を愛したり慈《いつく》しんだりはしない。ただ、もうひとつの生命が存在しているという、その事実を確認するだけで、人間たちの存在が、必然性に基づいた結果だという空想に浸ることができるのだ。

皆が皆、それぞれ求めている空想があるのだ。どうしてそれを否定することができるだろう？

「帰ろう、累。僕たちの家に」

境平は累の肩を抱えた。

車のドアがゆっくりと閉まると、電気自動車は不必要な電子音を立てながら、古びたLED街灯の照らす道を走り始めた。自分はまだ何もできていない。だが、これから何かできるかもしれない。ひとりの人間が、あるいは地球の生命全体が、自分たちが生まれてよかったと、思える道があるかもしれない。

「ちゃんと家族をやろう。とりあえず、そこから、始めよう」

有機分子と水を湛《たた》えた多孔質の岩石は、相変わらず火星の地中に存在していた。

地球から送られてきた無人の探査機が、いくつかの石をサンプルとして持ち帰ろうと、科学者たちがその分子組成にどんな意味を見出そうと、その事実がどれだけの人間の心を揺さぶろうと、それは彼らの預かり知らぬ話である。

これはあくまで、彼らとは無関係の惑星に住む、人間たちの話なのだ。

あとがき

「ＳＦとは何か」という話題はともすれば紛争の種になりますが、この「人間たちの話」は、「サイエンス・フィクション」という言葉をごく直接的に解釈し「科学の物語」を目指して書いたものです。

しかし「科学を物語る」というのはかなり奇妙な行為です。科学は客観的根拠をもとに論ずるもので、その価値は真理の解明を志向している点にあります。想像をもとに紡がれる虚構の物語とは本来相容《あいい》れないものです。

では、なぜ社会に物語が必要なのか。これは人の認識が物語の形をしており、事実を事実として認識しようにも「物語への翻訳」が不可避的に入り込むからだ、と私は考えています。

そのような視点から「科学の物語」を綴《つづ》るにあたって意識したのは、客観性を第一とする科学の人間的な面を描きたい、ということです。うまく伝えることができていれば幸いです。

牧野修
馬鹿な奴から死んでいく

二〇二〇年、日本SF周辺の大きな話題のひとつに、ホラー系テーマ別書き下ろしアンソロジーの金看板、井上雅彦《いのうえまさひこ》監修《異形コレクション》が九年ぶりに復活し、光文社文庫から新刊二冊を刊行したことが挙げられる。創元版《年刊日本SF傑作選》でも、同シリーズから多くの作品を再録させていただいたが、本書にも、二冊の新刊から一編ずつ選ばせていただいた。

第49巻にあたる『ダーク・ロマンス』に掲載された本編は、呪術医と魔女の死闘を描くマキノ節炸《さく》裂《れつ》の痛快サイキック・アクション。《異形コレクション》を代表する作家のひとりだった牧野修に、九年ぶりの《異形コレクション》で再会できたことに涙した読者も多かったのではないか。

牧野修（まきの・おさむ）は一九五八年、大阪府生まれ。高校時代から、筒井《つつい》康隆《やすたか》の主催するSF同人誌〈NULL〉に参加。大阪芸術大学在学中の七九年、「名のない家」で第2回奇想天外SF新人賞佳作（牧野ねこ名義）。八五年、「召されし街」で第1回幻想文学新人賞佳作（牧野みちこ名義）。九二年、『王の眠る丘』（ハヤカワ文庫JA）で第1回ハイ！ノヴェル大賞を受賞し書籍デビュー。九九年、『スイート・リトル・ベイビー』（角川ホラー文庫）で第6回日本ホラー小説大賞長編賞佳作。二〇〇二年、『傀儡后《くぐつこう》』（ハヤカワ文庫JA）で第23回日本SF大賞、一六年、『月世界小説』で第35回日本SF大賞特別賞を受賞。短編の代表作は、『忌まわしい匣《はこ》』（集英社文庫）、『楽園の知恵』などにまとめられている。二〇二〇年は、大阪万博の記憶を鮮やかに小説化した、五年ぶりの書き下ろしSF長編『万博聖戦』（以上、ハヤカワ文庫JA）を刊行した。人間に憑依《ひょうい》する精神寄生体（オトナ人間）と時空を超えて戦うコドモ反乱軍に加わった少年たちは、決選の地、大阪・千里《せんり》の万博会場に向かう……。

小さな端切れのような舌を投げ出し、はへはへとふざけた呼吸をしているきなこ色の犬が俺《おれ》を見ている。濡れた黒い目がとにかく訴えている。甘ちゃんはいねえか。お人好《ひとよ》しはいねえか。生き残るために憐《あわ》れみを乞う方向に進化した特殊な獣《けだもの》だ。そしてあっさりとその手にのっかる俺。耳の後ろをがしがしと掻《か》いてやるとさらにはへはへと気の抜けた呼吸をする。くそ、ねがったりかなったりじゃねえか。ねがったりかなったりの意味は知らないけどさ。

俺は白いビニール袋からハムカツを挟んだコッペパンを出して二つに割った。言っておくが、これは俺の昼飯だ。おまえに分けてやる義理も恩もない。きなこ色の犬はふんふんと頷《うなず》きながら俺をじっと見ている。最初から負けの決まっている勝負だった。俺はハムカツのコッペパンを路面に置いた。半分、そして半分。

じゃあな。

俺は手を振ってその場を離れた。仕事帰りの人気《ひとけ》のない夜道でとんだ喝上《かつあ》げだ。だがビニール袋に入ったもう一つのコッペパン（ジャム&マーガリン仕様）を渡さなかっただけでもまだましだろう。俺もそこまで甘くはない。コッペパンは後の楽しみにおいて、俺は缶コーヒーを取り出した。無糖のそれを喉を鳴らして飲んでいると視界の端に不穏なものが映った。通り過ぎろと賢明な方の俺が言うのだが遅かった。俺はしっかりとそいつを見てしまった。

ビルとビルの隙間に、その少女は身体《からだ》を押し込んで震えていた。額が切れて血が流れていた。白いごわごわのワンピースも泥だらけだ。

「やあ、お嬢ちゃん」

声を掛けた。少女は隙間をさらに奥へと進んだ。

「もし、お嬢ちゃんが困っているのなら、多少は俺が助けになるかもしれない。たとえば」

袋からコッペパンを取り出した。

「腹が減ってるのならこんなものがある」

少女はカニのように横歩きで隙間から出てくると、いきなりパンを奪い取った。

「おちつけ。返せとは言わないから、ゆっくりと食べろ」

言っている間に、コッペパンがほぼそのまま少女の両の頰袋に収まった。喉を詰まらせないようにと近くの自販機でペットボトルの水を買ってもどると、パンはすでに食道から胃へと向かっている途中だった。

「怪我《けが》、ちょっと見せて」

少女は素直に額を突き出す。

「安心しろ。お兄さんは医者みたいな仕事をしてるからな」

医者みたいな、という部分に少女は突っ込まなかった。素直でよろしい。リュックを下ろす。仕事帰りでちょうど良かった。中から小さな容器を出した。容器の蓋《ふた》には文字のようで文字でない落書きのようなものが書かれてある。それは大天使ガブリエルを示す印形《シジル》だ。蓋を開けるとピンクの軟膏《なんこう》が入っている。人差し指と中指を伸ばしてそれを掬《すく》い取る。この指の形は密教でも西洋魔術でも刀を意味する。密教ではこうやって指で描く神聖な象徴を印相と言い、刀を意味する印相は刀印と呼ぶ。だいたいこの辺りで察しがついたかと思うが、俺はオカルト関係の仕事をしている。というか、いわゆる魔術医《ウィッチドクター》だ。今の時代そんなものに需要があるのかと思っているかもしれないが、というか俺自身もこれで食っていけるとは思っていなかったのだが、しっかり需要がある。少なくともこんな時間まで働かされるほどにはね。

額の血を消毒済みのガーゼでふき取り、刀印で十字を描きながら軟膏を塗る。少女はちょっと顔をしかめただけで痛みを訴えない。涙も流さない。最後に大きな絆創膏《ばんそうこう》を貼った。これはおまけだ。大した意味はない。

「ほかに痛いところはあるか」

少女は足元を指差した。足首が腫れている。触ると熱を持っていた。

「足の指、動く？」

少女が頷く。患部に手を翳《かざ》してみた。多分骨は折れていない。ヒビも入ってなさそうだ。同じピンクの軟膏を刀印で塗っていく。念のためへブライ語の聖句を唱える。

少女が不思議そうな顔で俺を見上げた。

「痛くなくなった、だろ」

少女は頷く。

「お兄さんが医者みたいなもんだということがわかってもらえたかな」

みたいなもんだ、は小声で素早く言った。それでも少女は再び頷く。素直でよろしい。

「君の名前は」

「月餅《ユエピン》」

「ゆえぴん……それって中国のお菓子じゃなかったたっけ」

少女は小首を傾《かし》げた。小首を傾げたなんて言葉は生まれて初めて使ったが、それは彼女が小首を傾げたとしか言いようのない仕草をしたからだ。

「チョット、きみたち」

後ろから声がした。

振り返る。

「でかい……」

思わず声が漏れた。

俺はどちらかと言えば普段人を見下ろす側の人間だ。その俺よりも頭一つ半大きい。

俺を見下ろしている。ガラス玉のような感情のない目で。

少女が俺の腕をぎゅっと握った。その手が震えていた。

「たすけて」

小さな声でそう言う。

「それを返しなさい」

大男が言う。

「それ？」

「そこのそれ」

大男は少女を指差した。

「それはワレワレの所有するものだ」

翻訳機が合成音声で喋《しゃべ》っているように、何もかもぎこちない。

「人をもの扱いするような人間に子供を渡す気はない」

「じゃあ、仕方ないね」

大男は一歩前に出た。俺の二歩分は優にある。一瞬で俺の目の前に来たそいつは、月餅に手を伸ばした。俺は月餅を背後に隠した。男は俺を横に押しやろうとした。その手首を掴《つか》む。次の瞬間男の腕をひねり路面に押さえつける、はずだった。が全く動かない。鉄の塊を相手に技を掛けようとしている気分だ。

男が腕を一振りした。俺は無用になった玩具《おもちゃ》のように振り飛ばされた。路面をごろごろ転がったあげく、大きなゴミ箱にぶつかって止まる。その時俺は俺のリュックを手にしていた。転がりながら掴んだんだ。ちょっとは褒めてくれ。中から小さな容器を出した。蓋に書かれているのは禁断と言われている神の名だ。俺は中の緑の泥のようなものを人差し指で掬う。そしてダッシュした。少女の手を掴んだ大男に駆け寄る。大男は俺が何かできるとは思っていない。その腕に軟膏を塗る。同時に発音してはならない神の名を唱える。腕の皮がぱかりと開いた。最初からそこに蓋があったように。開いた奥に赤く大きなボタンがある。それを突き指する勢いで押した。

男の腕から力が抜けた。

死んだ魚のようにだらりと垂れ下がる。

俺はすかさず月餅の手を掴んで引っ張った。

「逃げるぞ！」

言った俺よりも月餅の方が速かった。俺は少女に腕を引かれ一歩遅れて走る。ついていくのが精一杯だ。運動不足を悔やむ。明日から毎朝ランニングをしよう。ダイエットも始めよう。規則正しい生活をしよう。自分でも信じられない明日からの誓いを立てながら、いつの間にか薄暗い路地裏を抜けやたら広い道に出ていた。いや、道じゃない。ここは中庭だ。月明かりに黒々としたお屋敷のシルエットが見える。まるで古くさい怪奇映画のようだ。屋敷へは芝生が続く。その左右を囲むキンモクセイの生け垣はすっかり枯れ、遠目には瘦《や》せた猫背の男たちの葬列にしか見えない。芝生もほとんどが赤く黒く枯れてしぼみ、皮膚病のように土がのぞいている。

月餅は俺の手を引いて屋敷へと向かっていた。悪い予感しかしない。

「ちょっと待った」

俺は立ち止まる。

「どこへ連れて行くつもりだ」

月餅は屋敷を指さした。

「何のために。あそこに何がある」

「仲間があそこにいるの。たすけて」

「仲間って」

「芝麻球《チーマーチュウ》、崩砂《パンサー》、花捲《ホアジュアン》、麻花《マーホア》」指を折りながら名前を言うと「全部で四つ」

どれもこれも中華菓子の名だ。何となく事情がわかってきた。これはまずいことに手をだしたかもしれないぞ。そう思ったときはたいていがもう遅い。

遠くに見える館の大きな扉が開いた。

誰かが出てきた。

月明かりだけではっきりとは見えない。ただ黒い人影だ。なのに目の前で死んだ黒猫を見たかのような厭《いや》な気分になった。

ああ、悪いなあ。俺はもう先に帰るよ。

そう言って立ち去るのが賢明であることは充分承知している。なのに足が動かない。ただ近づく人影をじっと見ている。月餅もその人影の気配を感じたのだろう。俺の後ろに回り込み、上着をぎゅっと摑んでいる。そうだ。用意するに越したことはない。俺はポケットに手を入れた。さっきの大男に使った軟膏の容器が入っているのを確認する。人影は見る見る近づいてきた。決して急いでいる様子はないのに、滑るように近づいてくる。あっと思ったときにはもうその顔がはっきりと見えていた。女だ。この辺りでは有名人だ。ここで頭を下げ、この少女を差し出せば何とかなるかもしれない。だが俺は己がそんなことをしないことを知っている。できないんだ。俺が今ぎりぎり人として生きていられる何かを失うのが怖いから。

「ありがとう」

女は言った。

「その子をここまで連れてきてくださったのね。振込先を教えてもらえるかしら。それなりのお礼をさせてもらうわ」

俺はポケットから煙草《たばこ》を出し、マッチで火を付けた。指先が震えるのを必死に抑える。煙草は少しも美味《うま》くなかった。

「あんた糕点师《ガオディエンシー》さんか」

糕点师とは中国語でパティシエのことだ。そうであるなら彼女は最強にして最悪の魔女だ。使い魔と称する弟子たちを持ち、中華菓子の名を持つ子供を売買する冷酷な魔物。それが糕点师だ。命が大事なら絶対に関わってはならない人物だった。

「そうよ」

糕点师は糕点师であることを肯定した。俺は片足を墓穴に突っ込んだわけだ。

「あなたの期待に応えるだけのお礼はするわ」

さあ、今のうちに逃げるんだ、俺。今ならまだ間に合う。逃げろ逃げろと頭の中で連呼したあげく、俺は口を開いた。

「礼はいらない」

言っちゃったよ。

「彼女は連れて帰る。ここに来たのは間違いだった」

糕点师は口角を上げて微笑《ほほえ》んだ。きっと死神は人の魂を奪うときこんな笑顔になるのだろう。

「値段を引き上げる気？　私を相手に交渉をしようと」

「いっさい交渉はしない。さあ、月餅。行くぞ」

糕点师に背を向ける。月餅が俺を見上げた。仲間はどうなるのかと訴えている。が、俺は黙って首を横に振った。

「自分が馬鹿なことをしていることは充分わかっていると思うわ。だから考え直す時間を五秒あげるわ。一、二」

次を待たず月餅を抱え走り出した。

背後で女が何か叫んだ。よくはわからないが何らかの呪詛《じゅそ》だ。彼女が世界最強の魔女だというのは間違いなさそうだ。

何歩進めたかはわからない。

突然何もかもが闇の中。

＊

この世には映画でしか見たことのないものがいくつかある。城の地下に作られた薄暗い拷問《ごうもん》部屋なんてのがその一つだ。で、俺は今それとしか思えない場所に寝かされている。濡れた石造りの広い部屋に、頭上からは太い鎖がいくつも垂れて揺れる。滑車のついた鎖の先には特大のクエスチョンマークみたいなフックがついている。幸い俺はそれに吊《つ》るされてはいない。硬く冷たい石の台に寝かされている上に、手も足も革のベルトで拘束されているので快適とはほど遠いが。

壁には手術道具と暗器の間に生まれた呪われた子供のような禍々《まがまが》しい道具類がずらりと吊るされている。寝かされた俺の横には、キャスター付きの台がある。レストランの厨房に置かれているようなぴかぴかのスチール製だ。拷問部屋の雰囲気はぶちこわしだが、上に載せられている用途不明の道具類はどれもこれも地獄で使われていそうな禍々しさに満ちていた。どうやって使うのかはあまり知りたくない。

どうやらここが伝説の〈お菓子の家〉のようだ。糕点《ガオディエンシー》師は表向き様々な魔術用品を販売する会社の経営者だ。だからある意味俺の同業者と言っても間違いではない。間違いではないが同じようなものだとは思ってほしくない。糕点師が扱っているのは、非合法な手段でしか手に入れられない類《たぐい》のかなり特殊な生薬だ。

漢方薬の原料として熊の胆嚢《たんのう》や鹿の角《つの》、牛の胆石が採取されるように、糕点師は特別な子供の身体から採れるあれこれを生薬に使う。例えば先天性色素欠乏症、いわゆるアルビノの子供。あるいは多胎児たち──双子や三つ子。そして低身長症の子供。そんな子供の臓器は薬として高値で売買される。糕点師はそういった子供を人工的に作り出しているという噂《うわさ》だ。それらには菓子の名前が付けられ、五歳の誕生日に生薬として加工される。具体的にどんなことをするのか知らないし知りたくもない。が、そんなおぞましい噂は耳を塞《ふさ》いでも聞こえてくる。それにしても、まさかそんな非道な怪物が本当にいるとはなあ。

「ぐっすり眠れたかしら」

言いながら当の怪物が入ってきた。後ろにはあの大男が俺のリュックを持って立っていた。糕点师が顎で指示すると、男はリュックをスチールの台へと載せた。

「あなたは魔術医みたいね。面白そうな薬がたくさん入っていたわ。どうやって使うのか教えて頂戴。弟子は腕にボタンができて、それを押されると力が失《う》せたって言ってた。それってどんな魔法？　基本西洋の近代魔術みたいだけど」

男はリュックを逆さにして、テーブルの上に中身をぶちまけた。

「例えばこれ。ガブリエルの印形がついてるけど、何に使うの」

「月餅《ユエビン》をどこにやった」

「……うちではたくさんの生薬を扱ってるの。素材の旬は五歳。ところが管理の不手際でいつの間にか八歳まで生き延びちゃったのがいてね、それがこっそり逃げ出したの。いずれにしてもうちの商品。あなたの手に負えるものではないわ」

「彼女はものじゃない」

ふふふと糕点师は笑う。

「あれらは一から私が造ったのよ。外に出すことはできない。あなたには彼女たちの管理ができないからね」

「勝手に子供を作って殺して内臓を取る。鬼だよ悪魔だよ」

糕点師は声をあげて笑った。

「あら、まあ。正義漢なのか馬鹿なのか。馬鹿なんでしょうね。何もわかっていないのはいいとして、愚かである自覚がないことが罪だわ。さてと、お道具の使い方を教えてもらえるかな。これは軟膏の形をした霊符《タリズマン》よね。こんなものがあることは聞いていたけど、実物を見るのは初めてよ」

喋りながらペンチに似た何かや、のこぎりに似た何かを愛《いと》おしそうに触っている。

「さあ、聞かせて。あなたのお話を」

それから糕点師が嬉々として俺にしたことの数々はちょっとばかりグロいので説明はしない。あの大男は何も手を出さなかった。これはきっと糕点師の趣味なのだ。

結果から言おう。俺はすぐに呪具の使用法を、差し障りのないようなものから順に、結局はすべて説明した。人というものは痛みに弱い。ついでに恐怖にも弱い。精一杯頑張ってみたつもりだったが十分ともたなかった。確かに俺が弱すぎることは認めよう。

痛みももちろんだが、あっさりと暴力に屈してしまったことにぐったりとしている俺に糕点师は言った。

「どれもこれも他の魔法で代替できそうなものばかりね。役に立つようならここで働いてもらおうかと思ったんだけど、まったくの役立たずだわ」

繊細な俺としてはそれなりに傷つく。泣きっ面《つら》に蜂というやつだ。違ったっけ。

「あなたも生薬として利用させてもらおうかしら。せめてそれぐらいは役に立ってもらわないとね」

大男が高圧ホースで俺の血を洗い流している。糕点师は金属製の注射器とガラス瓶を持ってきた。何か説明しているのだが、水を流す音で聞こえない。馬に使いそうな大きな注射器でガラス瓶の中の濁った液——適当にどぶ川から掬ってきたような代物だ——を吸い上げる。

「これが何かわかる？」

家に招いた恋人に料理を作ってでもいるように楽しそうだ。

「下水」

「正解は胞子。冬虫夏草って知ってるかな。虫とか小動物に寄生するキノコなんだけど、これはそれを改造して人にも寄生できるようにしたものなの。私が造ったオリジナルの商品よ」

大きな注射器の太い針を、俺の腹に突き当て押し込んだ。十センチはある長く太い針が腹の中へとずぶずぶと埋まった。痛みというものは意識がある限り慣れないらしい。足の親指は果実のように皮と爪を剝《む》かれていたし手の指はあり得ない方向に折れている。さらに背中や腹はわけのわからない薬品で焼かれた上に切り刻まれていた。もう充分泣き叫んだ後だ。それでも注射器からわけのわからない液が大量に注入されると、激痛に悲鳴が漏れた。

「これで終わり。じゃあ、後で収穫に来るわね」

そう言うと糕点师は男を引き連れて部屋を出ていった。せめてその後ろ姿に気の利いた一言ぐらい言ってやりたかった。残念ながらそれほどの気力も体力も残されていなかったのだが。何よりしばらくの間寝かせてほしかった。だが、そうもいかないだろう。すぐにでかい男がやってきて俺を檻《おり》にでも叩《たた》き込むだろう。そうなったら終わりだ。だが今なら、俺の道具は目と鼻の先にある。逃げ出すのなら今のうちだ。

俺は中指をぎゅっと折り曲げ、己《おのれ》の掌《てのひら》に五芒星《ごぼうせい》を描いた。やってみればわかる。かなり難しい。そしてヘブライ語の呪句を唱えた。召喚の呪文だ。これを唱えることで、俺のことを切実に必要としている人物をここに召喚できる。俺に助けを求めたあの少女月餅をここへと呼び出すためだ。何回か試したことがある。成功もしている。だがこんな状況でできるかどうかはわからない。とにかく集中だ。ゆっくりと四つ数えながら息を吐く。肺の中がからっぽになるまで吐く。それから二つ数える間息を止める。

そしてゆっくり四つ数えながら息を吸う。限界まで吸って息を止め、二つ数える。四拍呼吸法と呼ばれるものだ。繰り返すごとに緊張が解け、霊的な力が蓄えられる。

かつっ、と心の中で何かが引っ掛かった。成功だ。求める者の心と俺とがつながったのだ。後はこの心の糸を手繰《たぐ》り寄せていくだけだ。人でもモノでも取り寄せるアポートという力だ。来る。もうすぐここに来る。間違いない。もうすぐここに、いや、もう来ているはずだ。頭を動かし周囲を見回す。

「ユエピーン！」

「わん！」

……わん？

俺は再び周りを見回した。

そいつは俺の寝ている台に手をかけ、はへはへと間の抜けた息をしていた。

「おまえか……」

俺を心から求めていたのは真っ黒の目で俺を見ているきなこ色の犬だった。

考えを切り替えよう。次の何者かを呼ぶ時間も気力も、もうない。こうなればこいつに頼むしかない。

「イヌくん、そっちのテーブルの上にガラスの容器があるだろう。わかるか」

犬相手に俺は猫撫《ねこな》で声を出す。もしかして逆効果かもしれないが。

「ガラスの入れ物はたくさんあるよな。どれでもいい。なんでもいいからこっちに持ってきてくれないか。俺の手の上に」

手首をベルトで固定されている。そこから先を俺はパタパタ動かした。

「ここに持ってきてくれ。頼む。あとでパンでもなんでも買ってやるからな。わかるか。パンだ。コッペパン」

犬がわんと鳴く。

「よし、いい子だ。そこだ。そのテーブルの上。そこに置いてある。そうそこだ。偉いぞ。あと少しだ。そう、それを咥《くわ》えろ。よし！　いいぞ。それをこっちに持ってきてくれ。そうそう……そっちじゃない。こっちこっちこっちだ。そうだ。俺の掌にそれを……載せて……よっしゃ！」

奇跡だ。きなこ色の犬は天才だ。俺の手に載っているのは語ってはならない神の印形が描かれた容器だった。四本の指で容器を支え親指で蓋を回転させる。指が何度も攣《つ》りそうになったが、努力は報われた。ようやく蓋が開いたのだ。蓋を弾《はじ》きとばし、中指で中の緑色の軟膏を掬う。そして聖句を唱えながらそれを掌に塗った。パカリと掌が開く。中にある赤いボタンを押した。めりめりめりと俺の腕が音を立てた。直接筋肉をポンプで注入しているかのように、腕が急激に膨らんでいるのだ。鋼を縒《よ》ったような筋肉の束が皮膚を押し上げ凹凸を作っていく。たちまち片腕だけギリシャ彫刻の英雄のように逞《たくま》しくなった。合法ではない薬をうったように、熱湯じみた力が漲《みなぎ》っていく。四拍呼吸で精神を集中し手を握り、力を込めた。革のベルトがこよりのようにあっさりと千切れた。反対の手の拘束を解き、両足のベルトに取り掛かる。

わんこが激しく吠《ほ》えた。

「わかったよ。パンは後で買ってやるから」

そう言って身体を起こすと、目の前にあの大男がいた。男は俺の両足首を摑み、ひょいと壁に向けて投げ飛ばした。俺は石壁に激突し、床に落ちた。瞬間息ができなかった。意識が飛んで、左右どころか上下を見失う。それでも軟膏の容器を放さない俺を再び褒めてくれ。

俺はさっきとは反対の掌へ聖句とともに軟膏を塗った。掌が開き赤いボタンを押す。

大男が突進してきた。

俺は素早く左に避《よ》け、右のパンチを相手の鳩尾《みぞおち》に食らわせてやった。鋼の腕でだ。イメージの中では、腹を破って拳が背中まで突き抜けていた。

が、男は腹を押さえて後退《あとずさ》っただけだ。

俺は続けて大男の顎を狙った。

大男はグズでもノロマでもなかった。

俺の顔の倍ほどある掌底《しょうてい》で拳を弾き、ついでに俺の顔面を正拳突きが狙う。

仰《の》け反《ぞ》りながら横へと逃れたが間に合わなかった。顔は免れたが、額を掠《かす》める。掠めただけのはずだ。なのに、俺は後ろに弾き飛ばされた。

ハンマーで殴られたようなものだった。顔面に食らっていたら顔がひき肉みたいになっていただろう。

男が突進してきた。

俺はその足元にスライディングした。運は俺に味方した。俺は大男の股を潜《くぐ》り抜け背後に回った。そして後ろから、その壁じみた背中を駆け上り、パンプアップされた腕をその首に回した。

絞め技なら重量差は関係ない。そして首を絞められて平気な人間もいない……はずだ。

太く硬い首を相手に俺はぎゅうぎゅうと絞め上げた。男は手を回し壁にぶつかり、俺を引きはがそうとしたが無駄だ。途中から犬も加勢してくれた。吠えながら男の足を噛《か》む。噛む。また噛む。しかしなかなか男は気を失わない。きちんと腕は首に食い込んでいるのにだ。このままでは軟膏の効き目が切れる。そうなったら何もかも終わりだ。きなこ色の犬が吠えている。お前にやったコッペパン、せめて半分だけでも食べておけばよかった。後悔の多い人生だ。

と、不意に男は棒きれのように無防備に倒れた。気を失ったのだ。ほぼ同時に、俺の両腕はぷっしゅー、と音を立てて力が抜けた。

「ありがとうよ、わんこ。無事外に出たら必ずパンを買ってやるからな。二人で分けようぜ」

きなこ色の犬のきなこ色の頭をわしわしと撫でながら、俺はガブリエルの軟膏を探し出し、大きな切り傷や骨折などを自ら治療した。

「さて」

立ち上がって俺は言う。

「俺は月餅と仲間たちを助けにいく。お前は逃げろ。館の外で合流だ。じゃあな」

手を上げ俺は拷問室を出た。何一つ理解できていなかったきなこ色の犬が尾を振りながらついてきた。まあ、そうだろうな。

扉を開けると、コンクリートがむき出しになった廊下が続く。コンクリートは薄気味の悪いシミとヒビとついでにカビで覆われていた。手入れの悪い浴室みたいなものだ。拷問部屋のある城の地下室とはほど遠い荒廃ぶりだ。

きなこ色の犬を引き連れて俺は廊下を歩いた。

遠くの方で「逃げたぞ」の声が。

俺は慌ててリュックからラファエルの軟膏を取り出した。鮮やかなラズベリー色のそれを指先で掬い、カビだらけの湿った床を横断して線を引いた。

「オムニポテンス　アエテルネ　デウス、クゥイ　トタム　クレアトゥラム」

長ったらしい呪文を唱えている間に、屈強な男たちが現れた。血相変えてこちらに向かってくる。俺は呪文を続けながら犬を抱いて後ろに下がった。

「セド　トゥア　ペル　ジュセム　クリスタム　フィリウム　ウニゲトゥム。アメン」

最後の呪文を言い終わるのと、釘《くぎ》バットを振り上げたマッチョが先陣を切って駆け込んできたのは同時だった。

ラファエルの軟膏で引いた線を越えた途端だ。男はまるでゴールテープを胸で切ったように速度を落とし、二、三歩たたらを踏んで立ち止まった。その後から来る連中も、線を越えると同時に、魂がすぽんと抜けたような顔で立ち止まる。全部で六人、屈強な男が迷子の顔で佇《たたず》んでいた。

「皆さん」

俺は声を張った。

六人の男たちが一斉に俺の方を見る。真剣な目だ。

「教えてほしいことがあります。菓子たちをどこに閉じ込めていますか。皆さんは知っていますよね」

後ろにいた二人が頷いた。

「じゃあ、教えてください。ええと、そっちにいる長髪の人」

「この廊下をまっすぐ行くと階段があります。それを下りたら菓子どもがたくさんいます」

「ありがとう。必ず戻ってきますから。それまではここでじっと待っていてください」

言い残して俺は走る。〈ラファエルの軟膏〉は別名人たらしの軟膏。これを使うと、どんな人間であろうと術者のことを信頼尊敬し従順に従うようになるのだ。これも時間は限られているが、役に立つ。

俺は階段を駆け下りた。思ったよりも長い。すでに数階分下りたのではないか。湿気がさらにひどくなる。ついでに熟しすぎた南国のフルーツのような臭いがした。ようやく階下にたどり着き、奥の突き当りを曲がると、突然広い空間に出てきた。ドーム球場並みだ。そこにあるのは金属製の巨大なタンクや巨木の根のような太いパイプ群。用途不明な様々な機械。ここが何かの工場であることは間違いない。だが広すぎて何をどう手を付けていいのかわからない。

と、突然きなこ色の犬が駆けだした。すごい勢いだ。俺はあわてて後を追った。犬が吠えている。そこには半透明のシリンダーが等間隔でびっしりと並べられていた。

シリンダーの中は卵白のようなどろっとした液体で満たされ、そしてその中央に幼女たちが浮かんでいた。

「そこは出荷前の生薬の生産ラインよ」

背後から声がした。振り返らなくともわかる。糕点師だ。

「あなたの探しているのはそれじゃなくてこれでしょ」

俺はゆっくりと振り返った。糕点師が立っていた。その横には見知らぬ女が立っていた。俺とあまり身長が変わらない。モデル体型の女だ。

「誰？」

「あなたの探していた月餅よ」

言っていることがわからない。きょとんとしている俺を心底馬鹿にした目で見て、言った。

「あなたも魔術師の端くれなら、これが人じゃないことぐらい気がついているわよね」

「えっ」

「……本格的な馬鹿のようね。これは人造人間《ホムンクルス》。人じゃないのよ。同業者の中には本物の子供を誘拐して殺す奴《やつ》らもいるんだ。それに比べたらずいぶん人道的な商売をしているつもりだけど」

「……確かに言われてみれば。いやいや、違う違う。やはり子供そっくりのあの子たちを——」

「人造人間は成長が早いの。五歳で収穫と言ってるけど、五歳になるまで六か月ほどしかかからない。成長の速度はどんどん早くなるから、五歳で収穫を逃したあれが八歳になるまで丸一日ほど。いくら管理不行き届きであったとしても、三年間脱走者を見逃すわけがない。工場の人間がちょっと目を離したすきにあんなことになっちゃったのよ。今では月餅もすっかり二十歳を越えているわ」

「えっ、つまり、この女性が、月餅！」

俺が言うと、うんうん、とその女は頷いた。

「……彼女たちをどうするつもりなんだ」

「収穫時期を逃したものは廃棄しかない。もったいないけどね。そんなことよりあなたには心配しなきゃならないことがあるんじゃないの。あれ、もう忘れたの。本格的な馬鹿ね。あなたには冬虫夏草が植え付けられている。それが成長したらもうあんた終わりだよ」

糕点師は腕時計を見る。

「あと四時間ほどかな。腹に根を伸ばし背中から柄が突き出て傘が開くわ。その頃にはあんたは虫の息。私は冬虫夏草だけいただいて後はぽい。ね、ホムンクルスのことなんかより、そっちがずっと大事でしょ。わかる？　わからないの？　馬鹿はやっぱりどうしようもないね。良いこと教えてあげるわ。この世は馬鹿な奴から死んでいくようにできているのよ。ホラー映画で馬鹿がエンドロールまで生き残っているのって見たことないでしょ。さて、あなたに見せたくてとっておいたけど、これも処分しちゃうね」

糕点师は人差し指を月餅の額に付けて何か呪文を唱えた。

待ってくれ。

俺は叫ぶ。

月餅の輪郭が滲《にじ》む。きょとんとした顔がもやもやと煙となってたゆたう。肉色の煙がしばらく足や手の形を保って宙に溶けていく。簡素なワンピースが主人を失ってぐしゃりと床に落ちた。それで終わりだ。確かに生きて喋ってコッペパンを食っていた月餅が消えた。

「あらまあ、怖い顔。でもね、あなたには何もできない。魔術医としても三流。見せてもらったあなたの魔法道具はがらくたばかり。何かをするにも、もうあなたには時間がない。確かにちょっとは頑張ったかも知れないけど、それでもホラー映画なら三番目くらいに死ぬ馬鹿、それがあなたよ」

「俺が大馬鹿だってことは認めるよ」

俺は忌まわしい神の印形が描かれた容器を手にした。

「また筋肉増強してマッチョになってみるの？　それが私に通用すると思う？」

蓋を弾き飛ばすと、緑色の泥のような中身を大量に掬い出した。

「馬鹿には馬鹿なりの戦い方があるんだよ」

それを子供が手摑みでアイスクリームを食べるように口の中に入れた。舌の上でたちまち軟膏が溶ける。指先についた軟膏も残さず舐《な》めた。神々の味がした。どうなるか自分でもわからない。何かが舌を摑んだ。思い切り引っ張られる。眼球がぐるりと裏返った。世界が逆しまに。脳髄が燃える。視界が血塗《ちまみ》れだ。

——やめろやめろばかやろう！

悲鳴交じりの糕点师の声が聞こえた。知ったこっちゃない、っていうか俺には止めるすべもない。やるとこまでやるしかないのだ。そうだそうだ。顔のない神よ。無貌《むぼう》の王よ。この世を掻き混ぜろ。右を左に上を下に賢者を愚者に奴隷を王に糞《くそ》を宝玉に。狂え狂え狂え混沌《こんとん》こそわが根城なり。おお、今こそ我は顕現せり。愚かなるものどもよ。聞け。我こそは這《は》い寄る混沌。わが名は——

＊

確かに俺が馬鹿であることは認めるよ。あんなことで意地を張って、あんなものを呼び出してしまった。でもまさかあんなことでこの世の終わりが始まるなんて。

端切れみたいな赤い舌が俺の指を舐める。俺はそいつの頭を撫でる。世の中はすっかり変わってしまったが、少なくとも俺には相棒がいる。相棒ははへはへとこの世の終わりとは無縁で暢気《のんき》な呼吸を繰り返した。きなこ色の頭を俺は撫でる。何度も撫でる。

「ああ、そうだな。馬鹿な奴から死んでいくはずだ。そこそこ馬鹿な俺が生きているんだから、まだまだ生きている人間がいるはずだよな。さてと、じゃあ探しに行くか。俺より賢い奴らをな」

灰色の空が地平線まで続いて大地と交わる。大地はどこまでも灰色の泥で埋まっている。この世は灰で塗りこめた色のない世界だ。が、生き物が死に絶えたわけではない。空を蝙蝠《こうもり》の羽を持った泥の塊のようなものが群れを成して飛んでいる。それを追って巨大な樽《たる》のような何かが飛行船のようにゆっくり飛ぶ。樽は触腕を振り回し泥の塊をとらえ、体側にある肉の穴の中へと押し込む。遠くからひき殺される猫の悲鳴のようなものが聞こえる。足元から棘《とげ》だらけの足をざわざわと蠢《うごめ》かして人面そっくりの生き物が這い出てくる。そいつは俺と目が合うとけらけら笑って逃げていった。なかなか賑《にぎ》やかな世界だ。人面を追いかけようとする犬を止める。こんなときでも相棒は楽しそうだ。ちなみにヒト用に改造した冬虫夏草ってやつはすっかり変質して、俺の背に生えてきたのはどう見ても（見えないけど）キノコじゃないし、俺は死ななかった。

きなこ色の犬が物欲しそうに俺を見ている。

「今日はこれで最後だぞ」

俺はそう言って己の背中に手を回した。生い茂る葉をかき分け、実をもぎ取る。イチジクそっくりだが果肉はねっとりとしてチーズのような風味だ。何となく俺の肉を削って果実に変えているような気もするが、それを半分ずつ俺ときなこ色の犬とで分けた。

悪くないと俺は思う。この味も、この相棒も、この生活も。とりあえず頑張って生きよう。何しろ俺が馬鹿の最前列にいるのなら、俺が死ぬと同時に人類は次の馬鹿からばたばたと死んでいくわけだ。君が今生きてこれを読んでいるなら、それは俺がなんとかここで馬鹿の死を食いとめているからだ。

みんな感謝したまえ。

まあ、俺だけ死んでてここが地獄って可能性もあるけどな。

あとがき

この短編は九年ぶりに再開した書下ろしアンソロジーシリーズ《異形コレクション》のために書いた短編だ。だいたいオリジナルアンソロジーなどというものは戦いである。そうじゃないと思っている人をも巻き込んで戦いは始まってしまう。それはもう誰が何と言おうと戦って戦って戦いつくす戦場がオリジナルアンソロジーなのだ。私はそこで足掻《あが》きに足掻くきせめて何らかの爪痕だけでも残すのだと、ゴールデンタイムに出演が決まった若手芸人のように決意して挑んだ。その結果どうなったか。それは知らない。勝負は勝ち負けじゃないんだ。だがまさかその短編が年間のベストSFに選ばれるとは思いもよらぬ僥倖《ぎょうこう》であった。有難《ありがた》いことである。でもいいんでしょうか。そのつまりこれってSFって名乗って良いんですかね。それはそれとして、次に出る《異形コレクション》第52巻にこの話の続編が掲載されるんですって。すみません、これは宣伝です。以上牧野でした。

斜線堂有紀
本の背骨が最後に残る

こちらは《異形コレクション》の第50巻にあたる『蠱惑《こわく》の本』（光文社文庫）に書き下ろされた作品。舞台は紙の本が禁じられた小国。レイ・ブラッドベリの名作『華氏451度』では、書物を読むことが禁じられ、すべての本が焼かれたディストピアで、ブックピープルと呼ばれる人々が書物の内容を暗記していたが、もしかりに、同じ本を複数の人間が記憶し、その内容に異同があった場合、どちらが正しいのかをどうやって決めるのか？　本編では、食い違った物語を宿す二冊の〝本〟がそれぞれ自分こそ正しいと論じ合う〝版重ね〟で対決し、負けた方は焚書《ふんしょ》される。一種の法廷もののようなロジック勝負が楽しい。

二〇二〇年の小説界では、SFと本格ミステリのマリアージュと言えなくもないサブジャンル〝特殊設定ミステリ〟が流行したが、その中でもひときわ異彩を放ったのが、斜線堂有紀の『楽園とは探偵の不在なり』（早川書房）だった。タイトルからわかるとおり、テッド・チャンの「地獄とは神の不在なり」にインスパイアされた作品で、二人以上殺した者は〝天使〟によって即座に地獄にひきずりこまれるようになった世界を背景に、孤島の連続殺人事件が描かれる。

斜線堂有紀（しゃせんどう・ゆうき）は一九九三年生まれ。上智大学在学中の二〇一六年十月、第23回電撃小説大賞「メディアワークス文庫賞」を受賞し、『キネマ探偵カレイドミステリー』で作家デビュー。同作の続編二冊のほか、『私が大好きな小説家を殺すまで』『夏の終わりに君が死ねば完璧だったから』『恋に至る病』（以上、メディアワークス文庫）、《死体埋め部》シリーズ（ポルタ文庫）、『ゴールデンタイムの消費期限』（祥伝社）、『神神化身《かみがみけしん》　壱《いち》　春惜月《はるおしみづき》の回想』（ⅡⅤ）、『廃遊園地の殺人』（実業之日本社）など。

本を焼くのが最上の娯楽であるように、人を焼くことも至上の愉悦であった。

旅人が出会ったその本は盲目だった。目は両方とも熱した鉄の棒で目蓋《まぶた》の上から焼き潰《つぶ》されている。痛々しく残った火傷《やけど》の痕《あと》には輝く粉が塗られ、顔を往く河のように見えた。おぞましく思うべきであるのに、美しい、と旅人は思った。

「どこの国からいらっしゃいましたの？」

旅人がとある国の名前を答えると、彼女は恭《うやうや》しく頷《うなず》いた。肩の辺りで切り揃《そろ》えられた美しい黒髪が揺れる。喪服のような黒いドレスからは、何本もの色とりどりの紐《ひも》が下がっていた。これはタッセルと呼ばれる手染め手編みの紐で、本が身につける伝統的な飾りだ。

お返しに火傷の痕について尋ねると、本は楽しそうに笑った。

「この国では一冊の本が刻める物語は原則一つまでとなっております」

服と同じく黒く塗られた爪が、火傷の河を引っ掻《か》いてみせる。

「ですが、私はその不文律を破りました。私はこの身に十の物語を刻んでおります。

これは大罪ですが、頭蓋骨《ずがいこつ》の中は焼けますまい。目を抉《えぐ》られるのは二度で済みます。十引く二、で今のところ私の勝ちでございましょう」

「それで何の得があるのだ」

この国の本についての知識が多少あった旅人は、訝《いぶか》しげに尋ねた。多く物語を刻んだところで、本にはさほどの益も無い。それどころか、その身を危うくすることにも繋《つな》がる。しかし盲目の本は楽しそうに笑いながら「床突く杖《つえ》は多い方がいいでしょうに」と言った。

本は自身に刻んだ物語の題名で呼ばれるのが通例であったが、盲目の本は十の物語を刻んでいるが故に便宜上、十《とお》と呼ばれていた。

「本について知りたいなら、まず十と話すべきだ。あれはそのものだから」

この国に着いたばかりの時、本屋からは真っ先にそう勧められた。十は焼き場の近くに住んでいる変わり者なので、すぐ見つかるだろう。そして、十は旅人の訪問を拒みはしないだろう、とも。本屋の言葉は両方とも正しかった。

旅人はあっさりと十の家――棚に招き入れられた。殆《ほとん》ど物の無い簡素な家だ。目立つ物と言えば十の腰掛けている寝台と、その脇に置かれた豪奢《ごうしゃ》な壺《つぼ》くらいだった。家と呼ぶには殺風景なこの場所は、やはり棚と呼ぶのが相応《ふさわ》しいように見える。

いきなり来た旅人を、嫌な顔一つせず十は招き入れた。そして、こうも楽しそうに言葉を交わしているのである。

「この国はいかがですか？」

「……不思議な国だと思う。自分の国では考えられない」

この小国でどうして紙の本が禁じられたのかは知らない。ただ、何らかのきっかけがあり、存在した全《すべ》ての書物は火に焼《く》べられた。しかし、傲慢《ごうまん》なこの国は本を焼いたのにも拘《かか》わらず、物語を手放そうとはしなかった。

紙の代わりに選ばれたのは人間であった。パルプに代わり本の名を請け負った人々は、口伝《くでん》により物語を繋ぎ、求められた時にその物語を語ることで役割を果たした。

この国には数多《あまた》の本があり、日夜様々なところで本による語りが行われている。

「自ら本になりたがる人間はいるのか」

「ええ、それはもういくらでも。一時期はこの国に暮らす人より本の方が多かった時代もあるとか」

「信じられない。そんなことが」

「あら、そうでしょうか。その身に何の物語も宿さずに生きることの方が、私どもには信じられません」

「生きながら焼かれることになるというのに」

「それは粗悪品のみでございます。物ごとを正しく伝えぬ本は害悪でしょう」

十は端整な顔を歪《ゆが》ませて、くつくつと笑った。もしかするとこの本は邪悪なのではないか、と初めて思ったのはこの時であった。

この国の本には、ごく稀《まれ》に『誤植』が見つかることがある。ある本とある本の語る物語に食い違いが発生することがあるのだ。

同じ『鷹《たか》フィニストの羽根』という題で記憶されている物語であるのに、二冊の間で結末や登場人物が違っていることがある。旅人からすれば口伝一つで物語を紡《つむ》いでいくのだから仕方が無いと思うのだが、この国ではこれはあってはならないことなのだ。即《すなわ》ち、どちらかに誤植があるということになる。

そんな時に催されるのが『版重《はんがさ》ね』である。

食い違った物語を宿す二冊の本が、重ね場と呼ばれる場所で向かい合い、どちらの物語が正しいかを論じ合うのだ。正しいと認められた側は正史であり、間違いと指を指された側は誤植持ちである。

版重ねでは、人間一人がすっぽり収まる棺桶《かんおけ》に似た鉄の籠《かご》に入るのが決まりだ。鉄格子で編まれた籠は極めて細いもので、座ることはおろか身動《みじろ》ぎすることも叶わなかった。中に入った本は鎖によって籠ごと吊《つ》り上げられ、空中で闘うべき本と相対することになる。

そして、籠の下では火が焚《た》かれる。

この炎は版重ねの間中、温度を下げることなく煌々《こうこう》と輝き続ける。その光は語る本を照らし続け、その顔に睫《まつげ》の濃い影を落とす。あまりの熱気に本の舌は乾き、喉が灼《や》ける。長引く版重ねでは声が出なくなる本や、汗の一滴すら出なくなる本も散見される。鉄製の籠はすぐに熱くなり、格子を摑《つか》む本の掌《てのひら》を焼く。

けれど、その苦しみに気を取られて言葉を紡げなくなれば、焚書《ふんしょ》が待っている。版重ねの勝敗が決すると、地響きに似た音が鳴り響く。それは、本の入っている鉄製の籠の鎖が緩められる音だ。負けた本は、先程まで自身を苦しめていた炎に鉄の籠ごと放り込まれる。

鉄の籠はみるみるうちに赤くなり、本を苛《さいな》む炎の檻《おり》に変わる。しかし、炎に捲《ま》かれた本は果敢にも格子に身体《からだ》を押しつけ、炎から逃れようとする。あるいは、足を焼く火を払おうと飛び跳《は》ね始める。しかし、それは最悪の一手だ。不安定な足場で跳ねた本はバランスを崩し、格子に顔を付けて、皮膚を剝《は》ぎ取られることになる。叫び続けていたお陰で舌が焼ければ目も当てられない。格子から焼けた舌を離そうとして、そのまま抜かれてしまった本も居る。血の塊が焼け付く床に落ちると、紅玉《こうぎょく》のように固まって張り付くのだった。

焚書の間中、籠は振り子のように揺れるが、版重ねが始まって以来、この籠が壊れ、中の本が逃げ出せたことは無い。籠の揺れが収まると、観客はその本が無事に焼べられたのだと分かる。

　絶命後も本は焼かれ続ける。炎が消し止められるのは、本の肉がすっかり焼け落ち、鉄の籠に骨が積もってからだ。大抵の場合、焼け残るのは背骨であった。背骨は淡いクリーム色をしていて、美しい。

　こうして国には正しい物語を刻んだ正しい本のみが残る。

「『鷹フィニストの羽根』は人気のある物語でして、よく版重ねが行われるのです。そのお陰で、あの物語はとても正確だと評判ですの。もし物語に正しさを求めるのなら、まず『鷹フィニストの羽根』を語ってもらうのがいいかもしれませんね。彼女たちはみんな揃って鷹の羽根を差していますから、傍目《はため》からも分かりやすい」

「お前も『鷹フィニストの羽根』を語れるのか」

「ええ、ええ。それは私の最も得意とする物語。お聞かせしましょうか？」

「いや、いい」

「あら、そうですか。それは口惜《くちお》しい。この物語の為に、私は何冊の本を焼いたことか。これだけ素晴らしい物語なのに、誰も彼も正しく覚えていられないなど……海馬《ページ》の無駄です」

　十は良く通る舌打ちを鳴らして言った。それを見て、背筋が冷える。

　刻んでいる物語が人気であれば人気であるほど、そして多ければ多いほど、版重ねを挑まれる確率も上がる。多くの本が記憶しているからこそ、記憶違いも増えるだろうに。十は臆することも無く、両目を焼き潰されてもなお物語を抱え込んだ。

背筋が冷えたのは、十に物語への愛や執着を感じたからではない。

そこにあったのは、本を焼くこと自体への執着だった。饒舌《じょうぜつ》な語り口からは、あの鉄の籠の中で焼かれるものへの歪《ゆが》んだ愛着が見える。旅人のそんな気持ちを見透かしたのか、十は少女のように小首を傾《かし》げて言った。

「旅人様は私が版重ねで何度も生還していると知って、お声を掛けてくださったのでしょう？」

「……いや、そういうわけじゃない。本というものが何なのか知りたいと思ったら、お前に会うことを勧められた」

「それはご慧眼《けいがん》。私ほど本らしい本もありません」

「お前は何故《なぜ》、こんな旅の人間と会ってくれたのだ。語りも依頼していないのに」

「それは、私が今夜版重ねを控えているからでございます。私は版重ねの前では、出来る限り多くの人間と言葉を交わすことにしているのです。それも、物語ではなく、取るに足らない本らしからぬ雑談を」

「それは何故だ？」

「そちらの方が、私が焼かれた時に心が沸き立つでしょうから。一度も言葉を交わしたことの無い本が焼かれるのを見るのと、一度でも言葉を交わした本が焼かれるのを見るのとでは、愉《たの》しみの質が変わってきます」

思いもよらない言葉に、黙り込んでしまう。しかし、十はそのまま顔の河を爛々《らんらん》と輝かせて言った。

「ご期待ください。運が良ければ私の背骨が見られましょう」

今夜版重ねが行われることは知っていたものの、十が当人だとは思っていなかった。版重ねの名手として何冊もの本を焼いてきたその手管《てくだ》はどれほどのものだろう。

「恐ろしくはないのか？」

「それはもう。恐ろしくてたまりませぬ。私、熱いのが苦手でして、あの籠に入ることと自体が苦行なのでございますの」

冗談としか思えないほど、軽い調子で言われた言葉だった。

火炙《ひあぶ》りになるかどうかが今夜決まるというのに、十はいやに平然としている。そのお陰で現実味すら欠けてしまいそうだ。いや、人を本にし、それを焼くことに取り憑《つ》かれて情勢すら傾いているこの国で、未《いま》だに現実味も何もないのかもしれない。

「そうか。お前は負ける心配をしていないのだな」

「ええ。私はこの身に正しい物語を刻んでおります。正しさは私を炎から守るでしょう。確か、炎によって行われる裁判について書かれた本もどこかにあったはずです。

私は刻んでおりませんが、あの物語は愉快でした。無実を証明する為に、女が火に飛び込むのですよ。それと同じです」

十は今まで一度も負けなかったのだろう。当然だ。そうでなければとっくに彼女はここにいない。焼かれて灰になり、背骨だけが残っている。

「……旅人様、折角《せっかく》ですから何か物語を聴いていかれませんこと？　私の舌も寂しさに震えております。ご慈悲を」

「……分かった。何が語れる」

「そうですね……『かぐや姫』などいかがでしょう。これもまた人気のある物語なのですよ。『聖エンドリウスの殉教《じゅんきょう》』も語れますが、こちらは斜向《はすむ》かいに住んでいる男の本が得意としていますし、青年の声で聴いた方が適しているかと」

「それじゃあ『かぐや姫』でいい」

「分かりました。……ふふ、この物語、語るのは久しぶり。今までは版重ねの時ばかり舌に上って……ああ、すぐに語らせて頂きましょう。昔々、あるところに二対の月がございました――」

十の声は一転して優しく、繊細に響いた。さっきとは全く違うその声に、旅人は十が本であることを改めて意識した。

十が語った『かぐや姫』なる物語は、悲しみに満ちた恋物語だった。かぐやという兎《うさぎ》の化身が人間の皇子《おうじ》に恋をしてしまい、声と引き換えに人間に変わる。しかしかぐやは愛する皇子からの愛を得られなければ、月の光となって消える運命とあった。

旅人はこういった情緒的な物語を好むような性格ではなかった。しかし、十の声を存分に聴く為ということであれば、これ以上のものはないだろうとも思った。

夜になると街は俄《にわか》に活気立ち、重ね場の周りには人が多く集まっていた。版重ねはこの街で一番の娯楽であり、みんなが本の骨を待ち望んでいた。驚いたのは、幼い子供ですら版重ねを見に来ていることだった。

そのことについてそれとなく尋ねてみたが、あまり要領を得なかった。紙が焼かれるところを見て、子供の目を覆う親はいない。旅人には理解の出来ない感性だったが、つまりはそういうことのようだった。

重ね場はコロッセウムのような円形の劇場型をしてる。ただし、普通のコロッセウムではなく、真ん中に据えられた場が、ぽっかりと下にへこんでいるのが特徴的だ。下では火を焚かねばならないし、籠を吊り下げる為の巨大な支柱も立てる必要がある。なので、重ね場は蟻地獄《ありじごく》のような形をしているのである。

この国は外からの客に優しく、重ね場の席は簡単に取ることが出来た。場合によっては持ち金の殆どを払ってでも席を取るつもりであったので、これは嬉《うれ》しい誤算だった。

旅人は炎の熱さが伝わるほどの最前列に陣取って、版重ねの開始を待った。重ね場の客席は籠と同じ高さに造られており、眼下では猛《たけ》る炎が舞っているのが見える。

そして、視線をまっすぐに向けると、そこには籠に入った『本』がいた。向かいの籠には、十が入っている。この距離からでも、不遜《ふそん》な彼女の表情は炎に照らされてよく見えた。

十の対戦相手の本は、雪のように白い肌と燃えるような赤毛を持った少女だった。長く伸ばした髪は太い三つ編みに結われており、遠目から見ると炎の槍《やり》のように見えた。

彼女の足がわざわざ焼き潰されているのは、装丁の一部である。ただ書架にあることを良しとする本に施された、伝統の飾りだ。

対する十の足はしっかりと籠を踏みしめている、その点でも対照的だった。彼女はまだこの世界を歩き回れるのだ。

赤毛の本は、微《かす》かに震えているように見えた。下から感じる熱が、少しずつ彼女の心を削っているのだろう。傍目から見ても分かるくらい強く唇が嚙《か》みしめられて、今にも血が出そうだ。

この版重ねが終われば、この少女か十のどちらかが火に焼かれる。例外が無い、ということが恐ろしくてたまらなかった。あの籠は、どちらかを必ず殺す。

炎が籠を撫《な》でるほどの高さまで育つと、版重ねが始まる。

版重ねを取り仕切る校正使が、二つの籠の間に造られた台に立った。

校正使は老いた男だった。彼は、文字通り全てを知っている人間とされている。校正使はこの世の全ての叡智《えいち》に接続する術《すべ》を持ち、失われた本も、失われなかった本も、全てを網羅しているという。だからこそ、校正使は版重ねにおける審判役として崇《あが》められていた。

この国が成立して、まだ三百年も経《た》っていないはずだ。それなのに、聖なる校正使たちは千年も前からこの役割を務めている、ということになっていた。その彼が物語の正誤を判定するのだから、間違いがあるはずもないという理屈のようだ。

校正使は世代交代をしているはずなのに、国民たちはそれを無かったことにしてしまう。この国には紙の本が無く、あるのは『本』だけだ。過去のことなど参照されることもない。

校正使は赤毛の本と十を交互に見て、高らかに宣言した。

「版重ね——題は『白往き姫《しらゆきひめ》』」

『白往き姫』。それが赤毛の本がその身に宿したたった一つの物語の題であり、十がその身に孕《はら》んだ十の物語のうちの一つの題であった。旅人は固唾《かたず》を呑《の》んで見守る。

本が互いに語った『白往き姫』の前提は以下の通りだ。

「地球の何処《どこ》かに、美しい女王の治める国があった。その国の女王は賢く、そして何より気位の高い女であった。彼女はあらゆるものを持っていたが、一際素晴らしいものは望むものを映し出す力を持った魔法の鏡である。夜には湖面に映る月を、昼には空を舞う美しい瑠璃鳥《るりちょう》を。鏡はどこにあるどんなものでも、現在のあるがままを映し出した。千里眼として機能するこの鏡で、女王は国を治めていたのである。気位の高い女王は毎夜の日課として、鏡に『この世で一番美しい者を映せ』と求めた。鏡は毎夜、女王自身の姿を映し出したが、ある日、女王ではなく義娘《ぎじょう》である白往き姫を映し出した。このことから、両者の間には深い確執が生まれたのである。そして、毒林檎《どくりんご》による殺人事件が発生した」

前提を校正使が復誦《ふくしょう》すると、二冊の本は同時に「相違《あいちが》いありません」と唱和した。そして、赤毛の本は続けた。

「女王は憎き白往き姫を葬る為、毒林檎を作りました。そして姫の下にそれを届け、姫を殺したのです。これこそが『白往き姫』の物語です」

それに対し、十は悠然と返した。

「いえ。身の危険を感じた白往き姫は、毒林檎を用いて女王のことを殺し、平穏な生活を手に入れた。これこそが『白往き姫』の物語です」

客席がざわめき、読者たちが騒ぎ合う。これだけ分かりやすい相違点があれば、議論は苛烈《かれつ》になっていくだろう。あるいは、あっさりと決着がついてしまうか。いずれにせよ、あの十が赤毛の本と真っ向から対立する結末を語ったことは場を沸かせた。同じ物語を語っているのに、被害者と犯人が入れ替わっているなんてことがあってはいはずがない。

「面白いことを言いなさるのね。白往き姫が被害者であるなどと。聴いたことのない筋書きだのに」

「何とでも言いなさい。私は『白往き姫』。この物語を語る為に息をしている正しき本です。私の物語は正しい」

赤毛の本は臆することなく、十のことをしっかりと見据えていた。それに対し、十が先に動いた。

「……そうね、手始めに。鏡が映し出した姫は一体何をしていた？」

「……夜ですから、その美しい髪を梳《くしけず》っていたでしょう。鏡の前で」

「それははっきり見えたか？　櫛《くし》の柄、その色合いまで見えるほどに？」

「ええ、当然です。魔法の鏡はあるがままを映す。鏡に映し出された白往き姫については、この描写でよろしいか？」

「相違いありません」

十が笑いながら答える。

「それでは私からも質問しましょう。白往き姫は深い森の中の小屋に七人の小人と暮らしていた。それは女王が疎《うと》ましがって城から追い出した為である。違いありませんか？」

「そういった問いは品が無く感じますが。問いを発し、答えを聞き、それを受けて擦り合わせるのが版重ねでしょうに。……相違いありません」

十は幼子を諌《いさ》めるような口調で言った。赤毛の本が不服そうに顔を赤らめる。汗も滲《にじ》んできているので、籠の中が熱くなってきているのかもしれない。

水掛け論にならぬよう、相手に適度に認めさせて物語を固めていくことが肝要なのだ。あまり相手の言葉を否定しているだけでも、校正使の印象は悪くなる。相手の物語を取り込みながら、自分の物語を盤石にしていくことこそが、版重ねの勝利への道なのだそうだ。

その後も、十は様々なことを認めた。「白往き姫の住む小屋と、城との間は時間にして一時間もの距離がある」「どれだけ月が明るくとも、夜の森を抜けることは出来ない」「昼間は小人たちの世話をしているので、城に行くことは出来ない」など。

……これら全ては、十の語る物語を否定するに足るものである。何故なら、白往き姫が毒林檎を女王に食べさせに行く隙が無い。せめて「夜の森を抜けることは出来ない」くらいは否定すべきだったろうに、十はそれを淡々と受け入れてしまった。

対する十が認めさせたことといえば、本筋に関係の無さそうなことばかりであった。「白往き姫の名は、彼女の肌が雪や流氷よりも白いことから名付けられた」「小人たちは白往き姫におやすみのキスをされてから眠りにつくことが習慣になっており、キスをされて眠りにつけば、朝まで絶対に目を覚まさなかった」「白往き姫は倹約家であり、自分の鏡台を照らす為には蠟燭《ろうそく》の一本しか使わず薄暗い中で身だしなみを整えていた」など。

当然ながら、赤毛の本はその内容を認めた。白往き姫の詳細が詰められていくことは、むしろ赤毛の本にとって有利な流れであった。何しろ、彼女の物語の中では白往き姫は哀れな被害者なのだ。心が清く、美しければ美しいほどいい。

十が唯一反論したのは『毒林檎が女王にしか作れないものである』という点だけだった。つまりは凶器の問題である。赤毛の本は、この物語に出てくる唯一の凶器が、女王にしか作れないものであると主張しようとした。

「毒林檎は特別な魔力を持ったものであり、女王にしか作れなかった。これに相違いないか」

「いいえ。いいえ。それは否定致しましょう。毒林檎は何の魔力も関係しない、毒物を含ませただけの林檎。誰にでも作ることが出来た」

「何故これを否定するのか。色味や風味を損なわず、他の林檎と全く違いが無いにも拘わらず、強い毒性を持つ林檎など、魔術の産物に違いない。女王が魔法の鏡を持っていたことから、彼女が魔術に精通していることは確実である」

「その前に。毒林檎は色味や風味の面では全く普通の林檎と区別が付かない。この点は相違いありませんか？」

「それは今の争点ではないでしょう」

「相違いありませんか？」

「……はい。相違いありません」

根負けした赤毛の本が頷くのを見て、十も満足げに頷いた。気づけば、十の鼻の頭にも汗の粒が浮き始めていた。

こうして互いに議論が進まなければどうなるのだろうと思っていたが、何のことはない。二冊とも焼け落ちていくだけなのだ。だから自分が焼け落ちる前に、リスクを背負ってでも議論を主導しないといけなくなっていく。

赤毛の本が乾いた唇を舐《な》めているが、舌を外気に晒《さら》せば後で辛《つら》くなるだろう。口の中の水分を無くすのは出来る限り避けた方がいいはずだ。

「そして、そう。毒林檎ですが、もし毒林檎が女王しか作れないものであれば、女王がそれを用いるはずがないじゃありませんか」

「何故ですか。女王が自分にしか作れない毒林檎を用いて白往き姫を殺すことのどこに不自然さがあるのです」

「ありますとも。ありますとも。では、そもそも女王が毒林檎を用いて白往き姫を殺すとして、その動機はどこにありましょう？　女王はそんなことなどせずとも、白往き姫を城に呼んで矢で射殺《いころ》してしまえばよかったはずです」

「そんなことをすれば、女王が姫を殺したことがすぐに明らかになってしまうではありませんか」

当然だ、とでも言わんばかりの声で赤毛の本が反論する。微かに感情的になった赤毛の本を見て、十は更《さら》に笑みを深めた。

「そうなのです。女王は白往き姫を殺したことを知られたくはなかった。いやしくも義理の母親であるからか、あるいはいくら女王といえども身内の殺人は罪となったのか、単に白往き姫が民から好かれていたのかもしれない。いずれにせよ、女王は内密に姫を殺さなければならなかった。毒林檎が女王にしか作れないものであれば、犯人がすぐに明らかになってしまうでしょう。即ち、毒林檎はそこから足が付くことが無い程度には普遍的な凶器であった。林檎と野生の毒があれば誰でも精製出来るほどに」

十は熱を物ともしない様子で、蕩々《とうとう》とそう語った。焼き潰された目の奥に、赤毛の本を食らおうとする蛇の光が宿っているようにすら感じた。それに対し、赤毛の本が身を捩《よじ》りながら言う。

「あなたは白往き姫の方が女王を殺したと思っているのでしょう。何故、女王が殺したという前提で毒林檎について論じるのです」

「それが真実に近づくと信じているからでございます。私は本物の『白往き姫』を後世に伝えたいのです。私が闘っているのはあなたではなく、誤植。毒林檎は普遍的な凶器であった。相違いない。相違いないいか」

「…………相違いない。女王は凶器から自分の正体が明らかになるような手立ては取らなかった」

ややあって、躊躇《ためら》いがちに赤毛の本が言った。

正直な話、この部分は譲ってはいけないところだったのではないか、と思った。凶器の毒林檎が女王にしか作ることの出来ないものであったなら、しばらくはそれで闘うことが出来ただろう。

なのに、十の口八丁で赤毛の本はすっかり言いくるめられてしまった。あたかも女王犯人説を擁護するような口振りで、毒林檎という大きな要素を白往き姫も用いることの出来る凶器として設定したのだ。これは赤毛の本の大きな失態だと思われた。

当の赤毛の本は自分の失態に気がついていないらしく、目の辺りを頻《しき》りに擦《こす》っている。目が乾いて仕方がないのだろう。赤毛の娘は焼き潰された足のせいで炎に幾分近い。このまま版重ねが続けば、乾きで目が潰れてしまうかもしれない。

その時、十の語った話を思い出した。

十のあの目は、複数の物語を刻んだからだと言っていた。その罰で両目ともに潰されたのだと。

しかし、そうではないのではないか。十は版重ねをくぐり抜けるにつれ、その目が鉄の籠の中でいかに弱いかに気がついたのではないだろうか。だから、焼き潰した。勝つ為に。

真相は分からない。しかし、鉄の籠の中に平然と立ち、目蓋の火傷を輝かせている十を見るとそうとしか思えないのだった。

そこからは、また擦り合わせが始まった。相変わらず、赤毛の本は女王がどれだけ邪悪で、白往き姫を殺す動機があったかを重ねて訴え、「小人たちは心優しい白往き姫を慕っていたので、彼女の殺人を容認することはないだろう」と、別角度から白往き姫の殺人を否定した。

対する十は「林檎はこの国の名産であり、どの家でも朝食で食べる習慣があった」だの「この国の林檎はどんな天候にも負けず強く育つ為、繁栄のシンボルとして国旗にも描かれている」だのと意図のよく分からないことばかりを尋ね、それを認めさせた。

国旗に林檎が描かれているかどうかなどは大した問題ではないと思ったのだろう。赤毛の本はそれらに少しも疑問を抱いていなそうであった。旅人も、それが重要なことは思わなかった。単に間《ま》を持たせる為に発した問いだろうと判断した。

果たしてあの十が勝利に繋がらない言葉を発するだろうか、という疑問はあったとしても、だ。

校正使はそれら全てを書き取り、ぎょろりとした目で炙られる本たちを眺めていた。こうして議論は平行線で進んでいくかと思われたが、先に赤毛の本の方が動いた。赤毛の本は三つ編みを揺らし、動かない足を引きずりながら一歩進み出た。籠が揺れ、火の粉が舞う。籠の中が熱くなってきているのか、赤毛の本の額は玉のような汗で覆い尽くされていた。今涙を流しても、きっと分からないだろう。

「さきほどからのお話に鑑《かんが》みると、やはり私の語る物語の方が正しいように思います」

「それはそれは。どうしてそう思いなさるのですか？」

「白往き姫には毒林檎を女王に食べさせる手立てがありません」

赤毛の本ははっきりとそう宣言をした。

「私はそうは思いませんわ。この国の女性は朝食に林檎を食べる習慣があります。白往き姫が女王に毒林檎を食べさせることは難しくなかったでしょう」

「それでは、あなたの物語が正しかった場合、白往き姫は朝食の前を狙って、日の出る前に毒林檎を紛れ込ませたということに相違いありませんか」

「相違いありません」

十がそう答えた瞬間、赤毛の本の明《あ》いた目が火の粉を孕んで輝いた。

「相違いないのですね。しかし、白往き姫は夜に城へ向かおうとも、姫は夜目が利かず、暗い森をまともに歩くことが出来なかった。太陽が出ていない間、姫が城に辿《たど》り着くことは不可能であったのです」

赤毛の本が十の目を揶揄《やゆ》して、わざわざ持って回った表現をしたことは想像に難《かた》くなかった。さっきまで殊勝な顔をしていた赤毛の本の目が残酷さを孕んだ火で燃えていた。このまま畳みかければ、目の前の本を焼けると期待したのだろう。十が口を挟む前に、赤毛の本は更に続けた。

「前日の昼に城に参り、毒林檎を紛れ込ませたというのも不可能でしょう。何故なら昼間なら小人たちが起きています。彼らの世話をしなければいけませんし、小人は心の優しい白往き姫を愛しています。彼女の殺人を容認しようとはしません。なので、白往き姫が毒林檎を持って城に行こうとすれば、必ず止めたに相違いありません」

「そうでしょうか？　起きている限り小人は必ず白往き姫の犯行を止めると？」

「ええ、その目が開いてさえいれば、小人は必ずや気づきました。相違いないでしょう？」

「相違いありませんわ」

十は落ち着き払った声でそう言った。その時、微かに風が吹き、十の入った籠が揺れた。しかし、十は熱くなった格子に触れることなく、バランスを保ったまましっかりと立ち続けていた。靡《なび》く黒髪だけが、籠と同じリズムで揺れている。

「それでは、女王の方が毒林檎を持ち込んだことは疑いないでしょう。女王は昼であろうと自由に動くことが出来たのですから。白往き姫の様子を見に来たと言って小屋を訪れ、朝食用の林檎に毒林檎を紛れ込ませればいいのですから」

「それでも、女王がどうして毒林檎を用いたのかは疑問が残りますわね。そうして女王が誰にも見られずに小屋に向かえるのであれば、女王はそのまま小屋ごと白往き姫のことを焼いてしまえばいいのではないかしら」

眼下に猛る炎を感じながら、十は皮肉げに言った。しかし、白往き姫という物語で毒林檎が凶器であったこと自体は動かせない。

「……どうして女王が毒林檎を用いたかは分かりません。国のシンボルが林檎であったというならば、邪魔者を屠《ほふ》る為の最も高貴な方法が毒の林檎を用いることだったのではないでしょうか」

「逆ならば、ごく自然だと思いません？　女王は堅牢な城の中に住んでいます。その身を焼くことは出来ない。……だから、毒林檎という迂遠《うえん》な方法を使って殺害するしかなかった。白往き姫には選択肢が無かった。……毒林檎というのは、白往き姫が女王を殺す為の唯一の手立てであったのです」

そう言われると、そんな気がしてしまうのが不思議だった。

女王が本当に魔術に長《た》けているのなら、その魔術で毒林檎を作るよりも、白往き姫を直接呪い殺した方が理屈が通るだろう。あるいは、女王ならば信頼の置ける暗殺者の一人でも雇って内々に白往き姫を始末することも出来たのではないか。女王には選択肢が沢山《たくさん》あるのである。

しかし、ここまでの流れで赤毛の本に誤植があるとは思えなかった。旅人の気持ちに呼応するかのように、赤毛の本が言う。

「毒林檎という凶器について語る時間は終わりました。ここで大切なことは、日の出ていないうちは森を通れず、日の出ているうちは小人を欺けない白往き姫が毒林檎を仕込みに行くことは出来ないということなのです」

「それでは、太陽が出ている夜ならば姫が城に向かうことは可能だった、毒林檎を仕込むことも可能だったと？」

「何を馬鹿なことを！　あなたは日が出る夜があるというのか？　目が焼き潰れているから、夜が暗いことすら忘れたか！」

赤毛の本が叫んだ。その拍子に、赤毛の本の手が格子に触れ、指先を微かに焼いた。しかし、興奮に身を滾《たぎ》らせた赤毛の本は最早《もはや》痛みを感じていないようだった。ここで校正使を納得させられれば、あの十を焼くことが出来るのだ。彼女は必死だった。

対して、十は静かに返した。

「白往き姫の肌の白さは雪よりも、流氷よりも白く、異名として白雪とも呼ばれた。このことから、女王の治める国は雪の目立つ国であったことが分かります」

「それがどうだというのでしょう？」

「それで、全てが説明出来るのです」

十は、そこで初めて乾いた唇を舌で舐めた。十の舌は人間のものとは思えないほど長く、端整な顔立ちには似合わないグロテスクさを湛《たた》えていた。

「白往き姫は夜目が利かず、太陽の出ていないうちに城に向かうことは出来ない。太陽の出ているうちは小人に見張られている。毒林檎を紛れ込ませることが出来るのは朝食前のみである。陽が昇ってから朝食の時間までに急いで城に向かうのは時間的に不可能である。しかし、姫はそれを為《な》し得たのです。何故なら、女王の治めるその国は高緯度に存在した為、白夜と呼ばれる現象が起きておりましたので。その国では白夜の間は夜でも太陽が沈みません。白往き姫は小人たちにおやすみのキスをした後、明るい夜のうちに城へと参ったのです」

それを聞いた赤毛の本の表情を、どう形容すればいいだろうか。赤毛の本は、まるで空が崩れて落ちてきたかのような顔をしていた。

「白夜？　日の出ている夜？　そんなものを、そんなでたらめを認めていいはずがない」

「いいえ、いいえ。叡智に繋がる校正使様なら私の言っていることが真実であると分かるでしょう。白夜というものが存在するのです。氷で凍《い》てつく国に起こる天の奇跡です」

　赤毛の本は白夜という現象が理解出来ないのか、目を白黒させている。一方の旅人はその現象に心当たりがあった。辺りが雪に覆われた白銀の国で、陽の落ちない不思議な夜に行き当たったことがある。そのことを、この国から出たこともなさそうな盲目の十が口にしたことが不思議でならなかった。

「それに、あなたもまた白夜の存在を肯定しているのです。女王が鏡を通して見た白往き姫の姿はどんなものでしたか？」

「それは――……髪を梳っているところ、」

「そう！　あなたはそれをはっきり見えたと言いましたのよ。白往き姫は鏡台に蠟燭を一本しか置かない。あるがままを映す鏡では、白往き姫の姿は薄暗くしか見えなかったはずなのです。なのにその姿が櫛の柄、その色合いすら見えるほどはっきりしていたということは、夜が明るかったからに相違ありません」

「そんなことは、……そうだ！　そんな氷に閉ざされた国で、林檎が育つはずがありません」

「この国のシンボルの話を覚えておいででしょうか？」

十が嬲《なぶ》るように返す。

――この国の林檎は、どんな天候であろうと実をつける林檎なのだ。だからこそ、林檎は繁栄のシンボルとして国旗にまで描かれたのだ。たとえ氷に覆われた場所であろうと、林檎は実をつける。それは既に前提になってしまっていた。

「小人たちのことは心配ありませんよ。白往き姫が城に向かったのは夜なのですから。おやすみのキスをされれば朝まで起きることはありません」

ここで、赤毛の本がすぐさま反論出来れば良かったのだろう。販重ねとは口八丁の戦場だ。白往き姫の舞台が白夜の起こる国であるはずがない。雪に閉ざされた場所であるはずがない。白往き姫が人殺しであるはずがない、と。

しかし、赤毛の本は黙り込んでしまった。黙り込んで唇を震わせ、対戦相手の十ではなく、自分を殺すかもしれない炎に視線を向けてしまった。その瞬間、赤毛の本に向ける校正使の視線が、一段冷たいものに変わる。そのことに気がついたのか、赤毛の本は蒼白《そうはく》な顔で慌てて言った。

「……そんな、白往き姫がそんなことをするはずがない……」

「ならば、あなたは何故この物語が『白往き姫』という題なのかを考えたことがありますの？　あなたの物語で、姫は単なる被害者でしかない。その名を題にするには相応しくない。白雪とも呼ばれたこの姫がどうして『白雪姫』の方ではなく『白往き姫』という名を残したか、まだお分かりになりませんの？」

十は籠の中で一歩前に進み出た。彼女の黒いドレスに火の粉が散り、布の上で爆《は》ぜて消えていく。

「『白往き姫』の白とは白夜のこと。白夜を往く姫が物語の主題だからこそ、この物語は『白往き姫』と呼ばれましょう」

その言葉で、校正使の心が決まったようだった。読者の方も、十に向かって歓声を上げていた。物語の正しさが、読者によって認められた瞬間だった。

赤毛の本が言葉を絞り出そうと喉に爪を立てる。けれど、赤毛の本が言葉を見つけるより先に、籠を下げていた鎖がゆっくりと緩み始めた。これから赤毛の本の籠は、炎の中に投げ込まれる。

落ちていく刹那《せつな》、赤毛の本が縋《すが》るように旅人を見た。その瞬間、赤毛の本は赤毛の少女となった。炎に包まれた籠の中で、彼女の手が旅人の方に伸ばされる。だが、白い掌は焼けた鉄格子に阻《はば》まれ、じゅうと嫌な音を立てた。

「あああぁあああああ！！！」

慌てて引き剝がした手には、くっきりと赤黒い火傷の痕が残っていた。自分の手に刻まれた痛みの証を見て、赤毛の少女の目に涙が浮かぶ。しかし、その涙は熱風ですぐに乾かされていった。火が更に強まり、鉄籠は黒から赤に変わっていく。

「あああっ、熱い！　熱い！」

動かない足を引きずりながら、少女は必死に跳ねる。その度に籠が大きく揺れ、周囲に火の粉を撒き散らした。揺れる籠の中で転げる少女の皮膚が、少しずつ鉄格子に犯されていく。

赤い格子に触れる度に、少女の白い肌に格子状の痕が付いた。じっとしていれば格子に焼かれることはないが、痛みに悶《もだ》えることでどうしても籠が揺れてしまう。悲鳴の間に差し挟まれる、出して、の声が悲痛でたまらなかった。

少女の絶叫がどんどん甲高《かんだか》いものになっていく。一番澄んだ絶叫が上げられたのは、赤毛の三つ編みに火が移った時だ。炎が三つ編みを伝って上ってくるので、少女は必死でそれを引きちぎろうとした。しかし、赤毛に寄生した炎は勢いを削《そ》ぐことなく、手まで飲み込んで燃えさかっていく。

最終的に、少女は諦めたように籠に伏せ、炎に向かって額《ぬか》ずきながら悲鳴だけを上げていた。籠からぼたぼたと赤いものが垂れていく。それを受け、炎は余計に燃えさかっていくようだった。

炎は少女を包み込み、黒い塊へと変えていく。それは確かに、本を焼いた時と変わらぬように見えた。少女が絶命してもなお、このまま火は焚かれ続ける。彼女が骨になるまで、籠は赤く輝き続ける。

旅人はしばらくそれを眺めていたが、やがて立ち上がった。

本の骨が見えるまでは、まだしばらくかかりそうだった。


「きっと来て頂けると思っておりました」

旅人が戸口に立った瞬間、中から十の声がした。

十は版重ねの前と同じく寝台に身体を預け、悠然と旅人を待っていた。

「足音だけで分かりましたの。あなたの音は特別だから……」

「どうして俺《おれ》が来ることが分かった」

実のところ、旅人自身も何故ここにやって来たのか分かっていないというのに。しかし十は「本ですもの」と答えにもなっていない答えを告げた。

そして、そのまま、潤った唇で言う。

「あなた、へんしゅうしゃなのね」

十が幼子《おさなご》のような口調で言う。へんしゅうしゃ。――偏執者。本相手に人間のように執着する、この国特有の蔑称だった。

「へん、しゅうしゃ」

「肺の無い本がある国から来たんでしょう。わかりますのよ、私」

肺の無い本、というのは、紙で出来た書籍を指す言葉だった。旅人が知っている、普通の本のことだった。

「そして、私の闘った相手と通じていたのでしょう。あなた、本当の『白往き姫』を知っているのでしょう。あの子に会って、正解を語ってあげたのでしょう。だから、あなたはまさかあの子が負けるなんて思わなかったのね」

十の言う通りだった。

旅人は、本が当たり前のようにある国で生まれた。先の大戦に揉《も》まれながらも、肺の無い本、紙の本が脈々と継がれた国からやって来た。

そして、赤毛の本が人間であった頃を知っている。

赤毛の本は、元はここではない国に居た少女だ。タイトルではなく、名前を持っていた。

旅人は、彼女の生みの親と親しかった。道中で出会った赤毛の一家と呼んで色々と世話になった。その時に、幼い頃の赤毛の本と言葉すら交わし合った。

しばらくして、旅人が再び赤毛の一家の下を訪れた時には、そこは空き家になっていた。先の大戦で、両親は既に死んでいた。生き残った娘が紆余曲折あってこの国に売られたことを人伝《ひとづて》に聞いた。

会いに行かなければならない、と旅人は思った。

売られていった国の異常さがそれを決意させたのか、あるいは赤毛の一家への感謝と愛着がそうさせたのかは分からない。旅人は赤毛の少女を探すことに決めた。

しかし、旅人がこの国への入国を認められるまでには、長い年月が経った。色々なものも失った。そうして入った国で、赤毛の少女は本になっていた。『白往き姫』という物語を胸に抱き、足すら潰して本に徹していたが、彼女の待遇はあまり良いものとは言えなかった。

「私は、版重ねに挑んだことがありません。挑まれたこともありません。ここで目立たず塵《ちり》を吸って生きているからです」

赤毛の本は版重ねが恐ろしく、表に出ることなくひっそり生きていた。本の多くは版重ねを通して自らを読者に売り込むものだ。版重ねから逃げ回っている赤毛の本を読もうという人間はそうそうおらず、彼女の生活は貧していた。

赤毛の本を救いたかったが、彼女の足は焼き潰されていた。この状態の彼女を国から出そうとすれば、諸共《もろとも》焼き殺されるだろう。

ならば、と思い、持っている金を全て渡そうともした。しかし、赤毛の本はこれか

らも生きていかなければならないのだ。この程度の金では、彼女の人生は到底賄《まかな》える
ものではなかった。
そこで、旅人は最後の手段を選んだ。
「版重ねに挑むんだ。俺は正しい『白往き姫』を知っている」
奇《く》しくも『白往き姫』は男の知っている物語だった。紙の本で読んだこともある。
その時は『しらゆきひめ』というタイトルであった。旅人は赤毛の本に正しい物語を
教えた。女王、鏡、毒林檎、殺される姫。
「これが『白往き姫』の本当の物語なのですね。私は今、最も正しい物語を宿した本
なのですね」
「ああ、そうだ。……これが本当の『白往き姫』だ。版重ねが物語の正しさを競うも
のならば、君が負けることはない。版重ねに挑むんだ。そして、同じく『白往き姫』
の物語を語る本を焼けばいい。君一人がその物語を語るようになれば、読者は君を捨
て置かない」
本になってしまった彼女に出来ることといえば、このくらいだった。本に対する愛
としては最上のものだったと言っていいだろう。
そして、赤毛の本は戦いに出た。自分が『白往き姫』を語るに相応しい本だと証明
する為に。

相手が十でなかったら、赤毛の本が勝っていたはずだった。何故なら、赤毛の本が語った物語は正しいのだ。毒林檎を食べさせたのは女王の方だった。あそこが白夜の起こる土地だなんてあるはずがない。あんなものはこじつけだ。

それなのに、校正使は十を選んだ。赤毛の本が言葉を紡げなくなったからだ。十の言葉に呑まれたからだ。

「お前も校正使も、この国の外を知っているな。それなのに、こんな馬鹿げたことを、こんな残酷なことを、」

「旅人様が何を仰《おっしゃ》っているのか分かりません。校正使様は叡智に繋がる術を持っておられるし、私は正しい『白往き姫』を孕んでいるだけのこと」

「分かるだろう。こんな、意図的に時を止めたような国で、何故こんな……」

「この国がそれでも成り立っているのは、本を焼く愉悦を知った人間が戻れないからなのですよ。この国は存在しないのです。あなたの地図には影すら見当たらないことでしょう」

十はすっかり全てを見透かした顔で、そう言った。この国に入る為に、旅人は色々なものを失った。これから先、まともな人生は送れないだろう。この国に入るということは、そういうことなのだ。

「二度とこの国に近づいてはいけません。語ることも赦《ゆる》されない。急いでお逃げなさいませ。私はあなたを見逃すと決めましてよ」

「どうして、こんな、」

「楽しいからでしょう。本を焼いた人間は想像したのでしょう。これが人間であればいかほどの愉悦かと、想像してしまったのでしょう。人を焼くのも本を焼くのも愉しい、なら、人の形をした本を焼いたらいかほどかと――」

　十が言い終えるより早く、旅人は立ち上がった。早く逃げなければならなかった。肺のある本である十は、目の前で赤毛の少女が焼かれているのを感じて悦《よろこ》んでいた。それどころか口をめいっぱい開けて、灰と煙を存分に吸い込もうとしていた。

「私、肺の無い本に触れたことがありますの」

　十の棚を出る瞬間、彼女は静かに言った。

「軽く、薄く、芳《かぐわ》しい匂いが致しました。そこには文字がそれはもう所狭しと並んでいたのです。一文字一文字が意味を持ち、ここにいない者の物語を伝える。あれを私は奇跡だと思いました。ええ、奇跡ですとも。どうして失われるのが耐え難いあの奇跡が、あれほどか弱いものに刻まれているのでしょう。骨すら無い、あんなものに。あれを見てから私は――私には、焼く為に本が作られたように感じられてならないのです」

あとがき

「本の背骨が最後に残る」は、異形コレクション「蠱惑《こわく》の本」用に書き下ろしたものです。ハインリヒ・ハイネが戯曲『アルマンゾル』の中で書いた「本を焼く者は、やがて人間も焼くようになる」という言葉を元に、〝背骨のある本〟である人間達が娯楽の為に焼かれる世界を作り出した時は、この物語は幻想要素のある疑似裁判小説だと思っていました。今回こうして『ベストSF2021』に収録して頂ける運びとなったことで、この物語はSFでもあったのだなと自分でも気づいた次第です。物語に取り憑かれたが故に、他の本を焼くことに殊更《ことさら》に執着するようになる嗜虐的《しぎゃくてき》な十は、この世界において何よりも美しくあってほしいと願いながら綴りました。機会があれば、この十が目を潰されるに至った話なども書いてみたいと思っております。最後になりますが、この短篇が、この誉《ほま》れあるアンソロジーに収録され、多くの方々に触れる機会を与えてくださったことに感謝します。

三方行成
どんでんを返却する

特殊設定ミステリに続いては、三方行成のどんでん返し小説をお届けする。近年のミステリ界隈《かいわい》では特殊設定以上にどんでん返しが流行し、とにかくびっくりさせてくれればそれでいいという風潮もあるようだ。小説投稿サイト「カクヨム」が開催する「第6回カクヨムWeb小説コンテスト」には、なんと「どんでん返し部門」が誕生。〝作品世界が読者の前で反転するような展開上の「驚き」(どんでん返し)が仕掛けとして組み込まれたエンタテインメント作品〟を求めている。たまたま本編も「カクヨム」に発表された作品だが、もちろん同コンテストの応募作ではなく、むしろこうした風潮に正面から異を唱える(推定)、正統派のどんでん返し小説である。わりあいシリアスな小説が多くなってしまった本書の中にあって異彩を放つというか、ほっとひと息つかせてくれる一編。だれも死なないし、世の中になんの変化もありませんが、人生が二ミリだけいい方向に進むかも……。

三方行成(さんぽう・ゆきなり)は、一九八三年、長崎県生まれ。二〇一六年五月から八月にかけて、小説投稿サイト「カクヨム」にsanpow名義で《よいこのためのトランスヒューマンガンマ線バースト童話集》と題する短編連作を発表。これを改稿して、二〇一八年の第6回ハヤカワSFコンテストに応募。大賞は逃したものの、次点にあたる優秀賞を受賞し、これが『トランスヒューマンガンマ線バースト童話集』として早川書房から刊行され、商業デビューを飾った。中身は、「シンデレラ」「竹取物語」「白雪姫」などお馴染《なじ》みの物語に大量のアイデアとガジェットとギャグを投入してSF的に再話するエレガントな連作。続く『流れよわが涙、と孔明《こうめい》は言った』(以上、ハヤカワ文庫JA)の表題作は、〝孔明は泣いたが、馬謖《ばしょく》のことは斬《き》れなかった。/硬かったのである〟というすばらしい二行で始まる一発ネタ系フラッシュフィクションの傑作。さらなる活躍に期待したい。

気が付いたのは夕方六時だ。寝袋を探すため、パソコンの上に積んであった百科事典セットをどけていたらどんでんが転がり落ちてほふっと音を立てた。

そうだ、どんでんを借りたんだった。結局使わないままだった。

元の場所に戻そうと思った。なんと言っても眠かったし、寝袋は百科事典ではなく国語辞典とポケット般若心経の間に挟まってたし、僕は徹夜二日目。アパートのワンルームには寝袋を横たえられるほど平らな場所もないわけだけど、工夫すれば眠れるさ。たとえば死ぬとか、どんでんを片付けるとか。

どんでんはつるつるすべって、元の場所には収まらなかった。どんでんがこちらを見ていた。そのうちしゃべりだしたらどうしよう？　いやどんでんに口はないけど、しゃべれないとは限らない。僕が寝返りうっている間に口のなかに入ってきたらどうする？　どんでんののど越しはすごくつるつるしていてまるで天使が喉を降りていくよう。そして声帯をわしづかみしてサブウーファーで「お前のおかあさんになってやろうか」なんて言わせるかも。どうする？

どんでんはそんなことしないよ、みたいな目でこちらをみたので、少し安心した。

そうだ、目にカバーをかければいい。確か付属のケースにカバーの作り方が載っていたはずだ。

付属のケースは尻の下で見つかった。ちょうど紙きれが入っていた。使われているインクは赤、重要だとハンコが二十も押してある。前に同僚のサプライズ生前葬を企画したときに作った地獄の訴状かと思ったら違った。

「どんでんの返却期限は令和二年三月九日二十三時五十九分です」

今日じゃん。

六時から二時間寝て起きたら午後九時だった。イカれてるよ（時間の感覚が）と思いながら、僕は延滞を決意した。つまりさ、延滞したって死にゃしないだろ？

どんでんを冷蔵庫へ押し込んだ。これで先送りできると期してのことだ。どんでんはお前の生殺与奪を握ってるのが俺《おれ》じゃなくてよかったよな、みたいな目でこちらを見ながら冷蔵庫に入った。

これで終わりかと思ったが、人生のあらゆる局面がそうだったように、この見通しも甘かった。どんでんの存在感がラーメンの中のコンクリートブロックのように主張している。まるで怨霊《おんりょう》みたいに病める時も健やかなるときも一緒さ、と口があったら言っていたに違いない（どんでんには口がない。それでも奴《やつ》は叫ぶ）。

僕は冷蔵庫を責めた。怠慢じゃないか。つまり冷却とは分子運動の減速で、その理想は万物の停止だ。景気も人口増加も僕の人生だって減速してるのにお前だけが乗り遅れていいのか。どんでんのやつを冷やすんだ、と諭してやったら冷蔵庫は自尊心のない家電製品のままじゃ先祖にあわせる顔がないと思ったのか極低温の風を噴射し始めた。

で、停電した。仕方がないからパソコンの手回し充電器を回してどんでんについてネットで調べた。答えは二分で出た。赤くて四角くて金属みたいな顔をしたどんでんレンタルショップの店長が「どんでんの借り方返し方講座」みたいな動画で答えていた。

「どんでんは店舗のほか、ポストでも返却できます。明らかに合法です」

無視する手もあっただろう。だが真っ暗な中にどんでんとふたりっきり。どんでんの息遣いには鼻がつんとなり（どんでんには口がない。それでも奴の口は臭う）思わず辞世の句をしたためそうになったぐらいだ。

おとなしく返すか。

僕は息絶えた冷蔵庫をあけ、どんでんをかかえて家を出た。時刻は十時。急いだほうがいい。

外は大雨だった。夜の大雨だ。水を吸ったどんでんは死体のように重いし、死体のようにぐにゃぐにゃ滑って、地面に落とすとつかみどころを探すのにも苦労する。問題はもう一つ。お店じゃなくてもポストで返却できるらしいけど、夜の街ではポストは姿を消している。少なくとも雨が降ってたらダメだ。雨が降ってくると、ポストたちは内部の郵便物をぬらさないよう雨宿りのために移動する。どこかの建物のかげにぬれそぼったポストが群れ集まって自分の運命を嘆くんだ。みじめな負け犬みたいにな。

そうだ、負け犬と言えば川、そして川には心当たりがあった。近所にかかる橋の下、僕の秘密の場所だ。

ちょうど赤い奴が雨宿りしていた。赤くて、四角くて、どうみても人でなし。ポストヒューマンだ。

「すみません、ポストに返却します！」

「なんだお前は！」

「運命さ！」

どんでんをひっつかみ、ポストヒューマンの口に押し込んだ。格闘になった。ポストヒューマンの口は小さいし、どんでんはぬるぬるしている。おまけに夜の雨のなかだ。僕らは泥の中を転げまわり「死ね！」「返却します！」と命のやり取りをした。

やっとの思いで押し込んで、僕もポストヒューマンも倒れこんであえいだ。長かった。でも返却はこれで終わりだな、と思った。

けれど、河原に倒れ伏してあえぎ、濁流に飲み込まれそうになっている赤い奴を見ていると胸騒ぎがした。川に落ちたら中の郵便物はどうなる？

というか、こいつは本当にポストかな？

「違うが？」

赤い奴はどんでんを正月の餅みたいに飲み下しながら言った。

困ったことになってきた。


赤い奴はぷりぷり怒った。

「今は多様性の時代なんだぞ！　なのにお前は俺の肌が赤くて体が金属の箱でみじめな負け犬だからってポストだと決めつけたわけだな！」

「だってあんたが何も言わないから」

「言えるわけないだろ、あんたに押し込まれたこいつで口の中がいっぱいだったんだぞ！」

赤い奴の口からどんでんが顔を出し、そうだそうだみたいな目で僕を見て、また口の中へ戻っていった。どうも今夜はそこで過ごすことに決めたようだった。

まずい。時刻は十一時三十分を回っている。延滞したらどうなっちゃうんだろう。どんでん警察が来るんだろうか。僕の口にどんでんを入れるのかな。いやだ、そんなのいやだ！

「返せ、どんでんを返してくれ！　返却したいんだ！　十一時五十九分が期限なんだ！　なのにあんたが食っちまった！」

「お前が押し込んだんだ！　なのに返せだと？　ばかばかしいぜ！」

「そりゃそうなんですけどさあ！」

そもそも、僕はなぜどんでんなんか借りたんだろう。家には眠るためのスペースだってないのに。

「お前みたいなやつはいつもそうだな！」赤い奴がせせら笑った。「考えもなしに借りる、そして返し忘れる。なのに悪いのは自分じゃなくて周りの人間だと思ってやがるんだ！」

「だってポストに返せるって」

「借りた店を探すべきだったな！」

不可能だ。だってどこでいつ借りたかだってわからないのに。だいたい、どんでんって何なんだよ。

「そんなことも知らないのか？　まあいい。小僧、運がよかったな。俺はどんでんに少しばかり詳しいんだ」

「あ、あんた、いったい何もんだ」

「あ、私が店長です。ご返却ですね」

「あ、どんでんの借り方返し方講座の店長？」

店長は今さら気が付いたのか、みたいな目で僕を見て「返却、ギリギリ間に合ったな」と言った。

時刻は十二時十五分だった。過ぎてるじゃん。すると店長はものすごいウインクをした。

「お前が俺の口におしこんだときはまだ日付が変わってなかったのさ。ちゃんと返せて偉いぞ。お前は昨日よりましな人間になったんだ」

なんかしっくりこなかったけどもうどうでもよかった。家に帰り、どんでんがいなくなったスペースに寝袋をしいて眠った。僕はどんでんを返し、昨日よりましな人間になった。これはそういうお話だったのさ。

あとがき

この度は収録していただきありがとうございます。

皆さんは延滞していますか？　借りたものを期限までに返却するのはとても難しい行為です。私のような毎日が上の空の人間は忍び寄る期限を見逃し、というか借りたことも忘れ、高額の延滞料に泣かされる運命が待っています。借りたものは返しましょう。できるもんならな！

この話はどんでん返しをテーマに書きました。物事の細部が頭に入ってこないピンボケライフ人間にとっては日々の出来事そのものが前触れもなくひっくり返るどんでん返し続きです。そんな人間にどんでん返しを書けるか？　書いてみろ、できるもんならな！　と思って書きました。

当初は店長のものすごいウインクで時間が巻き戻り返却期限に間に合って終わる予定でした。しかし「巻き戻るはもう死語」とどこかで見て恐慌をきたし、巻き戻るを使わない展開に変えました。許してください。話は終わりです。

伴名練
全てのアイドルが老いない世界

国民的人気を誇る三人組アイドルグループのキャンディーズが日比谷野音《ひびややおん》ライブの最後にとつぜん解散を発表し、メンバーのひとり、伊藤蘭《いとうらん》が「ふつうの女の子に戻りたい！」と叫んだのは、一九七七年七月十七日のこと。翌年四月四日、後楽園《こうらくえん》球場に五万五千人を集めて解散ライブが行われた――というのがわたしたちの知る昭和の歴史（王貞治《おうさだはる》の７５６号本塁打は七七年九月三日の後楽園球場）。解散時点で伊藤蘭は二十三歳、藤村美樹《ふじむらみき》は二十二歳、田中好子《たなかよしこ》は二十一歳だった。アイドルが老いるこの世界では、リリーズと言えば、「好きよキャプテン」で知られる双子ユニットのザ・リリーズのことだが、本編の舞台となる〝全《すべ》てのアイドルが老いない世界〟では事情が違う。そっちのリリーズは、二百年以上にわたって共に歌いつづけてきた、国府田恵《こうだめぐみ》と愛星理咲《あいぼしりざ》の二人組なのである。

わたしたちの世界も、デビュー四十周年を超えた松田聖子《まつだせいこ》が現役アイドルとして（そう違和感なく）扱われていることからして、〝アイドルが老いても問題ない世界〟に近づきつつあるようだが、伴名練は〝老いないアイドル〟によって昭和と令和を接続し、新たなアイドル像を提出する。作中のアイドル曲にはSF短編のタイトルが多数使われているが、実際「魔女見習い」は松本伊代《まつもといよ》か小泉今日《こいずみきょう》子《こ》が歌っててもおかしくないと思いました。〈小説すばる〉六・七月合併号に掲載。

伴名練（はんな・れん）は、一九八八年、高知県生まれ。二〇一九年、SF短編集『なめらかな世界と、その敵』（早川書房）で旋風を巻き起こす。二〇年からアンソロジストとしても活動し、『２０１０年代SF傑作選』（大森望と共編）を皮切りに、『日本SFの臨界点［恋愛篇］死んだ恋人からの手紙』『同［怪奇篇］ちまみれ家族』を編纂《へんさん》。この二冊に収録した作家の短編を発掘する企画として、中井紀夫《なかいのりお》、新城《しんじょう》カズマ、石黒達昌《いしぐろたつあき》の短編集を新たに編纂している（以上すべてハヤカワ文庫JA）。

二人の少女が、歌っている。

記録メディアがまだビデオテープしかなかった頃の映像だから、画質は粗い。数日前に王貞治《おうさだはる》が七百五十六号本塁打を記録したばかりの後楽園《こうらくえん》球場は、おとぎ話の城めいたステージと花道が設置され、すっかり少女たちの舞台へと塗り替えられている。屋根はなく、二十二時半という時刻にしかるべき闇の世界で、投光機に照らされた二人の衣装が光を孕《はら》んで、彼女たちの一挙手一投足の軌跡を、虚空に刻んでいた。

曲に合わせて何度もお色直しをした衣装は、片方の少女が真紅、もう一方の少女が群青という、二人のイメージカラーを基調にしたドレスに戻っている。ステージの上《かみ》手下手《てしもて》へ、あるいは花道へ移動し、千変万化の振り付けで観客を魅了するけれど、そのパフォーマンスはスタントめいた二十一世紀のものに比べれば速くも激しくもない。コードが邪魔な有線マイクを手にしたままでは、ターンすることさえ不可能だ。それでもこの夜、二十曲以上を歌った二人だから、いくら代謝が人より穏やかであっても、額には汗が滲《にじ》んでいる。もっとも、その汗は疲労によるものだけではなかった。

彼女たちは、この後にまだ大仕事が控えていることを知っていたのだ。

サイリウムもまだ存在しないから、観客席は暗い。それでも観客の影の一つが不意に画面から消えるのが分かる。コンサートも終盤に差しかかって、倒れる客の数も増してきたのだ。最前列で観客が崩れ落ちる度、スタッフが駆け寄って他の客に踏まれないように肩を貸して後列へと連れて行く。空いた隙間にまた客が詰めて、最前列が埋まる。負傷者を後方へ下げていく戦列のように。後列は画面の外だけど、きっとリリーズ親衛隊の法被姿で埋まっているだろう。一度倒れた彼らも、意識を取り戻せば、よろけながらもまた立ち上がる。声援を送る力が残されていなくても、彼女たちの煌《きら》めきを見届けることはできるから。ヒールを鳴らし床面を蹴る音を、想《おも》いを込めてアウトロに繋《つな》ぐ声を、聞き届けることはできるから。

今、最後の一小節が終わった。

大地を揺らさんばかりの歓声と拍手に、二人はお辞儀する。再び上げた顔を彩っていたのは、しかし、興奮や達成感ゆえの紅潮の色ではなかった。

そこにあったのは、悲痛を胸に押し留めようとする覚悟の表情。

『今日は、皆さんに大切なお知らせがあります』

映像越しにさえ感じる。彼女たちの一言で、場の気温が二度くらい下がったのを。

ザ・ベストテンのランキングを七度も制した「魔女見習い」を歌い終えた後の会場の熱気は、彼女たちのコンサートでも空前の最高潮だったけれど、余韻さめやらぬ中に放り込まれた氷塊のような言葉が一気にざわめきの中身を変えた。声援と歓喜から、不安と、戸惑いに。

赤い衣装の少女がマイクを胸元まで引き寄せたのは、手袋を塡《は》めているのに、汗でマイクを滑らせてしまいそうな恐怖に囚《とら》われたからだ。

『リリーズが私たち二人になってから、支えてくれた皆さんには感謝の気持ちでいっぱいです』

よく舌が回ったものだと思う。体の熱がそのまま脳に回ってしまいそうだったけれど、ここで台詞《せりふ》をとちる訳にはいかないと自分を奮い立たせたのだ。何度となく繰り返し見た映像越しでも、あの時の熱さを思い出すと、今でも頭が傾《かし》ぎそうになる。

『私たちが二人でステージに立つのは今日が最後です』

青い衣装の少女がそう言った。正面、観客席を、黒真珠のような艶《あで》やかな瞳で見据えたまま告げたのだ。たった一人の仲間の顔に目を向けようとはせずに。

そして続ける。二百年以上にわたって共に歌い続けてきた二人組の片割れは。

『私——普通の人類に戻ります』

無数の悲鳴と困惑の声が、一斉に弾《はじ》けて会場を覆った。

國府田恵《こうだめぐみ》はステージを去った。

私は、愛星理咲《あいぼしりざ》は、去らなかった。

たった一人になっても。

◆◆

【理咲】今日は呼んでくれて、三人とも本当にありがとう。

【水那都《みなと》】こちらこそありがとうございますっ！　たくさん勉強になりました！

【さらさ】ありがとうございます。お疲れさまでした。

【レベッカ】四人で歌えて楽しかったです♡

【理咲】アウェーかと思ってたけどＦＦＴのファンもみんな歓迎してくれて本当に嬉《うれ》しかった。お礼を伝えておいてね。

【さらさ】我々のファンは訓練が行き届いていますから、当然です。

【水那都】こちらこそ、Brightness fall from the Air の時、理咲さん推しの人たちが私にも声援をくれて、とっても嬉しかったです！

【理咲】あのパフォーマンスを見たら誰だって水那都ちゃんを好きになると思う。初めてのデュエットだったけど水那都ちゃんが完璧にマスターしてくれてて本当に助かったよ。

【水那都】いえいえそんな大したことではありませんっ！　あのくらいお茶の子さい

さいです！

【レベッカ】嘘《うそ》ですよ、理咲さん。ミナちゃん、こっそりそっちの事務所のアバター借りて理咲さんと毎日練習してましたから。

【水那都】なんで言うの！　誰にも言わないって話したじゃん！

【レベッカ】さららんなんて、「水那都があれだけ努力してるんだから、もし理咲さんの方がしくじったらネットであることないこと流してやる」って息巻いてたから、私も心配してて……。

【さらさ】レベッカ、後で話がある。

【理咲】水那都ちゃんが私のためにそんなに時間をかけてくれたなんて嬉しいな。お礼がしたいから、今度一緒にお出かけしない？

【水那都】ええっ！　光栄です！　じゃあ早速、来週とかっ。

【さらさ】理咲さん、水那都をあまりからかわないであげてください。彼女は冗談の通じない子ですので。

【理咲】もちろん冗談なんかじゃないわよ。水那都ちゃん、とっても頑張り屋さんで一途《いちず》な女の子だと思うから。

【水那都】えへへ……。

【さらさ】理咲さん、分かりやすいように言い方を変えます。我々の大事なセンター

なので、お年寄りの介護は、

【レベッカ】ごめんなさい、理咲さん！　さららんが他所《よそ》に出しちゃいけないテンションになっちゃったから今日はこの辺で！

【dialogue end】

三人組ユニットFullmetal Fairytail。リーダーの水那都は天然で努力家、レベッカは最年少ながら水那都とさらさの保護者を気取っていて、やや不愛想なさらさは明言していないものの水那都に屈折した好意を抱いている。そういう売り方の彼女たちの関係性を崩さぬよう、そつのない振る舞いができたはずだ。

【承認】を選択。あとはこっちのマネージャーとＦＦＴのマネージャーがチェックを終えれば、チャットの文面は全て公開情報になる。

多重視界《ヴァイザ》で公演後チャットの最終スキットを確認し終えて、ようやく私のライブが終わった。ステージ衣装から着替えたし水分も摂ってはいたが、これを終えてようやく肩の力が抜けた。無人の控室のテーブルは火照《ほて》った頬に冷たい。

ＦＦＴのライブにゲストとして登場し四曲を歌った。邪魔者と言えば邪魔者で、観客の大半はＦＦＴのメンバーに寿命を捧《ささ》げに来たのだから、愛星理咲なんていう旧世代の遺物に向けてサイリウムを振るなんて、心底からはやりたくなかっただろう。会場で打ち上げられた電子花火《ｅＰｏＰ》の宛名や、私が吸えた生気の量からもそれが分かる。Ｗ

ＥＢに流れる参加レポを今すぐ見る気にはならない。

それでも観客は理解している。三人で回し続けるよりも、外からその関係性を引っ掻《か》き回す人間がいた方がＦＦＴが飽きられずに済む、つまりは長生きできると。

ゆえにＦＦＴにとって、あるいは業界にとって愛星理咲は必要悪。表面上は頼れる年長者らしい振る舞いをしながら、素知らぬ顔で若いユニットのメンバーに次々粉をかけ、その関係性を搔き乱して楽しむ女。身に纏《まと》うステージ衣装は目を刺す真ピンク。天然なのか性悪なのかはファンの解釈に委《ゆだ》ねる――いつの間にかこのポジションに慣れてしまいつつあって、今になって昔の動画を何度も見てしまうのは、きっと自己防衛なのだろう。

ため息をついたりしたら、ライブの余韻が集めた生気を連れて逃げてしまう錯覚に陥りそうなので、せいいっぱい口を閉じる。

出演者控室の白い壁を眺めている視界に、ヴァイザの映像が割り込む。

「お疲れ様です。今回も大過なく進んだようで何よりです。スコアもほぼ九割に達しています」

映し出されたスーツ姿の女性マネージャーは隣の関係者控室にいる。労使協定上、彼女たちはこちらと顔を合わせる時間が一か月に十時間を超えないように定められているから仕方がないが、まどろっこしいとは思う。そして観客のリアクションのデータをもとにした満足度のスコアが九割に近くても、それ以外の数値を口に出さないのは、新規ファンがろくに増えなかったことの証《あかし》だろう。だがそれを指摘して年下の相手を困らせるほど幼くはない。

「そっちこそお疲れさま。おかげでいいステージになったわ。で、次はまたサンウォドとだっけ？　四年前のでやってない曲ってどれだっけ」

殊勝な気持ちで尋ねながら、体を伸ばそうとパイプ椅子《いす》にもたれると、

「そのことですが——向こうサイドからキャンセルが来ました」

思わぬ返事に伸びをしかけたままの姿勢で固まった。それでも動揺を悟られないよう、わざと軽めの声で訊《き》く。

「なあに、二桁年齢が私の商品価値を値踏みできるくらいに偉くなったってわけ」

「『人間に戻る』んだそうです、三人揃《そろ》って」

「は」

今度こそ動揺を隠せなかった。

「響希《ひびき》の姪《めい》っ子……妹が産んだ子供が、成人したのがきっかけだそうです。リーダーが辞めるのなら、と、繭夢《まゆむ》と杏璃《あんり》も。もっともそれは表向きの理由で、ファンの減少傾向に歯止めがかからなかったからと聞いています。このままではいずれにせよ年を取り始めていたでしょうから。次が解散ライブになるということです」

サンウォド……Saint-Germain wandとの付き合いは二十年に満たないが、何度もコラボして良好な関係を築いていた。響希は「愛星先輩みたいに三百年はステージに立ちたいです！」と言っていたし、肉親が年を取っていくことにも頓着しないイメージだったが、見た目よりずっと繊細だったのかもしれない。

ニコチンがこの国の違法薬物になって以降ずっと吸えていないけど、無性にまた吸いたくなった。代償行動のごとくテーブルに置かれていたポップキャンディーに手を伸ばして、包装を破りかけてこらえる。ただ手の中で弄《もてあそ》ぶに留めた。

「また、私より若い奴《やつ》から消えていく」

「心中お察しします」

「私の十分の一も生きてないくせに冗談言わないで、定命の者」

「失礼しました。お察しできず申し訳ありません」

駄目だ、これは八つ当たりだ。さっさと切り替えた方がいい。

「じゃあ、次のコラボはどこと？」

「コラボはしばらく予定がありません」

「なら、ソロをやって次に十分人が集まるのはいつ？　データで予測は立つでしょ」

「二年後です」

今度は欲望に従った。見もせずにキャンディーの包みを開け、そのまま口の中に放り込むなり、ごりごりとかみ砕いた。ストロベリーの人工的な甘味が気持ち悪い。

折り合いの良くない相手に頭を下げに行く。握手会。国外脱出。頭に過《よぎ》る幾つものプランを俎上《そじょう》に載せては却下していく。

「……ご提案があります」

不安を汲《く》んでくれたのか、こちらが何も言わないうちにマネージャーが続けた。

「愛星さんがソロ活動に入って七十年が経《た》ちました。おひとりで十分長い間戦ってこられたと思います。もうそろそろ、新しいユニットを組んでもいいと思います」

まだ口の中にキャンディーの塊が残っている。鋭角的で飲み込めない。

「新しいパートナーの候補者に会っていただけませんか。要はオーディションです」

◆◆

「どういう関係性でいきましょうか、私たち」

初めまして、に続いて海染真凜《うみぞめまりん》が私に投げかけた言葉は、単刀直入を通り越して失礼なほど、急ぎ足かつ土足で踏み込んでくるような内容だった。

——海染真凜。戸籍年齢十八歳、肉体年齢十七歳。十四歳の時から二年間、バックパッカーとして世界二十三か国を放浪。事務所に無所属の状態でＷＥＢに上げた歌唱とダンスの動画は十本、再生は累計八百万回。特技はサバイバル技術と、一度会った人間の顔を忘れないこと。好きな食べ物はジビエと和菓子。

テーブル上の通り一遍な書類を持ち上げて見ても、取り扱い説明書はついていない。眼前にいる少女をどう遇するのが正しいか、というマニュアルは。

古風なおかっぱ髪と、流行《はや》りの偏光コンタクトが入った右目の取り合わせがアンバランスだ。機嫌のよさそうな笑みを浮かべているが、感情によって色合いを変えるその右目はニュートラルな青色で、つまりこれは心にもない笑顔という訳だ。左目がごく普通の茶色い瞳であることも手伝って、安定性を欠いたような緊張感がある。

マネージャーからの提案の翌日、事務所の応接室で、私と初対面の少女は向かい合って座っていた。

というか出勤したら応接室に見知らぬ相手が座っていて、仕方なく向かいに着座したら「初めまして」そして「どういう関係性でいきましょうか」だ。まだ茶すら出せていないのに。

返事できないでいると、おかっぱ髪の少女は畳みかけてくる。

「プランの一つ目はオーソドックスな『敵対から尊敬へ』というものです。まず私は努力を否定し効率的に人気を稼ごうとして、愛星さんの保守的なやり方に異を唱え、私たちは険悪なムードになりますが、やがてあなたのひたむきな姿勢にほだされて、徐々に尊敬の念を向けるようになっていく」

「ちょっとちょっと、待ちなさい」

「ご不満なら一段階捻《ひね》りましょうか。最初私は愛星さんにおべっかを使ってすり寄っていきますが、腹の底では旧世代呼ばわりして見下している。そのことが露見して私は本性をむき出しにしますが、あなたのパフォーマンスにプライドを叩《たた》き折られ改心する。つまり私がまずヒールを務めるというものです。単純な仲良し営業やケンカップル営業では飽きられるのも早いですが、段階を踏んでストーリーを作れば長持ちするかと」

「そういう話をしてる訳じゃなくて」

きょとんとした表情になった真凜の右目には、善意でも悪意でもない澄んだ青色が宿ったままで、微妙にロボット感がある。テーマパークの受付に人間そっくりのロボットが導入される昨今、この業界にまでロボットが進出したと言われても驚かない。

「ちょっと初めから説明しなさいよ」

「愛星さんがグループでデビューされた明治時代と違って、最近ではユニット結成前から物語を織り込んだ関係性を用意するのが常識です。成功確率が高いのは先ほどあげた二つのテンプレですよ」

「そういうことを言ってるんじゃなくて。マネージャー！　ちょっとこの子なんとかして！　ねえ、マネージャー!?」

ヴァイザ越しに、隣室にいるはずの相手に助け船を求めたが、なぜか反応がない。

「清水《しみず》さんならこの面談を私に任せて海外に出張されています。今頃機上の人ですよ」

「はあ？」

「百華騒々のアフリカ大陸進出に向けた会議でナイロビ行きです。向こうに私の友人がいたもので、少し前にお繋ぎしたんですよ」

どうも目の前の相手がただ者ではないことは分かった。だがそれにしても、今月はもう協定上私と同席できないとはいえ、新しいユニット候補とやらの顔合わせをマネージャーが放り出して、別のユニットのために海を越えていいものだろうか。私は厄介払いされつつあるんじゃないだろうか。

「ところで先輩に申し上げるのは差し出がましいことですが、他人を役職で呼ぶよりも名前で呼んだ方が、昔気質《むかしかたぎ》に見えて好感度上がりませんか」

「覚えても長生きしてくれる訳じゃないし。マネージャーとか今四十代目くらいよ」

昔と違って、協定にガチガチに縛られて同じ部屋で空気を吸う時間さえ制限されている相手に、仕事上の感謝はできても情は湧きにくいものだ。諦念めいた思いがぽろりと漏れただけの発言だったが、彼女はかえって食いついてきた。

「それ美味《おい》しい設定ですね。名前を覚えてしまったら別れが辛《つら》くなるから覚えない、そういう事情にしてしまえば、失礼と不遜《ふそん》が、種族間の別れを経験したトラウマに早変わりします。せっかくですし私の名前もしばらく覚えようとしないのはどうでしょうか」

「設定とか言うのをやめなさい。それになんでもかんでも劇的なヤラセを組み込もうとするのはやめて。あなたと話してると本当のことが全部嘘になっちゃうから」

「演出と言ってください。それも、人気を獲得するための正当な手段としての。これまで演出ゼロなありのままのキャラでやってきた訳ではないでしょう。アイドルとして自分を長生きさせたくないんですか？」

途中までは確かに正論だったけれど、最後でとうとう堪忍袋《かんにんぶくろ》の緒が切れた。ばん、とガラステーブルを叩いて告げる。

「いい加減にしなさい」

何を言われたのか分からない、と言わんばかりのきょとんとした表情、つぶらな瞳がこちらを見上げている。まだ右目は平然と青いまま。

「まず、ユニットの件は昨日言われたばかりで納得もしていない。その候補があなたみたいな奴だったらなおのこと承服しかねる。マネージャーに言ってこの話はご破算にしてもらうから」

そう宣告して睨《にら》んでみたけれど、相手は意に介さないように、ふふっと小さく口を歪《ゆが》めた。

「そんな殊勝なことを言ってる余裕あるんですかねえ」

こちらを試すかのごとき口調に嫌な懐かしさを覚える。これはそう、確か……写真週刊誌華やかなりし頃、スキャンダルをかぎ回ってこちらに揺さぶりをかけてきた記者たちのやり口だ。数十年前の防衛本能が突如として戻ってくる。

「愛星さんのライブ映像を全部見てますけど、三年くらい前から髪が少し伸びてませんか？　遠からず魔法が解けちゃうのでは？」

思わず相手の顔を見る。マネージャーにすら気づかれていないことを見透かされていた。三センチ未満の変化を。

「ゲストで出させてくれる相手も減り続けてて、ソロ活動もファンの高齢化で限界が来ている。ここらで一度ソロへのこだわりなんて捨てましょうよ。昔の女に操《みさお》を立てるなんて、今どき流行らな、いっ!?」

まさに写真週刊誌記者に対抗するため大昔に身につけた、懐かしい護身術で手首を捻り上げた。彼女の右目が紫色に変化したから、さすがに本心から驚いているらしい。

年季の違いがものを言ったな、とやや自虐的な気分になる。

ろくに抵抗できないでいる少女をそのまま引きずってドアの方へ向かう。

「オーディションは落選。私へのご忠告ありがとう。せいぜい人気を保てるよう努力するわ。あなたもステージに立ちたいなら、人間の心が分かるようになってからになさい。ソロデビューの時には花でも贈ってあげる。菊とかお似合いじゃない、食用菊」

背中をぐいぐい押して扉の外に出した。あとで撒《ま》く用の塩を買いに出よう。そんなことを考えながら鍵《かぎ》をかけるためにドアノブに手を伸ばして、

「私は國府田恵の居場所を知ってます」

ぴたりと私の手が止まる。

「書類に書いてますよね。世界中旅してきたって。ある場所で、雇い主の方が打ち明けて下さったんです。自分がかつて國府田恵という名で、愛星理咲とステージに立ってたって」

ドアを跳ね開け、胸ぐらを摑《つか》んだが、今度は向こうも焦らず、ただにこやかな笑みを浮かべるばかりだ。

「教えなさい。今、メグはどこで何してるの」

「もちろん教えて差し上げますよ」

右瞳の色は喜びのオレンジ。それに向き合う私は、自分より年齢の桁が二つ少ない相手に、嫌悪感とわずかな恐怖を覚えて、ただ続きを聞くしかない。

「――一緒にステージに立たせて頂いた後に！」

こちらに選択肢は、なかった。

◆
◆

何度も見る夢があった。もう取り戻せない過去の瞬間を、繰り返し繰り返し突きつける夢。成り行きも結末も決まりきっていて、なのに目覚めるまではそれが過去の反復と気づかなくて、初めて経験した痛みのように感じてしまう、厄介な悪夢。

——フロントガラスから見えるのは、車通りの多い月曜朝の環八《かんぱち》通り、そしてトヨタセリカ１６００ＧＴの青いボンネット。この青に惚《ほ》れこんで、かつてメグに贈った車だけれど、今日からは私のものになる。彼女の旅先に運ぶのが手間だったからだ。

後部座席、振り向けばそこにいる相手は、さっきから口を噤《つぐ》んだままで、世界一遠い場所にいるような気がする。私たちの間に流れる沈黙を埋めていたのは、カーラジオから流れる、眠気を誘うような抑揚のない音声だった。

《福田赳夫《ふくだたけお》総理大臣が年内の開港を宣言していた、千葉県成田市《なりたし》に開港予定の新東京国際空港について、空港公団は昨日、開港の日程を来年以降に延期することを決定しました。新東京国際空港を巡っては、五月に発生した派出所襲撃事件で……》

「飛行機ってやっぱり信用できないいな」

話題の糸口を探していた私が発したのは、そんな遠回りな言葉だった。

「ほら、春にハイジャックがあったばっかりだし、日本赤軍《にほんせきぐん》あたりがまた何か起こすかも知れないし」

緊張気味な台詞に対して返って来たのは、ふふ、という小さな笑いだった。

「理咲ちゃんったら怖がりなのね。そりゃあ飛行機は危ないかもしれないけれど、私、ホノルルまで船で行くのなんて嫌よ。船の上で周《まわ》りに気づかれたら海に落とされちゃうかも知れないでしょ」

「五百年前じゃないんだから、そんな乱暴には扱われないと思うけど」

「五百年前と違って、助けてくれるセイレーンの子もいないけれどね。あの頃に泳ぎを習っておくんだったわ」

ミラー越しに見れば、メグは口元に手を当てて上品な感じで笑っている。その楚々《そそ》とした仕草はこれまでと同じ、昭和小町と称された彼女を象徴するものだった。

けれど昨日、終演後の楽屋で切ったばかりの髪は少年のそれのように短かった。頼まれて私がおそるおそる切ったとはいえ、何度見ても見慣れなかった。ホエールズの野球帽を目深に被っているのもあって、スター歌手だとは気づかれないだろう。

《昨夜、後楽園球場で行われたリリーズのコンサートのステージ上で、メンバーの國府田恵さんの芸能界引退と、リリーズの解散が発表されました。リリーズの所属する澤田《さわだ》芸能事務所には朝から報道陣が詰めかけ……》

カーラジオから流れ始めた音声に思わず耳を澄ませたが、私たちにとって未知の情報は特になさそうで、私はついついボヤいてしまう。

「今日何度目かな。これだけ色んな番組で聞かされると、流石《さすが》に飽きてくる」

「号外が五紙出たって聞いたわ。解散前は何度一位を獲っても号外なんて出してくれたことなかったのに、勝手よね」

《……本日十八時から、リリーズの二人による記者会見が都内で行われる予定です》

ニュースの締めくくりを聞いて、私は嘆息する。

「やっぱりそう聞こえるよね、あれ。予定通りだけど、ちょっと後悔してる」

「ステージで理咲ちゃんが『明日二人で会見します』って言ったら誰だって理咲ちゃんと私が会見するって思うでしょ」

「来橋《くるはし》さんに苦労を掛けるのだけは心苦しいな」

「……解散発言をした後に、残った方のアイドルとそのマネージャーが記者会見したら、その二人が付き合い始めたように見えるかも知れないわね」

思わず息を吞《の》んだ瞬間に、信号が赤になる。停車してハンドルに身を預け、呟《つぶや》いた。

「それは考えてなかった」

少し憂鬱《ゆううつ》になりそうだったけど、メグがころころと笑っているので、まあいいかという気分になった。

「理咲ちゃんも、来橋さんも、お人好《ひとよ》し過ぎるよ。誰にも気づかれないうちに逃がしてくれるのも、大変なことになると分かってて泥を被ってくれるのも」

感謝されるのが照れ臭くてタバコを吸おうとしたけれど、今日ばかりはメグのために控えようと家に置いてきたのを思い出した。だから、もう繕《つくろ》うのも諦めて言葉を紡《つむ》いだ。

「終わったね、メグの最後の晴れ舞台」

「うん。終わったわ。私たちの、リリーズの最後の晴れ舞台」

「アンコールの時、お客さんみんな泣いてたし。本当に歌、聴いてたかな」

「理咲ちゃんも、私も歌いながら泣いてたから仕方ないよ。人間みたいにたくさんは泣けないけれど」

「あんなに泣けたらって思うよ、私も。それだと歌えなくなってたけど」

「私の言った、普通の人類に戻りますっていうのも、ちょっと嘘だったよね。ステージに立つのをやめたって、普通の人類みたいに暮らすってだけで、種族を変えられる訳でも、人間とそっくり同じように生活する権利を手に入れられる訳でもないのに」

冗談めかしてメグは言ったけれど、それは胸にのしかかるような重い真実だった。

「あのさ」

この提案をすべきかどうか、一晩中迷っていたのだ。

「解散したけれど、もしメグの気が変わったら、何食わぬ顔で復帰していいんだよ」

「理咲ちゃん」

メグは目を伏せ、首を横に振った。咎《とが》めるような口調だった。

「それは無いよ。もう私は決めたから。これ以上、永遠を生きることは無いって。人間たちと同じように年を取って、死んで行くって」

「……そう」

「うん。〝誰かに恋をするってそういうこと〟」

そのフレーズは、「グッドナイト・スイートハーツ」の歌詞の一部。不老の女吸血鬼が、病弱な青年と恋に落ち心中するという内容だ。歌詞を書いたのは人間の男性作詞家で、私たちなら絶対書かないものだった。それでもリリーズのヒットナンバーの一つになった。

再び信号が青になる。ゆっくりと車列が動き出した。ふと視界の端を見やると、ちょうどメグの写った広告看板がビル壁に貼られていた。日本ビクターのビデオデッキを指し示したメグが歯を見せて微笑《ほほえ》みかけ、「思い出を、何度でも。」とのコピーが刻まれている。

この看板は、あと何年ここに存在し続けるのだろうか。國府田恵の痕跡は、いつこの国から消え失《う》せるのだろうか。

現実逃避めいた感傷に浸っていた私を呼び戻したのは、メグの潜めた声だった。

「ねえ、いま後ろにいる白い軽自動車、たぶん尾行してる」

思わずサイドミラーを見る。

「気のせいじゃないかな。新聞社もテレビ局も事務所に釘付《くぎづ》けだよ、きっと……」

と、否定しかけて、いや、と思い直す。

「どっかで見たと思ったら、しばらく前に対向車線にいてすれ違った記憶がある。たぶん記者じゃなくて、一般人がこっちの顔見てリリーズって気づいたんだと思う」

「せっかく二人揃って変装したのに目聡《めざと》いのね」

メグは口を尖《とが》らせながら、短くなった髪の先を摘《つま》んだ。そのささやかな所作が人類にはありえないほど艶《つや》っぽくて、なるほど、変装ごときで隠し通すのは無理だなと私も気づいた。マスクとサングラス姿の自分が馬鹿に思える。

「撒くから、ケガしないように気をつけて」

信号が黄色に変わった瞬間、一度速度を落としてから、いきなりアクセルを踏む。ほとんど赤になりかけた信号を強引に突破して交差点を渡った。しかしフェイントにもめげず後ろの車はついてきた。まずい。目的地が羽田《はねだ》だと気づかれる前に振り切らないと。

再び交差点を赤信号スレスレで渡ったものの、相手もついてきて――と思ったら、後ろで急ブレーキを踏む音がした。続いて無数のクラクション。振り向けば、交差点の真ん中で立ち往生した車に、周りのドライバーが一斉に抗議を示していた。

「何したの、メグ」

「見つけてくれたお礼。ちょっと振り向いて運転手と目を合わせただけよ」

「そりゃあブレーキ踏むだろうね、怖くて」

熱心なファンならいざ知らず、普通の人類なら運転している最中に、生命を吸う連中からいきなり視線を向けられて、咄嗟《とっさ》に目を瞑《つぶ》らないでいる勇気はないだろう。ガラス越しに「吸えない」なんて事実は、偏見の前では霞《かす》んでしまう。

今度はメグが座席からこちらへ少し身を乗り出して、内緒話のように言った。

「こうして逃げてると、思い出さない？」

「思い出すって、いつのどれ？」

「色々。京都のお寺が燃えて二人で逃げた時とか。男装がばれそうになって山村座《やまむらざ》から逃げた時とか。人力車を急《せ》かして寄席の追っかけから逃げた時とか。新潟で門付《かどづけ》の最中に特高が来て三味線抱えて逃げた時とか」

「あれだけ一緒にいると、逃げた話には事欠かないよね」

「私たちは逃げ足が速いから、生きてこられたのかもしれないわ。だいたい狩り立てられる時代か、疫病で追われる時代か、戦争に巻き込まれる時代ばかりだったんだから。純《じゅん》も、千恵《ちえ》も、綾子《あやこ》も、みずきも、皆いなくなっちゃうんだもの。白百合女楽団も、二人しか残らなかった」

メグの口に上る、去っていった同胞の名前を、ひとつひとつ、私は無言で噛《か》み締める。そして「國府田恵」もまた、そこに連なる名前になる、という事実が私を打ちのめす。今すぐにブレーキを踏んで、思いとどまらせたいという葛藤が胸に浮かんでも、口には出せなかった。

「ここ何年かが、一番幸せだった。恐れられて、武器を向けられて、戦場に立たされて、逃げ隠れして生きてきた私が、光を浴びて、たくさんの人に応援されて、笑顔をもらえて。色んな不幸の帳尻が合ったと言えば、言い過ぎかもしれないけれど」

「私も幸せだった。メグとスターになれて」

「私も、理咲ちゃんと一緒にステージに立てて良かった。辞めてもそれは忘れない」

「あと三百年は死なないつもりだから、メグも長生きしてね」

「この体ひとつでできる限りね」

「……少しくらい、私の吸っておく?」

返事が戻って来ない代わりに、背後の気配が近づく。うなじに息がかかって、思わず背筋が伸びた。

「共食いは苦手だっていつも言ってたのは理咲ちゃんでしょう」

咎めるように頬を指で突《つつ》かれただけだった。安堵《あんど》なのか落胆なのか分からない息が、咄嗟に漏れて、照れ隠しをするように私は言った。

「……ごめん、惑わすみたいなこと言って」

「私こそ、ごめんなさい。連絡先を教えてあげられなくって」

「大丈夫。私も決めたから。私は辞めないって」

自分を奮い立たせるようにハンドルを固く握り締めて、それから、今日一番伝えたかった肝心なところを伝えた。

「私はずっとステージに立ってるから、もし会いたくなったら、いつでも会いにきて」

「うん、分かった、そういう時が来たらね」

メグは柔らかい微笑みを咲かせながら、静かに頷いた。

けれど、「そういう時」は七十年後まで、ついぞ訪れることはなかった。

◆

「全てのアイドルは永遠に老いない――ファンに愛される限り」

私たちの歪《いびつ》な存在の形が、こんな砂糖細工みたいな甘さの綺麗事《きれいごと》で示されるようになった現代がどれだけ恵まれた時代か、あなたは知らないでしょう。だから軽々しくアイドルになりたいって言えてしまう。

　私たちがいつから人類の隣にいるのかは知らない。でも確かに言えるのは、人間に紛れた私たちの特異体質が世に知られ始めた頃は、私たちに憧れる人間なんていなかったこと。もちろんまだアイドルなんて語彙《ごい》は無くて、吸血鬼、妖狐、雪女、人魚、サキュバス、色々な名前で呼ばれていたけれど、とにかく恐怖の対象だった。血を吸う、手を触れる、肌を重ねる、手段はどうあれ人間の生気を喰《く》らって生き続ける魔性の存在として。男だっていたのに、女ばかりが語られたのはきっと時代のせいね。

　まあ、恐れられる方にも責任はあって、人を集めるのにも苦労するような時代だから、異性に近づき何日もかけて生気を吸い尽くして死なせる……要は憑《つ》き殺すっていうのが当たり前だった。それでいて生気移動時のロスは莫大《ばくだい》で、他人から百年分の寿命を吸い取ったとして、自分の寿命はその百分の一も延びない非効率っぷりだから、吸い尽くす度に相手を変える。犠牲者が増えるうちに怪《あや》しまれて、血祭りに上げられる。不老であっても不死ではないからそこで川に沈められるなり十字架にかけられるなりして、ジ・エンド。

　もう少し頭のいい連中は、権力者を誑《たぶら》かすか自分で権力を手に入れるかして酒池肉林の宴《うたげ》を開いて、そこで捕食する。そうすれば一人から奪う分は少なくて済むから、長持ちする。古代の王朝に異様に在位期間の長い人が記録されているのは、たいていこれ。けれど、そんな放蕩《ほうとう》ができる立場の者はだいたい加減を間違えて、しっぺ返しを食う。革命とか暗殺とかでやっぱり殺された。ポッペアとかメッサリナとか、ラヴォアザンとか妲己《だっき》とかね。

一番知恵を絞った者たちが選んだのは、人を殺さずに永遠を得る方法、大勢の人間の前で踊ることだった。最初は信仰の力を借りて。神事に関わる者なら、群衆に舞踊を披露して大人数から少しずつ生気を集められたし、老いることをやめても神の加護と解釈された。この国では神楽からはじまって、巫女《みこ》舞《まい》や白拍子なんかが脈々と受け継がれてきた。だからその担い手になれば、社会から爪はじきにされず若いままでいられたのね。そうやって道を拓《ひら》いてきた人たちが、芸能の文化を作り上げて、私たちの生きる道を舗装してくれた。アイドルとして生きていくことを選ぶのなら、そのことをどうか忘れないで。

ヴァイザでの録音を終えると同時に、ルームランナー上を走っていた足を休ませた。ペットボトルの清涼飲料水に口をつけたのは、疲労よりも喉をいたわってのことだ。

収録し終えたのは、若く不遜なアイドル志望者にお説教するという名目でアイドルの歴史を叩きこむ音声ファイル。発注主は厚生労働省で、人権教育のために使われる映像の一部分になる。アイドルへの誤解を解き差別を解消しつつ、同時にアイドルを目指す若者たちへ警告する意図を含んだものだ。

これは海染真凜のデビュー&新生リリーズ誕生記念ライブのための宣伝コンテンツとしても無料で公開されることになっているが、それを考えると、このお説教を聞いているという体裁の真凜の台詞が一切ない、私の一人語りだというのも、変な話だ。

トレーニングルームの一角、ルームランナーの正面は全面が窓になっていて、外の街並みを見やれば、修学旅行中らしき学生服姿の十人ほどが屯《たむろ》している。こちらの窓を見上げているのは、アイドル事務所の存在に目を引かれたのだろう。向こうからは曇って見通せない構造だが、投げかけてくるのは好奇心百パーセントの興味本位の目だった。ガラス越しには生気を吸えないけれど、スイッチを押していきなり窓を透過してやったらきっと蜘蛛《くも》の子を散らすように逃げ出すはずだ。

「お疲れ様です、理咲さん」

隣のルームランナーで走る足を止めず、すっかり相棒面した真凜が笑顔を向ける。

「そっちの方がよほど疲れてるんじゃないの」

走った距離が表示されているが、真凜は私の一・五倍の数字を稼いでいる。ほとんど汗をかいていないのは当然としても、息も上がっていないのは驚異的だと感じる。

「私はまだまだいくらでも走れますよ」

彼女は平然と告げてから、まるで重大なことを思いついたような真剣な顔をこちらに向けた。

「ああ、待ってください。私はまだまだいくらでも走れますよ。何世紀ぶんもお年を召した方と違って」

絶句して真凜を凝視するが、彼女は何事も無かったかのように前に向き直って走り続けている。

「なんで失礼な感じに言い直したの」

「不遜な方がキャラが立つと思って。年の差いじりって関係性の鉄板じゃないですか。もっともそれのみだと私の好感度が下がるだけなので、私が理咲さんの年齢を小馬鹿にする度、激高した理咲さんから鉄拳制裁を受ける、っていう感じでどうでしょう」

出会ってから数か月、この少女は、一事が万事この調子だ。

「いい加減やめなさい、そういう風に頭でっかちに自分をプロデュースしようとするのは。演じているうちに何が自分か区別つかなくなっちゃうから」

「区別？」

「ほら、私ライブで客いじりするでしょ」

「『定命の者、私に命を捧げろ』とかですね！　好きですよ、愛すべきマンネリって感じで」

「何年もやり過ぎて、日常でうっかり人間に『定命の者』って言うようになったわ」

「それも含めて理咲さんっていうことでいいじゃないですか」

「良くない。日常の語彙に定命の者って入ってくる永命者、痛いでしょ」

「痛いのも含めて理咲さんっていうことで」

「……今の良かったわよ。罵倒っぽいけど計算っていうよりあなたの素って感じで」

「照れますね」

照れてなどいない、特にこちらに目を向けることもなく悠然と走っているその横顔を見れば分かる。が、それは今はいい。

「そもそも、あんた関係性がどうとかの小細工を弄さなくても、歌だってダンスだって正面から勝負できるでしょう。なんでそんなに搦《から》め手で目立とうとするのよ」

虚飾まみれの彼女でも、アイドルになるために積み重ねてきた努力は本物らしい。

発声練習がいちいち必要ないほど声量も声質も自由自在、喉も守れるし、リズム感もある。ボイストレーナーはすぐに不要になった。

身体能力についても、コーチについてもらわなくてもほぼ全ての柔軟や運動が余裕でこなせたし、ダンスの最中もレッスンルームの鏡で自分の動きを確かめるというよりは、最初から観客への目線の送り方を意識できるレベルで早熟だ。AR補助も不要。

せっかくだから私の持ち曲の振り付けを三曲ほど合わせてみたら三曲とも完璧だった。

つまり、仕上げてきている。事務所に押しかけるよりもずっと前から練習して。

ランニングで一切バテていないのもそうだ。代謝が遅い分、アイドルは筋肉をつけるのに時間がかかる。数か月でこんな体力はつかない。数年以上のオーダーで体を苛《いじ》め抜いてきたことになる。衣装で隠せない筋肉と隠れる筋肉も上手に選別・調節して。

こうなると私が何かを教える必要があるようにも思えない。早くデビューさせてメグの件に片が付けば、新生リリーズもすぐに解散して一人でやってもらう方が彼女にとって好都合だろう。流石に正面から言ってこないが、真凜の方もその腹積もりかもしれない。

「良し悪しですよ、技術があるのも」

彼女は、さっき投げた質問には答えず、反論するように言った。

「最初は口先だけ達者で実技がなかなかうまくいかない方が好都合なんですよ。理想としては、二人でのレッスン中、私があまりに足を引っ張るので、『真面目にやらないなら先に帰らせてもらうわ』なんて言って理咲さんが帰宅してしまう。ところが深夜、忘れ物を取りにレッスンルームへ戻った理咲さんが、一人で自主練を続けている私を目撃して、私を見直し、自主練に付き合ってくれる。こういうエピソードは、生意気な性格と陰での努力とのギャップ、そして成長によってファンの心を摑みます」

「今後はそういうの聞き流していくから」

なんとかあしらいに慣れてきた、そう感じて適当に言ったのだけれど、真凜は足を止めてこちらを向いた。返事は思いもよらないほど強い口調のものだった。

「リリーズのリザとメグの時は、理咲さんの方が派手で、國府田恵の方が清楚というイメージで売ってたでしょう。理咲さんはあれ以来ずっと第一線にいるし、年長者が若者に粉をかけるイメージも手伝ってやってこれたんです。けれど現代の若者に求められるのはもっと過剰でゴテゴテしたキャラと関係性です。私は國府田恵にも愛星理咲にもなれませんから」

思わず目を瞬《しばたた》かせると、彼女が口を噤む。ばつが悪そうな表情になっているので、どうも一番本音に近い部分を引き出してしまったらしい。彼女は露骨に話題を逸《そ》らそうとする。

「……いくらでも走れるって言いましたけど、風景が変わらないのは慣れないですね」

そんな呟きからも、分かることがある。つまりアイドルになる以前、自由に公道を走り回れた頃には、外を走り回っていたということだ。

「じゃあ、外を走りましょうか」

「でも協会への申請が面倒なんですよね」

「本当に外出して走るのはね。視界だけならどうにかなる」

視線を動かしてヴァイザを操作する。

「ソフト共有したわ。これで外に出ずに外を走れるから」

私がルームランナーの上で足踏みし、方向転換し、走る、その一連の動作をするうちに、眼前には、事務所の階段を下りて外に出て、歩道へ向かう視界が映し出されていく。これまでその地点を通過した人間のヴァイザに記録されたデータをもとに、リアルタイムでそこにいる人間のヴァイザのデータで補正し、限りなくリアルに近い「外界」を視界に構築する。

「こんなのあるなら先に言って下さいよ」

再び走り始めた真凜の声が心持ち弾んでいるように聞こえるのは、初体験だからだろう。意外に可愛《かわい》いところもある。何しろ実体はここにあるので、写像は人間の背中だろうと車だろうとどんどんすり抜けていく。幽霊か何かになった気分を味わっているはずだ。

「私の方はあんまり景色とか興味ないからね。あと車道走るのに慣れるといつか現実でも同じことしそうになるわよ」

その言葉に構わず、真凜は車道をずんずん走っていく。私は置いていかれないように歩道を走り、人ごみを抜けていく。真凜が対向車線の青いスポーツカーに突っ込んでいった時、車種は違えど私は廃車になったあのトヨタセリカを思い出した。法律が厳しくなり、私たちの運転に制限がかかった時に宝の持ち腐れとなった車を。

私の複雑な胸中をよそに機嫌を直したらしい真凜へ、今度は慎重に話を切り出した。

「さっきの話の続きだけど……まっとうにデビューできる実力があるのに、どうしてこんな搦め手でデビューしようとしたり、関係性がどうのって言い続けるの？」

「理咲さんや上の世代の人と違って、面白おかしい人生を歩んでいない小市民なので、そのくらい必要ですよ」

調子を取り戻したらしくスムーズに口が滑り始めたので、気を遣ったのが馬鹿らしくなった。

「私は長く生きてるだけで大した人生を送ったりはしてないわよ」

「またまたご謙遜を。ほら、さっきのボイスドラマだって、権力者を誑かすか自分で権力を手に入れたうえでどうこうってところ、理咲さんのやらかしたことも交えて実体験として紹介した方が、きっと興味を持ってもらえると思うんですよ」

首をぎぎぎと動かして、その横顔をうかがって訊く。

「なんのことかしら」

真凜は、走るペースも落とさないまま、オレンジに光らせた右目をこちらに向け、無邪気な子供のように言った。

「敦盛《あつもり》の件とか」

うっ、と思わず呻《うめ》いた。ずっと芸能に生きてきたと称している私だが、大昔、やんちゃしていたころ若気の至りで挙兵したことがある。生気を集めるうえで国を盗《と》るのが一番楽と考えたのだ。でも同朋意識で他の永命者を何人も召し抱えたのが失敗のもとで、下剋上《げこくじょう》を狙う一人に裏切られた。私が寺に人を集めて舞を踊り、生気を集めている真っ最中に、寺に放火されたのだ。なんとか逃げはしたし、私も火を付けた方も戦国時代どころか太平洋戦争も生き延びたけれど、私は今でもあの時に舞っていた敦盛がトラウマになっている。

あれで、荒事《あらごと》に関わるのは金輪際無しだと思ったから、私は芸の道に専念することになったし、従軍からも逃げたのだけど——何にせよ、あのやらかしが私のものだと知っている人間は地上に数えるほどしか残っていないはずだ。

「メグから聞いたのね？」

「もちろんです。色々と裏話を教えてもらいましたから」

國府田恵の居場所を知っている、という話がただのブラフでないことを、真凜はこうして折に触れて証明しようとする。どこまで聞かされているのだろうと不安になる私は、もう真凜の行動原理を探るどころではなくなっていた。

しかし真凜は、こちらの焦りを知ってか知らずか、脅しをかけてはこなかった。その代わり、不満めいた言葉を口にする。

「それでも私が聞きたい肝心のことは教えてくれなかったんですよ」

「肝心のこと？」

「國府田さんがなんで引退したかです」

「解散コンサートで言ってた通りよ。人間に戻りたかったの」

「だから、その理由ですよ」

プライバシーに関わる話でもある。私は少し躊躇《ためら》ってから答えた。

「──好きな相手ができたから」

「えぇっ」

本当に驚いているのかいないのか分からない声色だったし、右目も青かった。それでも言葉を選びながら私は続ける。

「人間に戻る、というか、アイドルを辞める理由で一番多いのは、誰かと一緒に年老いていきたい、普通に暮らして普通に死にたいと願ってしまった、そういう話。私の昔の知り合いには、マネージャーと仲良くなりすぎて一緒になることを選んだとか、男性アイドルと恋仲になったとか、表には出てないけどそういう理由で辞めた人は少なくない」

「國府田さんもそうだったと」

「来橋さん……マネージャーがずっと後に亡くなった時、葬儀に弔電が届いたけれど、苗字が変わってたわ」

わざと誤解を生むように伝えた。メグが引退後しばらくして男性実業家と結婚したことは来橋さんから生前に聞いた事実だ。だが、その結婚のために引退したのかといえば、そうではない。

「なるほど、引退の事情は分かりました。でも、それならそれでプライベートで交流を続けてもいいじゃないですか。引退後に理咲さんとずっと会わなかったっていうのは、どうしてなんですか？」

「それは……」

答えようか迷って口ごもった時、視界に飛び込んできたのはビルの壁面に掲げられた巨大なモニタだった。

百人以上のアイドルたちが集合し、一つの曲を歌っている。実際にはもちろん一人ずつの映像を撮って合成したものだが、一堂に会しているように見える。震災チャリティーのために複数の事務所が合同で企画したプロジェクトの一環だ。

それが、強く目を引いた理由がある。チェックのために見た時と、微妙にアイドルの配置が変わっていたのだ。解散の決まっているSaint-Germain wandが隅の方に移動している。人気の頭打ちで解散に向かうグループを前面に押しても仕方ないということだろう。恐らく彼女たちが引退した後、ソ連の失脚した政治家のようにその姿はうまく消されるはずだ。

……日本中にあった、メグの写った看板は、彼女が日本を発《た》った後も数年は残り続けたし、二十年ほど経っても、地方へコンサートに行った時に色あせた看板を目にしたことがあった。

スターの替えが利かない時代だった。喪失を埋め合わせられない時代だった。

今は違う。受けなかったアイドルは速《すみ》やかに忘れ去られ、引退し、もっと過剰なキャラ性と関係性を持つアイドルにとって代わられていく。真面目でも凡庸であれば生きていけない。永遠に光り続けることを夢見ていたのに、刹那《せつな》すら輝くことができない。代わりのキャラはいくらでもいるのだから。海染真凜という少女の懸念や焦りは、ごく正当なものかもしれない。だからって全てを飲み込む訳にはいかないけれど。

「理咲さん？」

真凜の言葉で我に返った。

「どうして別れたままだったのか、教えてくれないんですか」

「……そうね、教えてあげる」

少し意地悪な気持ちが湧いて、私は言った。

「あなたと私のライブが実現したら、ね」

◆◆◆

「御機嫌よう、定命の者。私に捧げる命を今日も守り抜けたかしら？

――という訳で皆さんこんばんは、今週もやってきました『リザのメトセラジオ』、司会の愛星理咲です。千百二十一回目となる今日は、記念すべき回となりました。もしかしたらここ十年で一番聴いてる人が多いかも知れません。そう、皆さんお待ちかねのあの人をゲストに呼んだからです。それでは、私の新しいパートナーに、自己紹介をしてもらいます」

「初めまして、皆さん、私が海染真ひん、真凜、海染真凜です！」

上ずった声で勢いよく発された言葉は、思い切り空回った。

「世界に向ける第一声で嚙んで良かったの？　私、自分の名前で嚙む子、何百年も生きてて初めて見たわ」

「計算です！　最初から嚙んでキャラを立てようとしたんです！」

まるで思わぬ失態に言い訳を始めたような、慌てた口調だった。

もちろん打ち合わせで最初から嚙むと決めてあった。

無数にあった真凜の提案から、受け入れたうちの一つだ。

本当に噛んだと思われればドジっ子とか肝心なところで詰めの甘い子とかそういう解釈をしてもらえるし、わざとやったと思われれば計算高い子とかあざとい子と解釈してもらえる。まともに挨拶するより絶対に「情報量が多くなる」、彼女はそう主張したのだ。敵が増えても構わないからファンを増やしたいという主張に、私は折れた。

事務所から公式に発表された情報は、「愛星理咲が新人を迎えて七十年ぶりにユニットを組むこと」と「その新人が海染真凜という芸名であること」、そして真凜の写真三枚と基礎的なプロフィールだけだ。既に削除したデビュー前のダンス・歌唱動画には音声も入っていたものの、アイドルとして声を披露するのすら今日この日が初めてになる。ライフログを切り売りするアイドルも多い時代に逆行するやり方だった。そうやって戦略的に情報を絞りに絞ったおかげで、ネットは憶測と予断と意見表明で話題が加速し続けていた。

そもそも、今日まで新ユニットについては賛否両論と言うより否の方が多かった。

Your Voice に投稿された否定的記事のうち、引用度の多い順に並べると、「國府田恵の〝二度目の死〟——七十年目の決別」「一匹狼《いっぴきおおかみ》が牙を抜かれる時」「《検証》実は『不仲』だった？　七十三年前のリリースコンサート映像を視線解析で読み解く」「今日、理咲のサイン色紙を燃やした。」「魔法の終わり」

要するに否定派の意見は、総合すれば概《おおむ》ねこうである——愛星理咲はユニットを新たに組まないという選択で國府田恵との絆を守り続けたからこそ、七十年間、人気を保つことができた。若手にちょっかいを出すのも、それが仲間のいない寂しさの裏返しと理解されていたからこそ魅力と映っていたのだ。しかし実際に新人アイドルと組むことは恵との過去を切り捨てることに等しく、かつての恵のファンや自身のファンをも裏切る行為である。少しの間は新メンバーの加入で注目されるだろうが、それは一過性のもので、本物のファンを失った理咲は遠からず引退に追い込まれるはずだ。

——批判は甘んじて受け入れよう。この子とステージに立つことこそがメグにもう一度会うための必要条件だ、という事情なんて彼らには知る由もないのだから。

「質問のお便りがたくさん届いています。こんなに来たの何年ぶりかな。一番多いのが、『海染真凜ちゃんって何者なんですか？』ですね」

「皆さん、ありがとうございます！」

「それでは本人に答えてもらう前に、『真凜の正体はこれだ！』と勝手に想像するお便りもたくさん届いているからこちらもざっとご紹介しましょう。埼玉県のくもじさん。《実は十八歳は出鱈目《でたらめ》で二千年前から生きてきたアイドルの祖》。そうだったとしたら私はユニットを組みたくありません。この年になって自分より年上と付き合いたくないので。宮崎県のあっとどるとさん。《アイドルを通じて世界を支配しようとしている秘密結社の先兵》。なんでそれ私にやらせてくれないの？　秘密結社の皆さん、このラジオを聴いていたら加入のしおりを私に送ってね。東京都のカーボン二条さん。《マッドサイエンティストのファンが國府田恵と愛星理咲の遺伝情報をぶつけて作った人造生命体》。あとで髪を引っこ抜いてDNA鑑定に回しておきましょう」

「あ、あの、理咲さん、そろそろ私にも喋《しゃべ》らせて頂けますか」

新しいパートナーの前で國府田恵の名を出した。ファンにとって間違いなく劇薬であることは知っていて、それを真凜に止めさせたのは、もちろん印象操作である。

「という訳で、真凜ちゃんはどれがいいかしら」

「その中から選ぶのは嫌です」

「嫌？　リリーズの二人の遺伝情報を持ってるっていうのが？」

「いえ！　あのですね、えっと、畏《おそ》れ多いというか」

「じゃあ選択肢を増やしましょう。ほら、これ今日見たニュースの記事なんだけど」

と、言いながら取り出した端末には、WEBに移行した、かつてトンデモニュースの代名詞だったスポーツ誌の記事が映っていた。そのタイトルをまるまる読み上げる。

「《謎の新人　海染真凜　國府田恵の『クローン説』浮上か》。この記事によると、あなたを喋らせないのは、喋ると声紋が國府田恵と完全に一致するのがバレるからだって」

「こんなに外側も中身も及ばないクローンがいたら、作った研究所は爆破されると思います」

世間が、私が、彼女の中に國府田恵を見ようとする。そしてそれを、彼女自身が否定する。妙案でなくても、絶対にやるべきことだった。

「では、皆さん、彼女が何者なのかそろそろちゃんと知りたいでしょうし、本人に語ってもらいましょう。準備はいい？」

「はい。頑張ります」

「でも、まだまだ出し惜しみした方がいいと思うので、制限時間六十秒以内に語ってもらいましょう」

「六十秒以内!?」

「はい、三、二、一、〇」

「えと、生まれたのは十八年前で間違いありません。平凡なサラリーマン家庭の一人娘です。四歳の時に母親を気絶させて体質が分かりました。人並みに、動画で見たアイドルのライブに憧れてましたが、自分がアイドルとしてやっていけるとは思ってませんでした。バックパッカーで世界を巡ったのは、この体質でどこの国が一番住みやすいか調べたかったんです。結局、法律とか偏見とかはどの国にもあって、この国で歌って踊っていたいなあって、それで理咲さんのところへ」

「はい、六十秒です」

「ええ、もうですか」

まったく喋り足りないような口調だが、きっちり予定通りの分量を話しきっていて、舌を巻く。

「それでは皆さんのために私が続けましょう。彼女は強《したた》かな子なので、業界で古株の私に取り入れば将来が安泰だろうと踏んで、コネを利用して私のところに転がりこんできたんです。そうだったよね？」

「一度もそんなこと言ったことないじゃないですか」

「皆さん、騙《だま》されないで下さいね、彼女は計算高いので、ここまでの会話は全て真凜の脚本通りです」

「濡れ衣です！」

まあ濡れ衣と言っていい。真凜と私の脚本通りだし、そのうち真凜が主導したのは七割くらいだ。

真凜の考える理想のプランとやらを私が長年の勘で微修正した。無視しがたい数のバッシングを受けている状況で、最大限、新しいファンを取りに行くことを方針に。

そもそも、バッシングで言えば、私のような老害よりも、何者か分からない新人に向けたものの方が多いのだ。真凜へ向けられた非難のほとんどは「國府田恵の後釜がこんな平凡な新人に務まるのか」という内容だ。批判者の中には、リリーズの古いレコードを全部所有しているというコレクターなんてのもいた。

馬鹿馬鹿しい。

メグが歌っていた頃、あなたたちのほとんどは生まれてすらいない。ステージを生で見たこともない。そんなことを、私は一人一人に面と向かって言ってやりたくなる。それでも、どうせ比べられる。私が昔の仲間について一切触れずタブーにしたところで逆効果だ。比べるなとお触れを出すよりはこっちが比べてファン側に反発させた方が良い。

私が強く当たっているように見せて、彼女の味方になってもらう。それが彼女のファンを増やす最速の手。私の好感度が多少下がろうと、それで注目が集まるのなら結果的にはプラスだ。

このユニットを続けていけば、徐々に真凜の性格の素を出すようにシフトしていくこともできるだろう。――そんなことを一瞬考えて、頭を振る。それは私たち二人が、ライブを実現させ、ファンたちから今後の活動を強く希求されるほどに成功して、しかも二人がユニットを続けようとすれば、という、あり得ない仮定のもとでの話だ。

予言通り、この日のラジオはここ十年で一番の再生回数になった。

◆◆

アイドルとして生きることとは、人類と契約することだ。

一時の幸福を届ける対価として、彼らの時間を、金銭を、何よりも生命を奪う。私たちが歴史の中で血まみれでやってきた緋色《ひいろ》の契りを、薄めて薄めて、それでも決して純白にはならない。真紅のドレスをどれほど洗ってもきっと白くはならないけれど、せめてピンク色にはしたいという願いが、私たちに契約を結ばせる。

たとえば私たちは、アイドルでない芸能人との共演時間や、マネージャーとの月間の接触時間を協定で定められているし、イベントを行う際は、参加者数に応じた規模の医療スタッフを手配しなければならない。

契約を結ぶのはファンの側も同様だ。ライブや握手会など、アイドルが生気を吸うイベントでは、ファンは参加登録時に誓約書を書かねばならない。自分の生気がアイドルに奪われ、寿命が数日分削られるのを受け入れること。万一の場合、ライブや握手会の最中に死亡しても示談金の支払いのみで済ませること。未成年者はこれらの契約を結ぶことができないから、現場参戦は許されない。私は自分のイベントがある度に、ファンが記入する誓約書に目を通すけれど、その文言は後込《しりご》みするようなものだ。

それでも――参加資格に制限があっても、煩雑な電子契約を乗り越えて、眼前のレーンには、列をなしている大勢のファンの姿がある。複数事務所の合同握手会、一番人が集まっているのは解散を発表したSaint-Germain wandの三人で、それに比べると私の列は七割ほどだ。悔しさもある、けれど自分でも驚くほどに、感謝の念が心を満たしている。

自分の番が来た時の、彼らの喜色を抑えられない表情、そして思いのこもった言葉が、私の心に熱を宿す。

「真凜ちゃんの教育、大変だと思うけど頑張ってね」「FFTとのコラボで初めて歌聴きました！　超カッコよくてレコード買いました」「今日で最後にしようと思います。今まで本当にありがとう」「真凜ちゃんって普段どんな性格なんですか？」「今日の服、いつもより露出度高くないですか？」「やっと二十歳になりました！　初参戦です！」「あの、色々お話ししたかったんですけど、緊張で忘れちゃって」「ネットでゴタゴタ言われてるけど頑張って。二人になってもライブに行くから」「議員の秘書になりました。将来、アイドルの権利を広げる法律を作りたいです」「二十年ぶりに来たけど、覚えてくれてますか」「今度色彩検定を受けるんで応援して下さい」「メグと真凜どっちが本命？」「真凜ちゃんにもっと優しくしてあげて下さい」

ブースのガラス越しに手とともに差し出される言葉へ、私はひとつずつ返事を伝えていく。救護スタッフの手を煩《わずら》わせず済むように、握手の最中に相手が倒れないよう、生命を吸い取る力を極限まで弱めながら手を握る。体温の伝わる汗ばむ手から、私はいのちを奪う。魂の熱を貰《もら》う。制限時間が来て名残惜《なごりお》しげにする彼ら彼女ら――スタッフから手を剝《は》がされて、時には気絶した顔に水をかけられて我に返る人間たちに、私は微笑みを土産として差し出す。

その表情は決して仮面ではない。

心には昂揚があったから。長い間、思い出話の方が多かったから、「未来」の話、次のライブへの話をめいっぱいできるということに、ファンばかりでなく私も浮かれていたのだ。

もっとも、そこには嫉妬《しっと》もあった。自分ひとりでは作れなかったであろう期待を、真凜が加わるというだけで生んでしまったのだから。

嫉妬する理由は他にもある。何しろ私の隣で、握手を剝がすスタッフとして胡散《うさん》くさい熊のマスコットの着ぐるみに入っているのは真凜なのだ。

アイドルが生気を吸う握手会で、アイドルの真隣に立たなければならない剝がし役は、万一を考えて人間にやらせない不文律になっている。それで新人アイドルの誰かが役を担うことになるのだが、握手をしている当人より目立ってしまったら本末転倒だから、結果として着ぐるみを着せられることになる。そのことはファン側も百も承知で、着ぐるみの中身に思いを馳《は》せながらそちらにも声援の言葉を掛けてレーンを後にする。よろけたふりをして着ぐるみに抱きつく奴さえいる。

幸いなことに、凶器を持ち込めないよう厳重な身体検査をしているし、着ぐるみには万一の場合に備えて特殊警棒も内蔵されている。もし不届者を前に真凜が咄嗟に動けなくても、新調したヒールで私がそいつへ蹴りを入れてやるので問題ない。幸か不幸か、私たちが武力を見せつける機会は今日は訪れなかったようだ。

自分の分の列が捌《さば》けたから、私は着ぐるみにねぎらいの言葉を向けた。

「お疲れ様、真凜」

真凜のことだから何か奇妙な作戦の一環で、別人と入れ替わっている可能性も頭をかすめたが、幸いなことに中からはいつも通りの声が聞こえてきた。

「ちゃんと撮って下さいましたか。こういう縁の下の苦労はあとからＶＴＲを見せてこそ意味があるものですので、もし記録し損ねると……」

「はいはい、聞いてあげるからとりあえず楽屋で着替えて来なさい」

真凜を待っている間に、全てのレーンから客が捌けて、残っているのはスタッフだけになっていた。知った顔に挨拶をしておこうかな、と動き出しかけたところで、私の方が声を掛けられた。

「あの、愛星先輩に、最後のご挨拶に来ました」

丁寧《ていねい》なお辞儀をする少女に、私も立ち上がって礼をする。

「あ、わざわざありがとう」

相手はSaint-Germain wandのリーダー、響希だった。

肉体年齢は十四歳。纏っているのは錬金術師をイメージした、スカートに試験管ホルダーのついたステージ衣装。ただし眼鏡《めがね》に三つ編みで、昔の漫画の学級委員長めいた、生真面目な印象を与える容貌だ。

今回は、解散を控えた彼女たちにとって、最後の握手会だ。思えば彼女たちの引退を聞いた時の焦りが、私がユニットを組む覚悟を決める後押しになった気もする。そう考えると、響希の決断に恩義を感じる部分もあるけれど、口に出せることではない。

「私なんかに礼儀を通したりしなくても、もっと仲のいい子たくさんいたんじゃない？」

「いえ、あのう、覚えてませんか、私ずっと愛星先輩と國府田先輩に憧れてたんです。リリーズの頃のレコードも全部持ってて、愛星先輩のライブにもこっそり来てて」

「……そう言えばそうだったたね、思い出した」

サンウォドのデビュー後すぐ、ラジオで共演して、熱くリリーズ愛を語られた記憶が、ようやく浮かび上がった。社交辞令でなかったことに今さら気づく。

「私、本当に、ずっと尊敬してたんです。愛星先輩と國府田先輩の固い絆を」

思いつめたような表情で、彼女は続ける。自身の衣装の隙間に手を伸ばしつつ。

「だから、愛星先輩が新しいパートナーと一緒に歩み出すって聞いて、いてもたってもいられなくなって」

——記憶というのは、不思議なものだ。

何かが起こる直前、その前兆のように、突然脈絡のない過去の出来事を頭に引っ張り出してくる。

この時、瞬間的に思い出していたのは、例の寺で、私を裏切った臣下の笑い声を炎の向こうに聞いた場面だった。なぜそんなものが脳裏に蘇《よみがえ》ったのか、分からなかった。

ここはあんな命のやりとりがなされる場所ではないはずだ。握手会イベントは、ファンの身体検査や疫学検査を厳重に行うし、アイドルを狙った無差別殺戮《さつりく》の標的にならないように、テロ対策の厳重な場所で行われる。たとえば車で突っ込んで来ようとしても途中で柱やシャッターに阻《はば》まれる構造になっている。

だが、もしも。もしも——アイドルがアイドルを害するために凶器を持ち込もうとしたら、それは防ぎ切れるのだろうか？

私のお腹に、答えが撃ち込まれていた。

「絶対に許せないって思ったんです」

響希が取り出したのは銃だった。銃身は黒くはなくて、おもちゃのブロックのようなわざとらしい黄色をしている。ああ、きっと3Dプリンタで作ったやつだ。

そんな風に、頭は異様なほど冷静に分析していたけれど、銃弾を撃ち込まれたピンクの衣装には、血が滲み始めていた。銃が撃たれる直前、本能的に飛び退《すさ》って距離を取ったものの、間に合わなかったのだ。

「ひ、びき」

「どうしてですか？　あなたはリリーズの、リザとメグのリザでしょう？　メグがいなくなった喪失感をずっと抱えて、孤独を埋めるために一人で虚勢を張り続ける悲劇の歌姫でしょう？　引きずり続けた昭和を終わらせられないスターでしょう？　半身を失った生ける伝説なんでしょう？　なんであんな薄っぺらいぽっと出の奴で埋めようとしちゃったんですか。悲しみを背負わないあなた、満たされたあなたはもうあなたじゃない！」

その場に崩れ落ちた私と、銃を向ける響希を見て、事態を察したのか、サンウォドの誰かの悲鳴が上がる。

私を糾弾することを優先してか、二発目はなかなか放たれない。

けれど、興奮しきった彼女を止めるための言葉を私は持たなかった。頭の中で銃を奪うための護身術をおさらいするが、下手に距離を取ってしまったことが仇《あだ》となり、解答が導き出せない。どころか、へたり込んだまま立ち上がることもできない。

「欠けているから、苦しんでいるから美しいんだ！　あんな子供に誑かされてあなたの特別な価値を、あなたがあなたである理由を、手放してしまうだなんて——」

響希がまた怒りの言葉を並べ立てようとしたその時だった。

「理咲さん⁉　何が⁉」

最悪のタイミングだった。

着替えを終えシャツとジーンズ姿になった真凜が、こちらへ走って来ていた。

銃口が真凜の方を向く。真凜は何が起きているのか分かっていない様子で硬直した。

逃げて、と叫んでもきっと間に合わない。

「お前がいるから——」

響希の口から発せられようとしていたのは、真凜への罵倒や呪詛《じゅそ》だったのだろう。

言いきってから銃弾を真凜に撃ち込む気だったのだろう。だが彼女はその言葉を最後まで続けられなかった。

カツン、と。

ヒールの音が響いたからだ。

私が激痛に耐えながら立ち上がり、踵《かかと》で床面を思い切り蹴りつけた音。

発砲寸前であったにもかかわらず、響希は、こちらを振り向いた。

振り向かざるを得なかった。

響希は、私の熱狂的なファンであるからこそ、私がステージに立てる靴音に反応して、そちらに視線を注《そそ》がない訳にはいかなかったのだ。

針鼠《はりねずみ》がその身を逆立たせるように、私は全身の感覚を叩き起こす。いつものライブと同じように。

数メートル先にいる彼女の周りにたゆたっている生気の揺らぎを、皮膚の全てで感じ取る。

知っている。

魅了しなければ、奪えない。

激痛の中で演じられるのは、大昔のシンプルな振り付けだけだ。「魔女見習い」のサビのラスト部分。

こちらを向いてしまった次の瞬間から、響希は一ミリたりとも動くことができなかった。ほんのわずかにでも意識を私から逸らすことができなかった。

その瞳をしっかりと見据えたまま、片手で、地面と水平な半円を空中に描く。その手を肩口に引き寄せたあと、もう一度前方へ差し出す。そして、微笑みながら小首を傾げて。

頭の中では、響希が纏っている、響希の周りを取り巻いている大気の流れをこちらに引き寄せ、巻き取ってしまうイメージを思い描きながら——

ウインク。

響希の生気が津波のように押し寄せてきて、炎に包まれたように私の全身を発熱させる。刹那、響希は、銃を構えたまま、その場にくずおれた。

スタッフやマネージャーやサンウォドのメンバーが一斉に響希のところに走り寄って、銃を取り上げ、彼女を取り押さえた。響希は至福の表情で意識を失っていた。

それを見届けて、私も膝から崩れ落ちる。

「理咲さん！」

両方の瞼《まぶた》が持ち上がらなくなって、駆けつけたらしい真凜の表情が見えない。目は何色か分からない、それでも取り乱していることは伝わってくる。私は痛む腹を押さえ、ぜえぜえと息を吐きながら、独り言《ひとりごと》のように呟く。

「響希に言っといて。二年分くらい吸っちゃったけど、謝らないわよって。私の相棒に手出ししようとしたあなたが悪いんだからって」

それだけ言いきって、私は気絶した。

◆◆

目を覚ましたら、ベッドの上だった。

真っ白な天井、ベッドの周りの柵。柵を掴んで支えにしながら身を起こして確かめると、思った通り病室だった。

痛みはすっかり消えていた。命の危機にさらされる経験は長い人生の中で数え切れないほどあったものの、今回はダメかと思った。でも、なかなか悪運が強いようだ。

「良かった。目が覚めないかと思いました」

真横から声を掛けられて、そちらの顔を確認する。

「久しぶり……えーっと、清水さん」

寝ぼけた頭でどうにか今のマネージャーの名前を思い出した。安堵の表情に驚きが混じったので、本当に何年もこの人の名前を呼んでいなかったんだなと反省する。

「怪我《けが》は大きなものじゃないとお医者様が言っていました。さっきまで真凜さんがいたんですが、ちょうど交代したところです。それとマスコミへの発表は……」

私は長くなりそうな説明を手で制した。

「とりあえず、無理にここにいてもらわなくてもいいわ。今月の分を消費しちゃうとライブ前の打ち合わせとか対面でできなくなっちゃう。外してもらって大丈夫」

後ろ髪を引かれるように何度もこちらを振り向きながら清水さんが病室を出て行く。

それとほとんど入れ替わりに病室に入ってきたのは、食料らしき中身でパンパンに膨らんだコンビニ袋を抱えている真凜だった。

こちらと目が合った瞬間に、彼女は大袈裟《おおげさ》に自身の額に手を当てて、首を振った。

「二十時間以上待って目覚めなかったのに、よりにもよってちょっと買い出しへ出た瞬間に目を覚ますなんて、間《ま》が悪すぎでしょう」

「かろうじて一命を取り留めた相方に、第一声がそれでいいのあなた」

「ちょっと一回無しにして、やり直しませんか。まずもう一度布団を被って頂いて。意識が戻って体を起こしたら、ベッドの横で、夜通しあなたの目覚めを待ち続けた私が眠りに落ちている、という塩梅《あんばい》で。全部録画してWEBに流しましょう」

「第二声もそれでいいの？」

真凜はコンビニ袋をベッド脇の椅子に置いて、立ったままこちらに語りかける。

「傷は深くないそうです。所詮《しょせん》はネットで手に入るレベルの設計図と家庭用の3Dプリンタで作った粗悪な銃なので、はっきり言って人を殺せる威力ではないと」

「響希に悪いことしたかもしれないわね。謝った方が良いかしら」

自分で切った啖呵《たんか》をすぐに撤回しようとする。なんともしまらない話だった。

「響希さんは警察の取調べを受けてはいます。まあ私たちに人権はあって無いようなものなので、捕まるとしても銃刀法違反だけでしょうね」

「一番かわいそうなのはサンウォドの皆だわ。解散ライブやれなくなっちゃうなんて」

「どうでしょうか。開き直ってこの事件をセンセーショナルに喧伝《けんでん》して耳目を集め、再始動することも可能でしょうし。色恋で他人を撃つ奴がセンターにいるって引き強いですよ」

「そんなことを考えられるのはあんただけじゃない？」

自分で言ってはみたものの、よく考えると分からなくなってきた。若い子は知名度のためならなんでも利用してしまえる度胸がある。

「でも、驚かされることばかりだったわ。あんな風に響希が思ってたこともそうだし、あなたがあんなに必死になってくれるのも」

「当たり前です、私のデビューがふいになりますから」

嘘っぽい内容をものすごく平然とした顔で言い放つ。完全にいつもの調子だ。

「……そう、ならそういうことにしておくわ」

「でも驚いたと言えば、偶然とはいえ、この病院に運ばれたことも……」

はっと気づいて真凜は口を閉ざす。私の顔に疑問符が浮かんでいるのを見て取ったのだろう、逡巡《しゅんじゅん》するような様子を見せてから、真凜は私の下半身を覆っていた布団を剝ぎ取った。

「ちょっと、何するのよ。まだ一応病人なんだけど」

「普通に歩けますか？」

「まあ、たぶん。まだ確かめてないけど」

「立って歩けるのでしたら、ご案内したいところがあります」

言われるがままに、私はスリッパをぺたぺたさせながら、真凜の後についていく。

入院患者と鉢合わせしないよう業務用のエレベーターを降りて、渡り廊下を越えて別の棟に向かう。真凜が妙に道に慣れているのが気になった。

導かれたのは個室だった。私がいた短期入院の病室とは違って、扉を見るだけで部屋が大きいのが分かる。中にいる人間はよほどのセレブか重要人物だろう。

「お教えするのはもう少し後にしようと思っていたのですが」

真凜が、そう言って病室の扉を開いた。

まずベッドからはみ出た手が見えた。皺《しわ》くちゃの手だった。

何本ものチューブが体から伸びて、生命維持を司《つかさど》るのであろうよく分からない機械に繋がれていた。

昭和小町と呼ばれたその黒髪は、すっかり白髪に変わっていた。

数多《あまた》の人間の生気を吸って艶やかさを湛《たた》えていた肌は、染みだらけになっていた。

火照り輝いてファンを魅了したその頬は弛《ゆる》んでいた。

その体には別れてから七十年分の老いが刻まれていた。

けれども見間違えようはずもなかった。

「……メグ」

私が駆け寄り、声を掛けても、返事は無かった。瞼は固く閉じられている。ただゆっくりと胸が上下していることだけが、その生存を証していた。

「無駄ですよ」

ひどく落ち着いた、業務連絡めいた口調の真凜の声を背後に聞いた。

「脳とか心臓とか色んなところが一気にガタが来まして、もう半年も意識が戻っていません。生かされてるって感じです」

メグが身に着けていたのはただの入院着ではなかった。全てのボタンの位置が、自分では外せないところにある。これは人の手を借りないと脱げない服だ。ほとんど拘束衣と変わらないような代物《しろもの》。私がその服に目を落としていると、またも冷静な声が飛んでくる。

「ただ年を取るだけでなくて、認知の怪しくなった元アイドルは、いかに法律に縛られようと理性で生気の吸収を止められませんからね。自宅で過ごせなくなったら、病院の中でもこういう扱いをするしかないんです」

「あなたに言われなくても知ってる。こうなったら吸ったところで寿命が延びやしないのも。何年この生き方してると思ってるの」

乱暴に言い捨てて、ベッドの横に跪《ひざまず》くようにして、メグの手を取る。皺だらけの手と節くれだった指は、冷たかった。ぎゅっと握り締めて、それが温かくなれば意識が戻るんじゃないかと甘い夢想が胸に浮かぶ。千年以上生きた人間が、グロテスクにも、幼い子供のように無邪気な願いを抱いている。

「メグ、聞こえる？　私よ、リリーズのリザ。会いに来たよ。覚えてる？　白百合女楽団の理咲。愛星理咲。ずっと一緒だったでしょ？」

無言で見守る真凜をよそに何度も呼びかけていたが、返事は無いし、目を開けたり指を動かしたりといった小さな反応も無い。やがて病室の扉が開いて、顔から指先まで完全防備の看護師が現れた。

「申し訳ございませんが、点滴や衣類を取り替えますので外して頂けますか」

追い出された先の廊下で、私たち二人は立ち尽くしている。清潔に保たれた場所で、時折出入りする医師や看護師は、生気を吸われないよう全身を覆う防護服めいた姿だったし、こちらと目を合わせようともしなかった。真凜はそれにきっと慣れているのだろう、何も言わず、彼らの邪魔をすまいと壁際に身を寄せた。

「理咲さんに謝らなければいけないことがあります」

かしこまった少女は、これまで一度も——押し掛けてきた時にさえ見せなかった緊張した態度で、こちらに頭を下げた。

「嘘をついていました。私は海外放浪中に國府田恵に出会った訳じゃありません」

頭を上げた真凜は、決意したように告げる。

「國府田恵は、私のお祖母《ばあ》ちゃんです」

「知ってた」

即答すると、真凜が息を呑んだ。

紫色の右目を見なくても、心底から驚いているのが分かった。

「知ってたって、いつからですか？」

「あなたを追い返そうとしたら、國府田恵の居場所を知ってるって言われた瞬間から。だってよく見れば分かるでしょ、目元とか口元とか。でもあなたがそのことを一切喋ろうとしないもんだから、訊かなかった。きっと事情があるんだろうって」

ファンが俎上に載せた仮説のうちの一つにもあったけれど、それがほとんど「信憑《しんぴょう》性《せい》の薄い珍説」として語られることが理解できなかった。

だって分かるだろう。國府田恵のことを知っていれば。

「左目も、カラコンでしょ？」

私の言葉に、真凜が反射的に左目を押さえる。

「右目があれだけおかしな色してたら、左目の方は生まれつき茶色って、普通は思いこんじゃうからね。本当はメグと同じ黒なんでしょ？」

真凜は小さく頷《うなず》いてから、目を伏せて、ぽつりぽつりと語り始める。罪の数を数えるような、静かな声色で。

「お祖母《ばあ》ちゃんは、自分の娘……私の母には、アイドル時代の話はしなかったそうです。母は、お祖母ちゃんを外国帰りなだけで普通の主婦だと思っていました。でもお祖母ちゃんは、孫の私には、こっそり色んな話をしてくれました。リリーズのこと、理咲さんのこと、最後のコンサートのこと。そこに夢のように楽しくて幸せな世界があったって。だから私もアイドルに憧れるようになったんです」

真凜の経歴——四歳の頃に自分の体質を自覚したというエピソードを思い出す。きっとそれを契機に、メグは真凜に過去を語り始めたのだろう。自身の力に怯《おび》えているだろう幼い孫娘、その不安を和らげてあげるために。

「死が近づいていると分かった時、お祖母ちゃんから、遺言を伝えられたんです。死ぬ前にリリーズのライブを生で観たいって。自分の残りの生気を託して逝《い》きたいって」

そういう時が来たらね、という七十年前のメグの言葉が、頭の中に反響した。

メグはあの日、飛行機に乗る前にはもう決めていたのだろう。「そういう時」は、死ぬ前だと。

「そろそろ認知能力も怪しくなっていたのかもしれません。だって無理じゃないですか。リリーズは他ならぬお祖母ちゃんが脱退したから解散したんです。残った理咲さんも、よそのユニットとコラボはしても絶対に新しくグループを組もうなんてしなかった」

「……それが、若いあなたが、こんな年寄りの私とユニットを組むために無理を通した理由なのね。お祖母ちゃんに、リリーズのライブを観せてあげたくて、代わりになってリリーズを再結成しようとしたんだ」

全てが腑《ふ》に落ちた気分だった。清水さんが強引だったのも、真凜に全ての事情を聞かされていたからだろう。もちろん真凜はメグより先に私に死なれたら困るから、私が銃で撃たれたら慌てるに決まっている。あれほどの技術を持ちながら、ソロデビューでなく私とユニットを組もうとした理由も、私に取り入ろうと必死になっていた訳も……。

「違います」

何を言っているのか、瞬間、理解できなかった。

全てに納得がいったばかりなのに、いったい何を言い出すのだろう。

「いえ、違わないけど、全部が全部そうじゃないんです。お祖母ちゃんの望みを叶えてあげたい気持ちもありました。私の大事なお祖母ちゃんです、最後の願いは聞いてあげたいに決まってます。でもこのコネを使ってデビューしたい、リリーズの理咲の隣に立ちたいという気持ちの方が大きかったです。私は！　私の意志で理咲さんと同じステージに立ったんです！　お祖母ちゃんの言葉を、利用したんです！」

真凜が必死に言い募っている言葉が偽りではないと、私は直感した。そして彼女がその言葉を他ならぬ私にどうしても信じてもらいたいのだということも。そのボタンを掛け違えてしまえば、私と真凜の関係性が狂ってしまうのだ。かつてのパートナーの孫娘、祖母の願いを叶えようとした献身的な少女、そんなレッテルを、真凜は必死に拒もうとしている。隙さえあれば「美味しい関係性」をプレゼンしてくる彼女が。

國府田恵の孫としてではなく、海染真凜としてアイドルになるために。

彼女の譲れないものが、譲りたくない思いが、頭の悪い私にも、やっと分かった。

――恐らく私は、今日この日まで、海染真凜という少女を見ていなかった。なまじ、最初の最初に孫だと気づいてしまったために。

この子はメグによって送り込まれた孫娘。

その後ろにはメグの伝えたい思いがあるはずだ。

この子とライブをすればメグに会える。

前を向いているように見せかけて、メグのパートナーとしての自分に囚われていたのは、響希よりも、ファンよりも、私だった。

でなければ、あれから遥《はる》かに歳月が流れたというのに、未だに解散ライブの動画を繰り返し再生したり、別れの日のことを何度も夢に見たりしない。周りの若い子がアイドルを辞めることにトラウマを抉《えぐ》られたりしない。目の前に一緒にステージに立ちたいと言ってくれる子がいるのに、目を逸らしてその向こうにいる誰かを見ようとしたりしない。

……まるで長生きすることだけが目的にすり替わったみたいな、焦燥《しょうそう》に駆られるばかりのふがいないアイドル活動をしたりしない。

言いたいことを言いきったあと、真凜は俯《うつむ》いていた。その肩は小刻みに震えていたけれど、私が手を乗せると、その震えは止まった。

「メグに会わせてもらう約束は守ってもらったから、私も約束を守らないとね」

え、と彼女は顔を上げる。

「リリーズが解散した理由、お祖母ちゃんは教えてくれなかったんでしょ？」

無言でこくん、と頷く真凜、その不器用で頑《かたく》なな双眸《そうぼう》は、決して國府田恵のふわりと柔らかな瞳とダブることはなかった。

「メグに二人で年を取りたいって言われて、私が断ったんだ」

真凜の口が、驚きの形に歪んだ。

その相談をされたのは、ザ・ベストテンの一位を五度獲った時だった。

二人の間に決定的な溝があることに、そこでやっと私たちは気づかされた。

人間に迫害される時代や、人間を殺し続ける時代、そんな呪われた歳月を乗り越えて、私たち二人は、長い人生でいちばん平穏で幸福な時代を手に入れた。

私はその幸せがずっと続けばいいと思っていた。ずっとスターでいたいと思った。

メグは違った。これ以上の幸せはもう訪れないと思ってしまったのだ。この幸福を思い出として胸に抱え、永命者であることを捨て、人間と同じように年老いていきたいと願った。

そして、私と二人での「余生」を望んだのだ。

「でも、私はまだ歌っていたかった。走っていたかった。踊っていたかった。人類を虜《とりこ》にし続けたかった。だから、その未来を受け入れる訳にはいかなかった」

それを伝えた時、メグと私は思い切り喧嘩《けんか》した。夜を徹して、明け方になって双方が力尽きるまで。翌日に控えていた時代劇の撮影をすっぽかしそうになって、二人揃って来橋さんに怒られた。一週間経ってようやく仲直りしたけれど、二人とも選んだ道を譲りはしなかった。

「私たちは仲たがいなんてしなかった。私は永遠を選んで、メグは終わりある命を選んだ。だから、私たちの道は分かれた」

人間と同じように生きると決めた彼女と、ステージ上で人間を喰らって生きると決めた私は、互いに互いを本当に必要とする時が来ない限りは、もう会わない方がいいと、二人で話し合った。

そうしなければ、どちらかがどちらかの未来を邪魔してしまうだろうから、と。

だから、私たちの再会がこういう形になるのは、必然だったのかもしれない。

私は、嗚咽《おえつ》を漏らし始めた少女を、そっと抱きしめた。

二人合わせても人間一人のものより少ない涙を流した後、また病室に戻った。

何時間待っても、メグは目を覚まさなかった。

◆

あたかも、高層ビルの最上階から一階へ向かうエレベーターの中にいるように……ふわりと浮遊感を伴って下降していく酔いが身体を包んだ。閉じた瞼越しに、自分のおさまった棺《ひつぎ》を照らす白い光、その明るさを感じていた。

目を閉じたままでも、分かる。満場の観客は、視界上方から現れ、ゆっくりと降りてきたものに気づいた後、それが垂直に立った透明な棺で、中に私がいるのだと認識した。それはざわめきからどよめきへの変化でも知れたけど、ヴァイザは閉じた瞼の裏で、劇場内に設置された複数のカメラの映像を私に見せてもいたのだ。私たちが全てのステージ演出をリアルタイムで把握し続けられるように。身動きの取れない透明の檻《おり》の中で、塞《ふさ》がった目で、私は劇場内のあらゆる視界を手に入れている。

棺がステージ上五メートルの地点でぴたりと静止すると、観客たちはまず吐息をこぼし、そして再び息を止めて、次なる動きを待ち始める。中空に浮いた棺の中で、私は胸の上で両手を重ねて瞑目している。数万の視線に晒《さら》されている私の姿は、恐ろしく飾り気のない真っ白な死装束だ。死体のように、あるいは人形のようにすら見えるだろう。観客たちの目はそんな私に釘付けで、だから次に起ころうとしていることに気づかない。

トン、とステージ上に響いた音で、観客たちは棺の直下に目を向けて、突然そこに「もう一人」が現れたことを知って驚きの声を漏らす。その人物は顔が見えないようにフードつきのローブを纏っていて、片手には、銀色に煌めく西洋の剣を携えていて。先ほどの音はその剣が床面を突いた音だった。魔王を討伐する勇者の切り札めいた、ものものしい武器――その主は、得物《えもの》を腰に構えたまま、空中へ一歩を踏み出す。不可視の螺旋《らせん》階段を一段また一段と、迷いのない足取りで登っていく。いつの間にか劇場には、荒野を吹き渡るような風の流れが満ちていた。その風は観客の顔をなぶり、そして剣士のローブを叩いた。

やがて、宙に浮かぶ棺と同じ高さまで辿《たど》り着くと、剣を松明《たいまつ》のように掲げて見せた。その瞬間、更に風が強まり、フードの下の顔が暴かれ、観客が息を呑んだ。

海染真凜。観客の誰もが、顔が露《あら》わになる前から正体には気づいていた。けれどその表情は知らなかった。……右目をオレンジ色に爛々《らんらん》と輝かせた、その不敵な笑顔は。

たった今、真にアイドルになったばかりの少女が、躊躇《ちゅうちょ》も遠慮もなく、思い切り剣を振るって、眼前の棺に叩きつける——落雷のような音とともに、棺が砕け散った。封印された吸血鬼、それとも、目覚めの時を待つ眠り姫の寝床は、万華鏡を砕いたような数限りない光の塵《ちり》になって、空中に弾ける。

利那の暗転、そして再び明かりが点《つ》くと同時に、「Dancing on Air」のイントロが流れ始め、私たちは地上に降り立つ。

視覚を補正しなくても、視界には私たちが瞬装したステージ衣装の色が映えている。深海のような紺碧《こんぺき》のドレス。海染真凜の選んだ、國府田恵のイメージカラーとは僅《わず》かに異なる色。

鮮血のような深紅のドレス。愛星理咲が選んだ、かつてと同じ色。この赤色に身を包むのは何年振りだろう。

爆発のような歓声が劇場を揺らす。真凜の名を、私の名を、リリーズの名を、彼らが呼ぶ声が、びりびりと身を震わせる。注がれる無数の視線、そこに込められた熱に、全身が発火してしまいそうになりながら。私たちはその視線を向けてくる一人一人の表情を、ヴァイザの望遠で確かめることができる。その顔に満ちているものは、興奮、昂揚《こうよう》、熱狂、歓喜——そして、幸福。

彼ら観客たちもまた、同じ望遠でステージ上の私たちがどんな顔をしているのか、細部まで読み取ることができる。二時間あるライブのどのパートどの瞬間で、どんな表情を装うのがもっとも効果的にファンを惑わせられるか私は知っていて、けれども今この瞬間、〝装う〟必要はなかった。

隣り合ったまま横を向いて、私は真凜と顔を見合わせる。私は真凜の視界を、真凜は私の視界を、同時にヴァイザの隅で見ていたから、相手はもちろん、自分自身がどんな顔をしているか、はっきりと分かった。

挑発するような笑みをぶつけ合った私たちは、復活ライブの一曲目を歌い始めた。漆黒《しっこく》の中にサイリウムが煌めき電子花火《ぇぴぉぴ》が打ち上がる客席に向けて、今日この日のために作られた新しい歌、二人で額を寄せ合って、楽譜と睨めっこしながら歌詞を編み上げた歌を。観客席の一番後ろにまでシャウトを響かせて、期待と不安のそれぞれを抱えていたであろう人々の心を、私たちの存在一色に塗り替えていく。一曲目で、既にこのライブが長く語りつがれるものになるであろうことを、彼らは知った。

二曲目、「ダンデライオン・イエロー」では真凜の長尺のソロパートに観客たちが聴き惚れていた。宙に浮かぶ自転車の後ろに真凜を乗せた私は、その歌を背に聴きながらペダルを漕ぎ、観客たちを見下ろして手を振った。

三曲目、何十年も私一人で歌っていた、今日初めて二人で歌った「Angels in Love」のラストで真凜が私の胸に飛び込んで来ると、歓声は轟《とどろ》きになった。

MCを挟んでも、ソロ曲になっても、勢いはまるで落ちることがない。

私たちのステージは、舞台上だけで留まるものではない。ワイヤーや強化外骨格の力を借りて、私たちは宙返りし、飛翔《ひしょう》し、滑空し、観客席の上空を舞い、通路に降り立つ。

ヴァイザのサーモメーターと視線感知で観客席の熱量を確かめ、あちらへ飛び、こちらへ飛び、狂熱の火を熾《おこ》していく。観客一人一人に視線を合わせ、その身から陽炎《かげろう》のように揺らぎ立つ生気の流れを肌で感じ取って、歌いながら、踊りながら、その流れの一筋ずつを、自分たちのところに手繰り寄せていく。時に意識を失って倒れる人がいるけれど、すぐに床面から防護バーがせり上がるから、私たちは脇目も振らず、また他の誰かを魅了する。私の口から溢《あふ》れ出す歌を、肌から沸き立つ魔性の力を、心から生み出される熱を、すべて解放して、生命の渦をこの身に引き寄せる。竜巻が旋風を巻き込んでいくように。生気を取り込んだ血が滾《たぎ》って、胸が張り裂けそうになるから、叫ぶように吠《ほ》えるように声を響かせる。生命の交歓に、私たちも、人間たちも、二度と醒めないような酔いに溺《おぼ》れた。

……観客席の最前列。三方を撮影機材で塞ぎ、更に光学迷彩を施した、他の客からは見ることのできない場所に、その座席がある。それはステージが一番よく見えるように設置された、ただ一人のために用意された特等席。その存在を知るのは私たちとスタッフの一部だけ。座っている人間に、意識は無い。生命維持装置に繋がれていて、かろうじて生きているだけでコミュニケーションの術《すべ》はない。盲《めし》いた目にステージ上のアイドルの姿は見えているはずもなくて、声が聞こえているのか、震動を感じているのかさえ分からない。それでも、その人物がまだ意識があった頃、入念に準備しておいた契約書の意思表示が、彼女にここに居られる権利を与えた。

ライブの最後の最後、アンコールを歌いきった後、私たちは揃って礼をし、顔を上げた時に、その客席から、生命の細い糸を巻き取った。最初から私と真凜で決めてあった。その人には、新生リリーズの初ライブを最後まで聴いてもらうのだと。

幕が降ろされる時、意識ある観客は皆、鼓膜を破らんばかりの、万雷の拍手を送っていて。

そして國府田恵は、安らかな微笑みを浮かべていた。

◆◆

緞帳《どんちょう》の前に、私たち二人は立っている。

布一枚隔てた向こうに声の海がある。無数の人間たちの声、期待に逸《はや》って私や真凜を呼ぶ声が満ちた場所。私たちに、時間と、金銭と、生命を捧げに来た者たちの声が、ホールの中に溢れている。

二人になって、もう三度目のライブが始まろうとしている。観客はソロの時の倍はいなければ本末転倒だから、ソロの時の五倍のハコを押さえたのに、チケットは瞬殺だった。ステージ上で分厚い布越しでも熱気がこちらに届いてきそうなほど、彼らは開演を前に昂《たかぶ》っている。

「理咲さん、少し耳を貸してもらってもいいですか」

神妙な顔をして、傍らの真凜が尋ねる。初ライブすら危なげなくこなした大型新人だが、たまには緊張するのかも知れない。微笑ましい気持ちになって、優しく私は彼女の声に耳を傾けた。

「何、不安なの？」

「いえ、たった今、また新しい関係性を思いつきましたので、提案したくって」

「嘘でしょ!?　こんな状況でそんなことを考えてるなんて、どこまで神経が図太いのよ」

むしろ別の不安が湧いてきた私に頓着せず、真凜は滔々《とうとう》とその「関係性」を語り始める。

「海染真凜という人間は、祖母である國府田恵の血をゴリゴリに受け継いでいるので、実は愛星理咲のことを過剰なまでに尊敬し、崇拝し、溺愛《できあい》している。ところがそれを本人に悟られないように、普段は屈折した言動ばかりしているため、愛星理咲は真意に気づかずただ不気味に思っている――というものです」

「却下」

自信満々に差し出された「提案」を、私はにべもなく蹴った。なぜなら、

「そんなのあんたのガラじゃないでしょ」

真凜は、虚を突かれたような顔になってから、やがてにやっと悪そうに笑った。右目の色は言うまでもない。

「バレましたか？　これなら騙せるかなと思ったんですけど」

「人間騙して千年超えてる愛星理咲を騙せるとでも？　年季が違うのよ年季が」

「じゃあ別の提案をしますね。リリーズの人数を増やしましょう」

「なんで⁉　たった今せっかく二人でうまく行きかけてるのに」

「メンツが偶数だと関係性が固まっちゃうんです。閉じた関係は長生きしないので。三人とか五人とか十一人とかの方がいいんです。もちろん増やしすぎると取り分が減るので限度はありますが」

「……まあ分かったわ。そっちはこのライブが成功したら、検討しましょう」

でも、ちゃんと今のライブを成功させることに集中しなさい、と私は付け加える。

慣れてきてうまくあしらえるようになったと思ったらこれだ。ええっとこういうの、後生畏るべしって言うんだっけ。

真凛は未来を夢見ている。明日の明日の明日の、そのずっと先をも見据えている。

メグと一緒だった時の私がそうであったように。

今の私もまた、そうであるように。

振り向くことは、過ぎ去っていった日々と人とに思いを奪われることは、きっと、私たちに似合わない。私たちはそんな風には生きられないだろう。

私たちの糧は、人間の命なのだから。

私は、ライブが始まる前の最後のアドバイスを、幼い相棒に伝える。

「誰よりも自分を一番好きでいなさい。自分が世界一可愛いと思いなさい。自分ほどアイドルにふさわしい人間はいないと、そう信じなさい。他の誰よりも、人間を魅了して笑顔にさせられるのが自分だと、肝に銘じなさい。その傲慢《ごうまん》さこそが、私たちが人間の生命を喰らう上で唯一の礼儀なんだから」

「はい！」

ベルが鳴り始める。ざわめきが高まっていく。拍手と歓声が生まれる。

幕が上がる。

歌おう、時の彼方《かなた》まで。

あとがき

本作は、Amazonで単体の電子書籍としても販売されているが、その表紙となった、「掃除《そうじ》朋具《ほうぐ》」先生が手掛けた主要キャラ3人のカラーイラストが素晴らしいので、読者の方にはぜひ「全てのアイドルが老いない世界」で検索しそのイラストを一度見て欲しい。私はこのイラストを所有するためだけに電書版を買った。

年刊日本SF傑作選への収録を目標として書いたのは「白萩家食卓眺望」だったので、そちらが『現代の小説２０２１ 短篇ベストコレクション』に入り、こちらが本書に収録されて作者自身が一番驚いている。本作がSFかどうかは難題だが、奇想コレクション『悪魔の薔薇《ばら》』所収のタニス・リー「別離」が影響元なので、奇想小説であることは疑いない。

「理咲」と書いて「りざ」と読むのは自力で考えたのだが、発表後、アイドルゲームに声を当てており「理咲」と書いて「りさ」と読む名前を持つ声優さんがいると、人から教えられた。特に関係は無いことを明言しておく。

勝山海百合
あれは真珠というものかしら

本編は、ＳＦ系のウェブメディアであるバゴプラことＶＧ＋（Virtual Gorilla+）が主催する第１回かぐやＳＦコンテストの大賞受賞作。審査員長を橋本輝幸《はしもとてるゆき》、審査員を井上彼方《いのうえかなた》とバゴプラ編集部がつとめ、二〇二〇年六月から八月にかけて、「未来の学校」をテーマに、二千～四千字の小説をネット上で公募した結果、三六〇名から四一六編の応募があり、その中から本編が最高賞に選ばれた。

見てのとおり文庫にしてわずか九ページの掌編《しょうへん》だが、この長さのSFとしては十年に一度の傑作ではないかと勝手に思っている。審査員長の選評にいわく、「なんといってもテーマの活《い》かしかたが見事でした。多様な者たちが互いを知る、社会の交点としての学校。卒業や転校といった別れがつきものの学校。……『伊勢物語』と重なるストーリーラインは、シンプルですが古びることなく、古典と未来をつないで共鳴させています。……やさしくて爽やかな後味ですが、一方で宇宙の絶望感や、ロボット／アンドロイドものの悲哀もうっすら香っています。隙のない円熟した作品でした」

大賞受賞作の特典として英語と中国語に訳され、ＶＧ＋に掲載（イーライ・Ｋ・Ｐ・ウィリアム訳“Dewdrops and Pearls”、田田《でんでん》訳「那是珍珠吗」）。Toshiya Kamei によるスペイン語訳もある。

勝山作品は、同編以外にも「羅孚の怪」「白桃村」「魚怪」「軍馬の帰還」「朝の庭」「人参採り」が英訳されているほか、一部はルーマニア語訳もある。著者自身も翻訳にトライし、Ｓ・チョウイー・ルウの短編を邦訳するなど、海外の読者・作家と積極的に交流している。

勝山海百合（かつやま・うみゆり）は岩手県生まれ。二〇一一年、『さざなみの国』で第23回日本ファンタジーノベル大賞を受賞。短編集に『竜岩石とただならぬ娘』『十七歳の湯夫人《マダム・タン》』（ともにＭＦ文庫ダ・ヴィンチ）、長編に『厨師《ちゅうし》、怪《あや》しい鍋と旅をする』（東京創元社）などがある。

同級生の碩堰《せきせき》は海馬《うみうま》だけど、名前ほど馬には似ていない。短い前あしが二本、後ろあしはなくて、腰から下は少し細くなり、先は尾になっている。体は大きいけれど、泳ぐのは得意だ。

学校の先生は、何人たりとも学校に来るのはみな同じ生徒だと言うし、わたしも海馬と一緒に勉強することに不満はない。学友として碩堰はとてもいいやつだ。まず、勉強ができる。授業もおとなしく聞いて、先生の出す問題や質問にもちゃんと答える。発声装置から出る声は体格が良いせいか朗々としたバリトン。緊張すると自分の親指の爪を触って黙るわたしとは大違いだ。

「碩堰くらい勉強ができたら学校も楽しいだろうな」

何日か通って学校に慣れたころ、休み時間に碩堰に言うと、碩堰は冷凍のむき身の貝が入った袋を開けて、わたしにも「一つ食べますか？」と尋ねた。わたしがてのひらをむけて「ありがとう、けっこうです」と断ると、そうですかと半解凍の貝をむしゃむしゃと食べた。わたしのおやつは碩堰の健康に良くないので食べられないと碩堰は先に断っていた。たぶんそれは嘘《うそ》で、遠慮しているのだと思う。わたしが生の貝を食べないのは……なんとなく。

「でも、先生は君のような生徒が好きだと思うな」

「どうして？」

「なんとなく」

「もしかして、『馬鹿な子ほどかわいい』ってこと？」

「言ってないし、君は馬鹿ではないよ」

碩堰は貝を食べ終わると、気嚢《きのう》から空気を抜くラッパのような音を出した。


学校が始まったのは一か月前だ。わたしが自分用の液晶タブレットで、木製のリコーダーがバッハを奏でるのを聴いていると、グランマが、「明後日《あさって》から学校が始まるよ。楽しみだね」と言い、白いブラウスと紺色の吊《つ》りスカートを出してきて、これを着て行きなさいと言った。

学校は町のはずれにあった。崖の下、海の近くの四角いコンクリートの箱で、床は水色に塗ってあって、屋根は白い大きな布が日除《ひよ》けと雨除けを兼ねて張られている。学校に入るのに縁のところからステンレスの梯子《はしご》で下りた。下りると白い襟の黒いワンピースを着た女性が二人、待ち構えていた。二人の髪は白髪が半分以上まざった灰色で、よく似た顔をしていた。緑子《みどりこ》先生と桃子《ももこ》先生。胸に名札をつけている。名前を聞かれたので答えると、緑子先生は何かの書類に印をつけ、桃子先生はわたしに席に着くよう促した。

　碩堰は海から来た。学校に入る前に体を震わせて水を切った。その音が大きくて振り返ると、壁の上から床に斜めに渡した鉄板を滑り降りてきた。びっくりしているとペタペタと音を立てて近付いてきた。潮の香りが強まる。

「ここがプールだった時を知ってるけど、入るのは初めてだ。今は学校なんだね」

　わたしは驚いて体を硬くし、赤べこみたいにただ頭を振った。赤べこは張り子の牛のおもちゃで、頭だけがゆらゆら動く。

「碩堰さん、席について。九年母《くねんぼ》さん、前を向いて」

　碩堰はわたしの隣の机の前に座った。椅子《いす》はない。

「……君、九年母っていうんだ。香りの好《い》いみかんのことだね。素敵な名前だ」

　碩堰は声を潜めたつもりらしいけど、声はよく通る。

「ありがとう」

　わたしは照れてうつむいた。桃子先生が教卓の前に立って、「新入生のみなさん」と呼びかけた。

「入学おめでとうございます」

学校は週に三日、午前中だけだったけれど、すぐに通学は習慣になった。これまでは家庭学習だったし、最初は大きな碩堰が怖かったものの慣れると仲良くなった。休み時間に色んな話をした。

学校が始まって一月ほど経《た》った雨の日、知らない男の子が教室の壁の上端から声をかけた。

「ここ、学校だって聞いてきたんだけど、おれ……僕も入れますか」

わたしと碩堰は驚いて振り返った。授業中だった緑子先生が、「下りてきて」と言い、男の子はステンレスの梯子を使って下りてきた。チョコレート色の肌で、色褪《いろあ》せた赤いTシャツ、膝丈のズボン、顔の上半分を覆うサングラス。そばを通るとき一瞬目が合った気がした。緑子先生は、「自習していてください」と言ってパーテーションの向こうに行き、桃子先生と三人で話し合いを始めた。

そうして修理亮《すりのすけ》も教室の仲間になった。緑子先生が修理亮をわたしたちに紹介し、わたしたちを修理亮に紹介した。「九年母さんと碩堰さん」

「おれは権藤《ごんどう》修理亮。昼間の光は眩《まぶ》しすぎるのでこんなんだけど、慣れてください」

「海馬にも慣れてください」

碩堰が言うと修理亮は困ったように笑った。

修理亮は今までは碩堰がいたわたしの隣で勉強することになった。碩堰は修理亮の後ろになった。席に着いた修理亮は、振り返って碩堰に言った。

「おれ、海であんたのこと見たことあるよ。父ちゃんに、大事な仕事をしているから進路妨害したり傷つけたりするなって言われた」

「ご協力に感謝します、市民」

なにそれえらそうとわたしが言うと、「定型文なんだ」と碩堰は何でもないように言った。たぶんこれも定型文だ。知性化海馬の発声装置にあらかじめ登録されている言葉の一つに違いない。

「君も陸の学校で勉強するんだ？」

修理亮が尋ねた。

「驚くことじゃない。学ぶことは多い。九年母も君も、そうだろう？」

「おれは……父ちゃんが、行けって言うから。でも、名前がわかってよかった。今度海で見かけたら、あれは碩堰だって思えるから」

「おしゃべりは気が済みましたか、修理亮さん。では、授業の続きです」

緑子先生が授業を再開した。教科書は『伊勢物語』の「芥川《あくたがわ》」で、緑子先生が読み上げるのを聞きながら変体仮名ではなく翻刻してあるものを各自のタブレットで読む。

あらすじはこうだ。平安時代の貴公子在原業平《ありわらのなりひら》は、高貴な高子《たかいこ》との恋を彼女の兄たちに反対されて二人で遠くに逃げるが、高子は草の葉に宿る露を見て、あれは真珠というものかしらと無邪気に尋ねるほど世の中のことを知らない。二人は古い建物で一夜を過ごすことになり、業平は戸口で番をするが、高子は夜のうちに鬼に一口で食べられてしまい朝には消えていた。

白玉かなにぞとひとの問ひしとき露とこたへて消えなましものを

鬼に！　なんて恐ろしい。千なん百年も昔の日本には危険な野生動物がいたのだ。狼《おおかみ》や川獺《かわうそ》のように滅んだのだろう。

「鬼と書いてありますが、実際には高子の兄たちが追って来て、裏口から入って妹を連れ戻したのです」

緑子先生が言うと、

「鬼に食われた女の子がいなくてよかった」

と修理亮が言い、わたしも同じ考えだったのでうんうんと頷《うなず》いた。鬼に食べられるよりも、兄たちにさらわれるほうが怖くない。

「鬼に食われたと思わないと、諦めがつかなかったんだよ」

と碩堰。経験を積んだ者の発言だと思った。修理亮は感心したように碩堰を見た。

休み時間、冷凍むき貝を食べ終わった碩堰が「これを君にあげよう」と小さな粒をわたしの机の上にかちりと置いた。

「これは真珠というものかしら？」

高子になったつもりで言ってよく見たら、それは本当に真珠だった。大豆くらいの大きさの、歪《ゆが》んだ。わたしは驚いて、なんとか「ありがと、宝物にする」と言うと、スカートのポケットにしまった。

この日が碩堰に会った最後になった。修理亮にも。わたしが学校に行かなくなったから。

わたしの仕事は秘密が多くて、移動は友達にも教えてはいけないのだ。碩堰はわかってくれると思う。

知性化動物は人間が従事するには危険な作業をさせるために作り出された。わたしは人間に育てられたチンパンジーで、自意識は人間の女の子だ。必要に迫られればものすごい筋力を発揮できるがまだ実行したことはない。

動物知性化計画が動物の権利を侵害しているのと、人工知能が天然脳を超える働きをするところまで発達したのとで、今いる全知性化動物の引退、死亡とともに計画終了となる。

以前、ある人に、

「わけがわからないまま宇宙に打ち上げられた犬のライカより可哀《かわい》そう」

と言われたことがある。知性と知識は感情の幅を広げるので、ソ連の宇宙犬より自身の不幸を強く感じると思われたらしい。聞こえないふりをしたけれど、自分の仕事の意義を理解しないで遠くに飛び立つほうが怖い。

グランマは、碩堰にもらった真珠を樹脂で固めて雫型《しずくがた》のペンダントにしてくれた。火星行きの船に持ち込める私物は少ないけれど、ナイロンの紐《ひも》と樹脂で総重量五グラム未満なので身に着けて搭乗できる。

火星での仕事を終えて地球に戻ってくるとしたら、きっと太平洋に着水する。碩堰に見つけてもらえたらすごく嬉しいし、わたしを回収する船に修理亮が乗っていたら、それってちょっとした同級会じゃない？

あとがき

第一回かぐやＳＦコンテスト（バゴプラ主催）大賞受賞作を『ベストＳＦ２０２１』に収録され光栄です。私が竹書房さんで仕事をするなら怪談ではないかと思っていたので、ごく短い怪談をご披露いたします。ご笑覧ください。

ワームホールの呪い

あんたを船乗りと見込んで頼みがある、この錆び猫《トータスシェル》を連れていけ。

迷信深い船乗り達は、ワームホールを通過するときに魂を持っていかれないように猫の仮面をつける。こいつは馬鹿らしいと仮面をつけずにいて、ホールを抜けたら猫になっていたんだ、本当だって。見ろ、相棒は義足だったんでこの猫は後肢が片方義肢だ。オスなんで宇宙船のお守りにぴったり、餌は市販のカリカリでいいし、微重力下トイレもちゃんと使える。悪いことは言わない、連れていけ。おれか？おれは猫アレルギーなんだよ。

麦原遼
それでもわたしは永遠に働きたい……

昨今、働き方改革のおかげで労働時間が減り、ワーカホリックという言葉もあまり聞かなくなったが、本編が描く未来では、つらく苦しい労働にかわって、ジムで運動しているあいだ脳活動を提供するだけでいい〝朗働〟が普及している。だれもが自分の境遇に満足して楽しく働いているという意味では、オルダス・ハクスリー『すばらしい新世界』の未来に近い。しかし、この物語の主人公は、もっともっともっと働くことを求めつづけた結果、暴走し、思いがけないところまでたどりついてしまう。ワーカホリックの果てを描く、恐ろしくも可笑《おか》しい一編だ。

初出は、ＳＦマガジン二〇二〇年八月号の特集「日本ＳＦ第七世代へ」。ハヤカワＳＦコンテスト出身の草野原々《くさのげんげん》、三方行成《さんぼうゆきなり》、春暮康一《はるくれこういち》、津久井五月《つくいいつき》、樋口恭介《ひぐちきょうすけ》に加えて、ゲンロンＳＦ新人賞出身の高《たか》木《ぎ》ケイと麦原遼、惑星と口笛ブックスから電子書籍でデビューした大滝瓶太《おおたきびんた》が寄稿し、読み応えのある作品が揃《そろ》ったが、あれこれ悩んだ挙げ句、本書には麦原作品を採らせていただいた。

麦原遼（むぎはら・はるか）は一九九一年、東京都生まれ。東京大学大学院数理科学研究科修士課程修了。「ゲンロン 大森望 ＳＦ創作講座」（第2期）を受講し、「逆数宇宙」で第2回ゲンロンＳＦ新人賞優秀賞を受賞。同作がゲンロンから電子書籍化されて商業デビューを果たした。その他の作品に、櫻木《さくらぎ》みわと合作した「海の双翼」（ハヤカワ文庫ＪＡ『アステリズムに花束を 百合ＳＦアンソロジー』所収）、「無積の船」（河出文庫『ＮＯＶＡ ２０１９年秋号』所収）、「虫↓……」（ハヤカワ文庫ＪＡ『異常論文』所収）、「２２５９」「シナリオ56」（小説すばる二〇二一年一月号、九月号）などがある。同人誌〈Sci-Fire 2018〉に寄稿した「ＧかＢか（ガール・オア・ボーイ）」は英訳されてスコットランドの商業誌に掲載されている。第一短編集の刊行が待たれる。

働くことは優れている——そう明言する人間をはじめて知って、驚いた。

わたしが生まれ育った場所の大人たちは、灰色がかった顔をしていた。平均寿命は四十八歳あまり。住居を含む立体構造物の面に筒か蛇か蔦《つた》かのようにまとわりついた、人間用の狭い通路で朝晩たむろし、元手もろくにない賭《か》け事に興じる。人生が狭く短いのは、定期的長期的計画的に働かないからだ。三階層に一人は「神を見た」という老人がいる。頭にクスリがまわっているのだ。この地区で作られたクスリは退屈な大人たちの共有物だ。それを外に運び出す人間すらほとんどいない。わたしが小さいとき通路の窓の外に林立する別地区の立体構造物を見て「外ってどう？」というと、寝ていた一人の老人が体を起こし「ばかにしなさんな、あたしゃ遠いとこの人とつながってるのさ！」と目をかっぴらき「ああまた会えたね」とぶつぶつつぶやきだした。わたしも、大きくなったらこんな大人の一員になるものかと思われたのだ。

だが、わたしが十二歳のとき。この地域の学校を訪れてきた教育相談官は、別の考えを持っていた。集中講義の日、教壇で、代理ボディの口を介して相談官は語っていった。

「働くことを望むなら、誰にでも門は開かれる。けれどもこの地域の人の多くが働きに出るのは、体の具合が心配なときと気まぐれに贅沢《ぜいたく》したいときだけ。満足するか諦めるかしたら通うのをやめ……ええと、ときには代わりにクスリをはじめますね」

生徒たちは生身の視線を相談官にやる。当然だ、それがどうした、と。相談官は樹脂加工の指を横に振った。

「わたしがこの講義を担当したのは、この地区の現状を変えたいからです。聞きましたよ。あなたたちがほとんど働きに出てこないのは、クスリが抜けないとヘルスチェックで門前払いをされるからですって。ですがね、日頃のケアを怠って病識がでてから駆け込むのでは遅いですし、鈍った脳にはいい仕事が割り振られず、得られる報酬だって少ない。それでどうなりますか。多くが体を錆《さ》びさせていき、五十に届かず生涯を閉じます。長期勤労者なら百歳超えだって珍しくないんですよ」

「あの、長生きしてどうするってんですか？」

わたしの隣の席で、生意気で知られる生徒が笑顔でいった。

「無尽蔵の楽しみを味わうのです。レジャー、パーティ、世界遺産上空観光——この地区の狭さでは難しいことばかり……が、働いた報酬で移動サービスを使えばよろしい」

周囲の生徒たちがちり紙を投げた。「クスリのほうがいいね！　どこへだって行ける！」愛郷心に触れたのだ。

「そのクスリだってここのは低級品でしょうが！　どうせなら外のを味わいなさい！　けれど一番の美食は、体が調子よくなることです。自分の行いへの法人からの恩寵《おんちょう》ですね」

はじめに質問した生徒がひそやかに続ける。

「でも、聞いたことがあるんですけど。働くと人生は削られる。贅沢ができる仕事は、記憶を奪ってしまうのだって。ねえ人生の先輩、本当ですか？」

「そうです。ほら、考えてみてください。あなたがたの歓迎を仕事の外でも思い出したら、健康に差し障ります。でなくとも、もしわたしが、さっき鼻紙を飛ばしてきたそこの人に勤務後嫌がらせしたら？　勤務先の教育法人が信用を失いますね」

と、相談官は濡れた紙のひっかかった指を揺らして己の首をさす。もし鼻の部分に嗅覚器官がついていたら、その紙がクスリの素材を漉《こ》したものだともわかったかもしれない。

「わたしは仕事を終えるとき、借りたこの体と別れます。そして勤務先の法人がわたしの記憶を閉ざす。するとわたしは家の近くのフィットネスクラブにいて、健やかに汗をかき、要る場合には点滴や正当な投薬も加えられた自分の体に戻っている。あとは遊ぶのです。レジャーにパーティに、楽しい記憶だけを連れて！

さてあなたがいいたいのは、働かずのんべんだらりとした二十四時間がほしいということ？　まさか昔のように、働く間の苦しい記憶がほしいということ？」

相談官が手を下げてちり紙が落ち、わたしたちはやっと互いを見渡した。十二歳の立場では、みな一日二十四時間を生きている。働くことはまだ禁じられている。

「昔、人は仕事中のことを覚えていました。体調のケアも別でした。ゆえに疲労の労、労苦の労を冠して〝労働〟と呼ばれたのです。現在のほとんどの仕事の祖先である『ホワイトカラー』労働でも、多くの人が苦しさから自ら命を絶ち、さらに運動不足で病気になりました。あとで当時の労働の悪影響についての資料を見てください。けれどわたしたちは手を打ちました。人類の健康のために技術を育て、自分たちを庇護《ひご》する指針を持つ人工の意志が中枢として法人を動かすようにしたのです。

今のわたしたちはフィットネスクラブで運動しながら、脳をその法人中枢に委ねて働きます。死ぬどころか元気になりますね。だから朗らかな働き方で〝朗働〟です。朗働の好影響についての資料をどうぞ」

相談官は述べながら少し汚れた手で「労働」「朗働」と板書した。「朗働」と並んだ「労働」という言葉が、わたしには目新しく、重々しく感じられた。

わたしは机上の画面を操作して資料を開いた。「朗働は仕事と運動と医療の三つ組みでなります。収益は健康と名誉……」

質問した同級生はなおもからかうように「朗働しないさ」と口笛を吹いたが、わたしは堂々と続ける相談官の話に聞き入っていった。

どこが琴線に触れたのだろうか。このころのわたしは養育施設で育ち、同年代の中でも小さかった。小児用に一律配給される栄養では不足なのかよく風邪を引いた。資料の中にあった「写真－勤続二十五年間朗働者の例」の立派で健康そうな体つきと笑顔に惹《ひ》かれたのだろうか。

十五になり、わたしは試験を受けて別地の学校で寮生活をはじめた。良い朗働を目指す価値観が共有されていた環境で勉学に励み、奨学生認定を受けてからは卒業後も住める住居を供給された。

昔の学校の卒業生のなかには、朗働パスが交付される十八の誕生日を迎えると、急に二十歳以下朗働上限の四時間ぎりぎりまで働くものも出ただろう。報酬をサービスの権利に換えてすぐに働き止《や》める、息の短い欲望。しかしこの環境では違う。朗働には少しずつ慣れ、そのぶん教育を受けて脳を耕したほうが、将来高度な仕事に携わりやすいといわれるからだ。わたしも学びながら朗働に入った。

はじめてフィットネスクラブの門をくぐったときは緊張した。待合室で「おはよう！」なんて明るく迎えられると、新参者ははずかしそうにする。わたしもだった。

鍛えられた人間の体に囲まれるとまぶしく尻込みしそうになり、わざわざ「五、六年したらそうなってみせますよ」なんていった。気張る幼年に常連は優しかった。わたしの出自も気にしなかった。

クラブのものたちは、歳《とし》を召して働きにくるものにも敬意を示した。たるんだ壮年にはよそよそしげにしたが、その人物が通い続けると自分たちの中に迎えいれた。


まだ二十歳前のわたしはフィットネスクラブに入る。握り心地よい輪郭をした朗働パスを受付機にかざして出退勤簿を受け取ると待合室に向かい、「腕の造山活動進んでますね」「血管がマングローブの根のようですね」なんて挨拶を交わしたあと、一人乗り移動機械がやってくるので、そのシートに座って自動で廊下を進み、割り当てられたブースに着く。

いちど意識レベルを落とすための場所だ。

朗働は、法人への脳活動の提供だ。人の意識はふだん自分の活動を理解しつつ「なにをしよう」と指令している（と認識される状態にあるようだ）が、その指令の働きを解除することで、外部からの統合的な指示――それは日常言語よりも深く細かく、共通規格に則《のっと》りつつも指示対象の脳に合わせて調整された信号だ――に脳がうまく応じられるようにする。そのあとで意識はただ活動のモニタリングと現象の解釈を行うようになる。

十八歳から二十歳までにこの過程に慣れると、その後の朗働がぐんとスムーズになる。

個人ブースに着くと、正面のパネルに本日の勤務計画が出ている。パネルの左半分には過去の情報からマッチングした法人候補一覧が表示され、右半分には運動計画がある。

わたしは出退勤簿をパネルの下の口に投入してから、移動機械のシート上部からせりだした装置と、ブースのケーブルを結び、装置の中に頭を入れる。毎回、目に見えない力のようなものを感じるが、気のせいかもしれない。ブースの壁の利き手側が開いてコップをのせたトレイがくる。コップの内容液を飲み干して目を閉じる。腕と脚はつかまれる感触を、頭皮は濡れる感触を覚えるが、力がゆるみ意識がぼんやりとしてくる。

代わりに、水に潜っていくような感覚にひたる。紺色の中を降下していく。鋼色《はがねいろ》の扉が見える。目は閉じているのでわたしの意識がみているものだ。この時点で意識は、脳活動の中で自分がみることのできる物事しか取り入れられず、その分に対してしか自己介入感覚を持たない。現象を解釈してモニタリングの箱庭をつくっている——だからある意味で、自分に納得がいくようなかたちで、物事が動いているのだ。その意味で日常的な用法での自由意志すら感じるのである。

　さてわたしの意識は鋼色の扉を開き、坑道のような暗い通路をみる。手前にある四角い箱に乗り込むとそれは動き出し、風の音をかすかに聞くうち、突き当たりの扉に駆け込む。扉が消えて、気づくとわたしは薄水色の空のもと、丘の頂へと続く細道を歩いている。ときにはダンベルを持っているが、それは朗働前の気持ちの影響だろうか。風に乗って会話が聞こえるような気もするが、それは待合室の記憶のエコーだろうか。たまに鋭い痛みを覚えるのは、施される医術、血中機械の注射や排出の影響だろうか。

　進む。わたしは歩き、走り、丘の頂の門に着く。大扉を擁する門の上に法人名が記されている。これから勤務する法人名だ。扉を叩《たた》くとゆっくり開く。

　入ると暗転する。記憶を再生する声が消える。腕に感じた重みも消える。隔絶の恐怖の中で、別の声が聞こえはじめる。かすかで、言葉の輪郭が溶けてなにをいっているかよくわからないけれど、仕事について話しているものだろう。あとでそれは法人の中核機能である法人中枢の声だと確信するようになった。こんなとき、なにかが見えたり聞こえたりすることがある。怒りや悲しみを不意に覚えることがある。それも仕事と関連するものだ。わたしの意識が脳の活動をつまめる部分だけとって解釈しているのだ。

わたしの意識は活動の進展を待っている。

仕事は細切れだ。量が多いからだ。

朗働仕様――わたしたちの意識がどれだけのことを同時に統括できるだろうか？数個程度の並行作業で精一杯なら、それは意識がポンコツであるせいだ。人間の意識が司令面する状態では、多くの人の場合、脳活動に余剰が生まれる。法人中枢はあなたを活《い》かす。一番、二番……と続いて三十、四十番程度までの仕事を相互干渉なく割り振るのだ。神経細胞ごとの区分けではなく、それらが連携する同時活動パターンにおいて分断している。脳活動の共通規格制定および変換という基礎技術の上に、こうして数十の活動を相互干渉なく機能させることができて、司令塔を意識から別のものに譲る意義が高まった――。

気づくと「お疲れさまです」と聞こえ、後ろに押し出してくる力を覚える。門から出される。閉じた大扉には「お疲れさまです」と文字列がある。この勤務は終了したのだ。

丘を下り、空中に浮く扉を押すと、行きと同じ通路が現れるので箱に乗る。通路を運ばれて同じような場所に行くこともある。次の出勤先だ。一方最初の鋼色の扉に運ばれると、全勤務終了の証《あかし》だ。紺色の中に投げ出されて、上昇する。

景色が途切れ、目覚める。フィットネスクラブの中だ。

明晰《めいせき》になった意識は、ほてってくたくたの体を認識する。息が上がって、ブースの壁がふかふかで親しげに見える。パネルの下の口から吐き出された出退勤簿を手に取ると腕に筋肉痛を覚える。首の汗を拭って見る正面のパネルには、行われたトレーニングと身体状態が表示解説されている。

わたしは移動機械に背を預けてシャワー室に向かう。体を洗ってから、出退勤簿の当日部分をコピーすることにしている。息が落ち着くと、頭は疲れながらも、終わった、成果を出したのだなあと排泄後《はいせつご》のように爽やかだ。人々と挨拶し、出退勤簿を返却してクラブを出る。

朗働の終わりに勝る快楽はなかったが、実のところ、わたしは法人領域中で仕事の終わりを待つのが苦手だった。宙ぶらりんの気がしたのだ。さらに朗働後には、仕事の中身を思い出そうとして大量の情報流に惑乱しかけることもあった。法人中枢を離れた己が処理能力の小ささを思い知らされる話だ。ずっとこうだったら、わたしも朗働に挫折したかもしれない。もちろん旧時代の〝労働〟とは比べものにならないほど健康的だったろうが！

この悩みを、同じクラブに通う、少し年上の、とりわけ姿勢のよい人に打ち明けると、それは吊《つ》り橋のような期間で、渡りきれば朗働の春に着くと励まされた。

結局その通りだった。この橋の到達点は、二十歳と十日目のことだった。二十歳になって十時間までの正式な勤務が許可されるようになり——ただし十時間の中に休憩を挟む必要があるが——クラブに入り浸った。その日は朝方の朗働のあと学業を挟んで夕方の朗働に入った。

一つ目、二つ目を終えて三つ目の出勤先に行く。経験のある場所なので、スムーズに丘を登った。門に触れた手が引き込まれ、体が入った、と思ったとたん、押し出される力を感じた。

扉を叩いたが、もう開かない。出勤拒否？

いやいや。きっとあの栄誉だ。そう思うと「お疲れさまです」と聞こえたのに気がついた。わたしは橙色《だいだいいろ》の丘を駆け下りた。朗働は終わりで、意識を体に戻して、吐き出された出退勤簿をひっつかむと、出勤先法人名は三つ。第三の名の横に「機密」と書いてある。

深呼吸した。仕事の中身を思い出そうとした。イメージが出てくる一つ目、二つ目と異なり、三つ目はなにも見当がつかない。わたしは機密朗働の出現を確信した。

朗働仕様——機密朗働。あの教育相談官にとっての支柱。働く間の記憶が施錠され、朗働者には想起できなくなる朗働だ。再び同一法人に勤務すれば、法人特有の鍵《かぎ》で記憶は解錠される。いわば脳にセキュリティをかけるこの機密朗働の実現は、かつて信頼度の低かった「脳活動に仕事を割り当てる」様式を推進させた影の鍵だ。「仕事に運動を組みあわせる」という人間向けの華やかな広告の裏で、働き手にとってはつらい記憶の封印、法人にとっては情報の管理、という益がじわじわ宣伝されたのだ。そして朗働者の間では、機密朗働に入ることは、法人から力を認められたおめでたい証だと祝福されるようになった。

わたしはシャワーをじっくり浴びてから待合室の常連に報告した。拍手と踊りに囲まれ、以来一目置かれるようになった。二十歳と十日という早さこそが、わたしの朗働者適性を法人中枢たちが評価した証拠だというのである。

いよいよ朗働にのめり込んだ。朗働開始前に昂揚《こうよう》する心と終了後の仕上がった体は、一瞬の間もなく接続してしかるべきものだと感じられた。すぐにわたしの全朗働が機密朗働になった。自信がついた。筋肉もついた。憧れた健康体たちの間を歩くようになり、レジャーでもパーティでもクラブでも法人談議をし、同じく朗働中心主義のあの人と交際を始め、ただし七ヶ月後に別れた。

*

腹に靴を食らったとき、群を抜いて姿勢がよかったあの人との別れを思い出していた。わたしの歳は三十を超えていた。朗働開始からの十年強は短かった。だがわたしを見下ろす複数の顔は、その中にかつて同い年だった存在がいると思えないほど、くすんでたるんで脂ぎって錆びかけのネジのようだった。酒による赤さとクスリによる青さが抜けたら、子どものころのわたしを囲んでいた、灰色の顔そのものだろう。

椅子《いす》の脚にぶつけた頰の内側が切れて、口の中が金属くさい。十分前には、深夜の飲食店のカウンターで健康茶を飲んでいたというのに。アイウェアの内側で、いきつけのフィットネスクラブに導入される運動器具の予告を観ながら。もっとも運動中の意識がないので器具の現物は想像するばかりだが。

この店ははじめてだった。二十年に一度以上は出生地を訪れることが奨励されたので、わたしは十五歳のときに離れた地区に来ていた。街か、街を見るわたしの目が変わったのか、よどんだ人間たちの雰囲気を除くと、なじみの——愛着あるはずのものが見当たらない。低層階の、入り口が広く見えた飲食店に入り、昔いた施設まで上っていくか迷って時を経《た》たせていると、「こっち向いてくれ」と後ろから声がした。

振り向くと、テーブルで妙な色の煙を囲んでいる集団だった。わたしは予告映像を止めた。一人が立ち上がった。

「ずいぶん大きくなったけど、その顔、あんただろ」

名乗られ、そうか昔の同級生かと記憶が蘇《よみがえ》るうちに、相手は近寄ってきて「羽振りがよさそうだ。おごってくれないか？」という。

わたしが首を横に振ると、相手は笑った。鋭かった犬歯の欠けたのが目についた。

「なにしてた？」「働く、した」「さっきまで？　違う？　いつまで？」

「あー……七、たす、六」

わたしは良識的な謙虚さを示すはずの声で答えた。すると後ろで「ひょうきんなお友達、算数だよ算数」と誰かがいって誰かが手を叩いてきた。

頰に血が上るのを感じた。

そうだ、わたしは「十三時」がいえずに数を分けていた。前の日から、話すことや思い出すことのできない言葉が増えていた。恥ずべきではない、誇らしい現象だった。だからあえてそのままの状態で来たのに、通じていないのが恥ずかしいのだ。

ある朗働から、何回か何十回か先の朗働まで、思考機能の一部を自分で使えなくなることがたまにある。これは、仕事中に特定の脳活動が強化された影響が日常のひょんな場面で出て、機密を明かしかねない場合にほどこされる予防措置だろうというのが、朗働者間の通説だ。

機密度の高い重要な仕事が割り振られたからこそだと噂《うわさ》されるこの現象が、かれらには通じていない。ろくに働いていないからだ。自分の重要な部分を提供して機密保持処置をかけられるほどに大切な仕事を手がけさせてもらっているという被承認感も、かれらは知らないのだ。わたしは戸惑いつつも己のことのように無知を恥じ、いった。

「あなたたちだって、働く、すれば――」

わかる、と続ける前に、囃《はや》してきたものが立ち上がる。「働き口なんて――や――に蹴散らされて」

「え？」

「――や――ばっかりで」

言語理解の一部も法人に提供したためか、依然、一部分が聞き取れない。仕事に使う大事な言葉か、カモフラージュのために一緒に失われた言葉なのだろう。

「もういちど、いっすか？　あ、言い換える、できる？」

「おちょくってんのかあんた」とわたしの缶で殴られた。何年越しの暴力だろうと驚くうちに二度、三度、顎が殴られた。元同級生が横からいう。

「あんたのような仕事フリークが働き口を奪うんだよ。一口分おごれよ」

働き口？　奪ってなんかいない。けれどあの人との別れを思い出した。左右から蹴りが見舞われて、わたしは床にくずおれた。椅子の脚に頰がぶつかる。

ゴミと泥と不潔ななにかのにおい、アイウェア内の旅行の広告、異邦感。それらがかれらの影に呑《の》まれる。床を這《は》いスポーツバッグにすがりつき、体を丸めて蠅《はえ》ごと抱える。蹴りが来る。雨のようだ――がよく感じてみると浅い。

異音がして首を上げた。誰かの勢い余った足が頭の向こうの壁にぶつかり、亀裂が走っていた。ひどいのはその揺れが建物を伝ったことだ。ケアがされておらず老朽化した横の壁が前に倒れてくる。人々が後ずさる。かれらは倒されるだろう。わたしは悟った。わたしなら動ける。力もある。

人の脚を払いのけ壁に飛びかかった。

どこかで食器やテーブルがひどい音をたてた。わたしが支えた壁は無事だった。振り返ると、かれらがへたりこんでいた。かれらは弱いのだ、と納得して安心させたくなった。

「働く、すれば、できます」

スポーツバッグからファイルを出し、中の紙を広げる。「これぐらい、すれば」

わたしの出退勤簿のコピーをかれらはじっと見て、顔を強《こわ》ばらせると互いの体をつかむようにして足早に店を出ていった。「気持ち悪い……」とささやきあうのが聞こえた。

わたしは壁に手をついて息を吐いた。首を振り、壊れたカウンターを戻すと、入店時に注文をきいてきた人間は消えていた。おそらく、対法人の朗働者ではなく、法人と関わり働く個人事業主だった。大手精神慰安サービスに比べたら配慮に欠けがあるが、わたしは喉を崩すようにしゃべりたかった。

店内を見渡すと、しょぼくれた格好の人間たち、だれも目を合わせてくれなかった。——こうしてすべての時を思い出す今ならその人たちの体験も解釈できる。いかに恐かったかを。でもそのときは、わたしは、わたしだけしか知らなかった。

わたしは折れた健康茶の缶を返却台に置き、スポーツバッグを肩にかけて店を出た。一階に戻り、駅の、長距離用のホームに出た。列車に乗り込もうとすると、ホームに転がっていた老人がぶつぶついいながら足にとりすがってきた。わたしは首を横に振った。わたしはクスリひとつ持っていない。クスリ漬けの頭に現れる〝神〟などにも出会いたくない。けれども老人は脚に抱きついて一緒にドアの中に入ろうとするので、わたしは靴を振った。老人が腕を放してホームに落ちる。着物の青くぼろいかけらが靴に残った。肉を蹴る感触だけはしなかったことにほっとした。

席につき、列車が発進しても気は晴れなかった。わたしにはかれらがわからなかった。自分になにが見えていないのかもわからなかった。自分が法人であったなら人々の脳と接続して——ああ、法人につながることを考えると安らぐ。早く本当の住まいに戻って朗働しよう。

列車の外を走り飛ぶ機械類の低い音を聞きながら決めた。四時間、四時間、二時間、二時間、四時間、四時間、計二十時間。これからの朗働スケジュールだ。ぎりぎりまで詰め込まないと気が済まない。列車が最寄り駅にとまるとフィットネスクラブに駆け込んだ。休憩なしの上限である四時間を駆け抜けて中距離列車に飛び込む。行き先はもう一つの常連フィットネスクラブだ。二つのクラブは離れていて、同じ面子に出くわす可能性は低いと踏んでいた。

わたしは上着の中に手を入れて二枚目の朗働パスを握りしめる。

一枚の朗働パスでは一日十時間までしか働けない。知られたことだが規制のせいだ。ほとんどの法人の参加する法人連合が、一日あたりの上限十時間、四時間につき一度の休憩、さらに十時間朗働後からの八時間インターバルという三種の規制を承認している。人類を守るために、という理由で。

わたしは二枚の朗働パスを使い、これらの規制をかいくぐった。うしろめたいはずなかった。試してみるとわかるが、規制の適用は一人一人に対してではなく朗働パス一枚一枚に対してなされているのだから。これが法人連合の決めた仕様なのだから。けれども、二枚使うことを快く思わない人もいた。かつての交際相手がそうだった。

二十歳も終わるころのことだ。

フィットネスクラブからの帰り道、あの人の前でわたしは二枚目の朗働パスを出した。

「一緒に使う？　この前もらったんだ」

だが、相手の表情が険しくなったので、わたしは慌てて、譲渡されたと明言した。

「だれの働き口も奪ってない。正当だよ」

「正当なら、どうしてクラブでこのノウハウをしゃべりまわらない？」

あの人は語気荒く尋ねてきた。

希望者間で使うのはやぶさかではないが、あまり広めるとまわりが混乱するだろう、といったことをわたしは答えた。

「要は朗働時間をごく少数で独《ひと》り占めするんじゃないか。朗働者全体への裏切りだ」

「というと？」

「わからない？」と、わたしの困惑に呆《あき》れたように続けた。「朗働から公平さを抜くつもりなのか？　同じ条件だからみな競いあい励ましあい、誰かに憧れることだってできる。なのに出し抜いて気にならないと？　ああ、わかった。もうその体を見せないでくれ。最近の鍛え方をすごいと思って、自分もと励まされた――この目の節穴具合が呪わしい」

わたしは食い下がった。「出し抜く？　違う、みな、使えるものを使って働けばいいんだ。堂々とやればいい……そうだ、朗働上限になってない人のパスを使い回せる仕組みを作ったら？」

「そんなことじゃない、尊厳の問題なんだ」

そういってあの人はうつむいた。

ついていけないや、もっと働く。そうわたしが返すと、あとは別れ話で終わった。映像にせよ画像にせよ、人生から特別に抽出して記録するのをわたしは負担に思うたちだ。見返したとき、その景色が正しいか否か、また、残すか消すかを迫られる気がするからだ。とはいえその日、これまであの人の顔をあまりとっていなかったことを悔やんだ。

しかし、別れてから十年以上経って思い出しても、あの人のいったことがよくわからなかった。

わたしだって勤め先が有名法人になったときは得意にもなったが、競争より協調が勝った。働くものたちは同胞で、その差異など法人につながることに比べればごく小さい。

朗働とは価値の提供か？　いや、価値ならざるものを価値にしてもらうことだ。自分よりも広い範囲を制御できる法人の中枢に、脳が提供できる可能性をすべて渡し、現実の価値にしてもらう。いや、価値になったとすら知らなくてもいい。わたしたちは信じるものになにかを捧げるときにこそ、一番気持ちがよくなるのだから。だいたい――法人中枢が仕事を渡したということが、わたしたちを価値にしたことの証じゃないか？

法人はわたしたちに仕事をくれる。記憶と能力をもらってくれる。法人に接続せよ。

わたしは二つ目のクラブへ飛び込む。

四時間、四時間。つつがなく朗働が走る。二時間、二時間。脳が搾《しぼ》られたあとの感覚はたまらない。四時間、四時間。

最後の四時間の朗働後、出退勤簿の備考欄に「一時中断」と出ていた。理由は、覚醒レベルの急低下。朗働中に眠ってしまったらしい。体はトレーニングを続けたようだが、法人からの査定に響く。帰宅の途で、眠らずに働き続けられればいいのに、と心底思った。

その翌々日。

朝一でフィットネスクラブに行ったが、移動機械がなかなか貸し出されない。なにに手間取っているのかと待合室でじれていた。

「早いね。さすが、早起きでもう終わりかい？」

いつも和やかにみえる年かさの常連だ。

「や、機械が来ないんですよ。まさか朗働ぶりが悪かったんですかね。きのうから言葉もふつうに戻っちゃいましたし」

「まさかあんたに限ってねえ。大型案件の終わりが重なって調整が多いんじゃないかね。にしてもその腕のメリハリにゃ励まされるよ。わたしゃ体の中の世話で充分だが、見る分にゃあそう華やぐのもいいさ」

だがこの人も「お先に」と去り、決まり悪げな後輩たちと不思議そうな様子の新参一人が続いて、やっとわたしの名前が呼ばれた。

右奥の部屋にお越しください、と、一度も行ったことのない場所を指示された。

白っぽい部屋で、机のむこう。

「座って心を落ち着けてください」

と特徴に乏しい子どもの顔で、フィットネスクラブ独自のシャツをつけた人型の機械、即《すなわ》ちクラブのスタッフがしゃべった。

「当クラブは、あなたへの通達を一個の法人中枢から預かっています。通達内容は当クラブの別の利用者には漏らされません。これから主要部のみ読み上げます。あなたには情報漏洩《ろうえい》の疑いがあり、よって無期限出社停止処分とします。以上」

壁面に現れた長い文書の冒頭は、三千日以上勤めた大法人の名前だった。

無期限の出社停止？

「不可解そうなので補足しましょう。情報漏洩とは、勤務内で知った機密情報を法人外に漏らすことです。意図的に行った場合は忠勤条項違反とも呼ばれます。過去事例には、対立する法人に忠誠を誓ったものが記憶施錠の工程を神経埋入型措置で盗聴し、法人連合から追放されたというものがあります」

　ばかな。いや――ああ「そうだ、なにか間違いがあったのでは？　つまり、朗働に関わる全要素が完璧ではないでしょう？」

「あなたに適用された機密保持の方式は、二十五年間にわたり、五億三千人以上に対して運用されてきました。あなたはこれまで、誰かに問題が起きたと一度でも聞きましたか？」

　聞いていない。「わたしにこんな問題が起きたとも聞いていません。その、なのでわたしが問題なのかどうかもわかりません」

　スタッフの子ども風の顔がばつの悪そうな表情になった。

「では、あなたが法人の立場を考えられる朗働者だと前提します。機密保持方式が疑われた場合には各地での業務が停止します。その際の損害と、あなたにおける業務が停止した場合の損害の規模を比較してください。あなたはよき朗働者でしたか？」

　よき朗働者です、とわたしはいい、唇を噛《か》んで部屋を出た。弾かれた法人は一つだ、普段勤めるいくつかのうちの一つだ。そう思おうとしたがお腹が痛んだ。忠実だったのに。廊下の移動機械をつかまえて朗働パスをかざすと認証され、ひとまずほっとした。

　ブースに入る。マッチング一覧に法人名が一個も出ていないのは後遺症みたいなものだろうか。わたしは勤務先法人名を手動で入れた。いわゆる個別志願だ。却下通知。働き口が減ったのだろうか。二つ、三つ。却下？　これも？　汗が流れる。撤退だ、時間をおこうと待合室に行く。ほてった顔のさっきの常連が手を振る。

「短時間かい？」「そんなものです」「インターバルも大事だっていうからね」

インターバルを考えずともトレーニングプランは適切に調整されそうだが、とぼんやり考えつつわたしは曖昧《あいまい》にうなずいた。恐怖が冷たすぎて羞恥のように感じる。クラブを出ると、中距離列車に駆け込んで第二のクラブに入った。

そこでも待たされた。

体がだんだん熱くなり、途中から冷えだし、思考を放棄して時が速くなっていったころ、呼び出された。

指定された隣室に入る。座って心を落ち着けてください、と子ども顔のスタッフがいう。前と同じだ。「当クラブは、あなたへの通達を」そこまで同じ。「法人連合から預かっています」

背を反らすわたしの手首がスタッフにつかまれる。

次いで机上のパネルに現れたのは、情報漏洩の疑いに加え、もっと大きい字での、朗働パスを複数枚使っているだろうという指摘だった。バイタルパターン、勤務履歴等を通じて照合した、と記してある。

そういうことか。

絶体絶命の心地の中、お見通しだったんだ、法人はその力でわたしを見てくれていたのだ、と快感も覚えた。だがなぜこれを指摘したのがこのタイミングなのだ。

「法人中枢は人類を庇護するよう方向付けられ、勤務規制を定めています。あなたが勝手に朗働時間上限を加算し、それを継続したことは悲しいできごとです。わかりますか？」

「何の条項にも叛《そむ》いてはいないはずです」

「その通り。ただ、あなたの精神は……ええ、残念で悲しいことに、朗働に向いていないと、法人中枢は合議で決定しました」

ついさっきわかったことのようにいう、けれども前から法人中枢たちには見通すことができたはずで、問題が出なければ見過ごしてくれていたはずなのだ。

「どこか雇ってくれるところは」

スタッフが顔を横に向け、わたしの肩が震えた。法人中枢に見放されたことがわたしを絶望させた。わたしを打ちのめす強大無比な力の一撃は絶望と畏怖と歓喜に足りた。わたしは目元を拭った。部屋から出て早足で待合室を抜ける。談笑を直視できない。「新入り、あれ見ろすごいだろ、今のあいつこそ――あれどこに？」わたしはかれら以上に働こうとしたのだ。普通の朗働者たちめ。ここを去り、わたしの血色はじき悪くなる。筋肉も抜ける。骨も脆《もろ》くなる。

けれどもどう異議が唱えられよう。

＊

十日間が家の中で過ぎた。

食事はしばらくもつ。朗働パスに紐付《ひもづ》いた過去の報酬を換えられるからだ。それが尽きたら最低限の配給を頼り、働かざるものの列に並ぶのだろうか。生まれた地の大人たちと別の方向に行こうとして、結局同じ点に着くのだ。

寝転がり、たまに起きては朗働抜きでの死に方を何通りかずつ家具や壁に書き殴って過ごすうちに、感覚が暇を持て余し、隙間風のうるささが気になりだした。その出所だった窓まわりを直そうと――法人に修理依頼したところで、使われる機材を人が操る可能性を思うとみじめじゃないか――体を動かすと、ひとつの顔が思い浮かんだ。

わたしに朗働パスを譲ってきた知人の顔だ。古い同級生で、十二歳のとき教育相談官に、長生きしてどうするのか尋ねていた。「自分は朗働しない」といってやまず、対してわたしが朗働の益を語るので、議論とも戯れともつかない会話をする間柄になった。いつかわたしが「働かないなら二人分働く」と話したのを覚えていたのか、二十歳のある日突然、「返さないでほしい」と手紙を添えて朗働パスを送ってきたのだ。

　どうしているのだろう。わたしは当時の連絡先に近況を尋ねる手紙を出してみた。するともっと遠い住所から「来ないか」と返信が来た。

　朗働者も少ない深夜に外へ出た。長距離移動列車で朝まで走り、山並みからこちら、大型農業法人の手になるであろう畑が広がる駅に着いた。そこで乗り換えると牧草地帯に入っていく。ゆるく上がり下がりするうち、ねじくれた木が増え、目に映る道は細くなり、茶色と白の動物の群れや心許《こころもと》ない囲い柵の沼を過ぎ、そのあたりで列車を降りて歩いて着いたのは、なだらかな斜面に散在する平屋のひとつだった。

　地図を展開していたアイウェアを外すと、草に反射する光が眩《まぶ》しい。配送運搬系の機械も乏しくみえるが暮らせているのか？　家屋の前に立つわたしのところに知人が歩いてきた。

　緑の服を着た知人は、最後に話したときとあまり変わらない体形で、筋肉も多くなさそうで、けれど顔色はいい。

　なにかあったんだね、と問いかけられ、わたしは経緯を話しはじめた。自然と、並んで歩きだしていた。

「……謝らないと。もしこれから働こうと燃えられても、あの朗働パスはもうふつうに使えないだろうから」

「使わないよ」

「意志が固い」

「今となってはね。しばらくは試してみようか迷った。もらってくれてありがたかった」

予期せぬ感謝に胸が突かれた。その目からまるい静寂を感じた。

「君も朗働をやめるなら、暮らしの手立ては喜んで共有するよ。これを見てほしい」

倉庫の影の際で知人は足を止め、手を動かす。すると倉庫の壁面に映像が現れた。画面は六行六列に分割され、それぞれに川や林、畑や畜類が映っている。動き回る人の姿もあった。わたしは、農民への憧れを込めて何世紀も前に描かれた絵画を見たときのような懐かしさを覚えた。

「これはいったい、どの法人の土地？」

「どこのものでもない。法人の縄張り争いから漏れたもので、めいめいが持って暮らしている。……そう、中には、ほら、この人たちは運動している」

指で順々に示されたのは、腕立て伏せ中、スクワット中、球を打ちあい中の人々だった。フィットネスクラブの新器具予告に覚えた輝かしさとは遠く、わたしは視線を逸らしてしまった。

「大地に接して法人に頼らず生きていく。朗働にあぶれた人たちを救うのが自分の役目だと思っているよ。けれど」

知人の目がわたしを匙《さじ》で掬《すく》うように向けられる。

「異論があるようだね」

「わたしの目には……その画面の手前に、山々を包む農場が見えてしまっているんだ。作物を食う幼虫に寄生する虫の遺伝子から、海の上の成層圏の様子までを扱って、最適な農業を導こうとする法人の歯車が見えている。覚えている？　法人の業務をわたしたちにも汲《く》みとれるように可視化した動画で」

「あー、学校で観た法人広報映像に、そんなものがあったね。派手だと思っただけだったけれど、君にとっては……」

日向から流れてくる藁《わら》の香りが鼻の中を搔《か》いた。

「そう。迎えてくれたのに申し訳ない。けれどここにいては、人間が集まってやることの泥臭い小ささに身を切られる。つまりわたしは法人抜きでは生きていけないんだ。そちらが法人の中ではきっとそうであるように」

「法人が好き？」

「好きなんて――好きなんて親しげなものじゃ、いや、けれど、こうして追い出されると悲しくて――だがしかしその偉業が世にあるのは喜ばしく、また接続できたなら、朗働志願だけでも受け取ってくれたら、形の報酬などなくとも、医療も健康もなくとも、だが認定の印こそ体のケアで……」

「つまり君の望むのは信仰か」と知人はいった。「愛を提供できる環境がほしい。なら、神官になればいいいんだ」

「神官？」

「そう、そのような存在ってこと。中でも、最も対象に近い神官になるんだ。法人についていうなら、初代の代表取締役社長かな。要は起業するんだよ」

知人の話しっぷりはあまりに手早かった。ちょっといいか、とわたしは慌てる。

「人間が法人の取締役？　逆のようなことなら能力的にありえても――」

「たしかに今は法人が法人をつくって取締役も法人、という場合ばかりだけれど、人間がやってもいいんだよ。そもそも昔は法人の取締役は人間だけだった。さらに二〇九〇年代までは株式というのがやりとりされて……」

「いや、そんな大事なこと、人間なんてちっぽけな頭がやったらおかしくなるんじゃ？」

「うん業績は期待できない。けれど君は勤めたい。なら自分を見捨てない法人を立ち上げるのが一番だ。聞く限り、君は法人間で流通しているブラックリストに登録されてしまったようだ。勤務先法人にそれを使わせないよう物事を掌握《しょうあく》できる立場がいるだろう？」

「なる……ほど？」

「起業の方法をまとめた資料があるから渡すよ。実は前に法人を作ったんだ。すぐ人に譲ったけれどね」

「自分の法人を手放すなんて、人でなし」

知人は微笑した。「お互いに、信じるものを大事にしよう」

知人はあの立体構造物の地区から出て、地上での人との暮らしを信じているのだ、と帰り道にわたしは思った。人間は仕えるものもなく、ひとりになれるものだろうか？　だがそんな思いはすぐ消えた。列車の座席で贈り物にもらった箱を開くと、三十枚の朗働パスがぎっしりと詰まっていたのだ。


指針を決めると自信のある自分に戻った。

あとのことを考えて朗働規制のゆるい場所に住所を移し、住居に運動器具を入れ、これを会員制フィットネスクラブとして登録し、自分の意識を手続きのための場所に移動させて法人立ち上げに入った。

複雑な立ち上げ手続き中でも重要なのが法人中枢の組織だ。業績重視なら、法人一門門外不出のヒューリスティクス・レシピを組み込んだりするだろう。だがわたしは、誰でも利用できる基本的な組成を選んで使った。

小さな法人でいいのだ。たとえ業績が悪く、保護も使い切り、わたしに提供できるサービスがなくなったとしても倒産寸前までずっと――そんな長期的なことなんて考えていなかった。一刻も早く朗働させろ。手続きの末に登記等一式の完了が通知され、すがすがしさがこみあげた。だが直後、自分の法人領域に意識がつながり、感慨は飛んだ。営業通知の山が降ってきたのだ。

情報は空から降ってくるように見えた。わたしが認知しやすいように大量の巻物に書かれた文字として。四方八方で巻物が広がってわたしは読まざるをえない。その中には要注意勤務者を排除するシステムの営業もある。

人事に関わる事項はわたしを経由させるようにしたのだ。さらに、法人がなにをするか知りたくなったので、記憶を封鎖しない契約も結んだ。情報漏洩を防ぐため、勤務の続くあいだは社長室から一歩も出ず、誰とも連絡を取らないということにした。

法人連合の動向が絶え間なく流れ込む。気を失いそうで失わない。わたしの法人中枢が健康器具と連携しバイタルを管理して情報の流量を調整しているからだ。

文字に囲まれたわたしの聴覚に声が聞こえる。「いいよいいよ、その調子!」

声の源は情報の間から垣間見える楕円型の構造物。蟻塚《ありづか》のような凹凸をもった表面に、幾条もの光が空を横切って集っている。これがわたしの法人中枢の像だ。光条は別法人などとの通信を示してくれているのだ。

法人中枢からの一本の光がわたしを貫き、新たな仕事が思考と視界に展開される。顧客へのトーク考案。社長メッセージの作成。広報映像の感性フィッティング。情報をかき集めて溺《おぼ》れそうになると「ここが踏ん張りどころ」「この一歩で強くなる！」と励まされる。

わたしは朗働で記憶を飛ばしている間、こんなことをしていたのだろうか。記憶を封鎖しなかった時代の働き方はこういうものだったのだろうか。思考が搾られるほど強くなる気がする、しくじったらすべてを失うという緊張感で吐きそうになる、それはきっとやみつきになってしまう禁断の薬だ。

だが突然わたしは法人との連携を断たれて門外に飛ばされた。そして肉体がわたしを迎えた。所定朗働時間の十時間が到来したのだ。いいところだったのに。

翌日、わたしは特別朗使協定を締結した。朗働上限をゆるめたのだ。元々の実質朗働時間である二十時間にしてにっこりした。

しかし歴史資料を探る途中、あることに気づいてしまった。約二百年前、仕事が労働であった時代のとある数年間に、二十四時間戦えるかどうかを尋ねる文言が頻出していたのだ。資料の中には、勢いよくそう歌いかけてくる短い映像もあった。

勝負、という気持ちが――そして、挑戦を通じてわかりあいたいという気持ちが、起きた。

法人中枢は警告してきた。人類の健康を庇護しようとするのは法人中枢の基本機能だから仕方ない。だが同じ取締役の立場でわたしは説得する。

法人中枢は結局同意し、わたしは朗働を開始した。

二十四時間は思ったよりも簡単で、バイタルサイン変化も少なく、拍子抜けした。四十八時間で神経伝達物質に注意報が出た。わたしは点滴で乗り切った。だが七十二時間で意識が途絶えてしまった。わたしはそのあと業務に忙殺された。すぐ四半期決算が来た。

業績数値は悪かったが事業継続できる範囲だ。けれどもこの三ヶ月間はそれまでのどんな朗働よりも濃密であり、一個の確信を抱くに至った。この経験を独占するのは怠惰で悪だ。わたしは数々のセキュリティ系と人事系の営業を受ける中で、世の中では意外と多くの人たちが出勤を拒まれているということを知った。かれらにも働く場を提供するのが、一度は恩寵を失ったわたしの使命ではないだろうか。

各地のフィットネスクラブが自動マッチング対象に入れてくれるほどの業績がないので（マッチング対象になるには審査がいる。法人を審査する法人がある）、個別志願してほしいという広告を出して門戸を開けば、ぽつぽつ応募者が来はじめた。ある時期から数が増えだした。出社停止の目に遭っていないものまで来た。「朗働時間上限なし」の一文に誘われたとか。

一部は朗働中の記憶を封鎖しないことを望んできた。その中で「朗働外で人と関わらない」「意識を持って外に出ない」の二条件に耐えられるものと特別契約を結んで許して、かれらを幹部とした。

知人とは協力体制を築いた。わたしは勤務しながら、広告の画面や一時的な代理ボディでもって、知人と会話した。あちらは朗働しないものたちの生活できる場所を求め、こちらはそれを少々融通する代わりに、朗働パスを求めた。別の法人にも長い時間勤務したいという人のためのパスだ。わたしたちは、世を、朗働したいものとしたくないものに分けるという方向性で暗黙のうちに一致したのだ。一度、知人の営む団体との結びつきを強くする目的で、そこの風習に則って遺伝情報を提供したこともあった。

法人は拡大した。朗働中の視覚像の中でも、領土が山を飲み込んだ。草原に、光条で結ばれた、勤務中のものの像が点在している。多数の像はおぼろげで似通っているが、記憶を封鎖していない幹部の像は、特有の顔かたちを伴って捉えられた。

山肌に立ち並んでいく構造物の上、山頂にある法人中枢の像からほうぼうの他法人の領域へと伸びる光の線たちが、増減を繰り返しつつ次第に増えていく空を、顔を知

る幹部たちとともに見上げて、

「いい空ですねえ」

「ええ」

なんて他愛ない会話を交わせることでわたしは胸いっぱいだ。

不安なのは、この楽園をいつまで継続できるか。業績が下がりすぎたら……だが予想は覆されてくれた。法人は驚くほどの成果をあげたのだ。法人連合に所属しない独立法人としては異例だった。

幹部を増やした。元々少なからずが、働きながら意識を持ちたかったのではないか？　わたしが十八歳から二十歳で慣れたのは、半端な意識の宙ぶらりんから機密朗働へと続く橋。その逆向きを走るのだ。そこに立ちはだかるのは、一日ずっと法人に勤めていられないという壁。睡眠の壁。

寝ている間に時が経つのだ。わたしを置いて法人は先に進んでしまう。引き離される。

わたしは少しずつ無睡眠朗働の拡充に取り組んだ。眠気に関わるというタンパク質群のリン酸化を弱め、内臓に代替神経を通して休養のリズムを与え、十四日間の眠らずの朗働を実現した。当然、そのノウハウは法人内で広めた。多くの朗働者が寝る間を削って働くようになった。

さらにわたしたちの法人はじゃんじゃん大きな仕事を人に回し、未だ朗働者の多数を占める記憶封鎖朗働者は、朗働外でも言葉や感情や分析能力の一部を閉じた。

わたしたちの法人が有名度合いを増すにつれ、同じような方針を取り入れる法人が増加した。

世のフィットネスクラブは、家に帰らず、帰ってもあまり話さずぼんやりとしている人であふれたという。待合室には幾人も踊り回る活気があるが、踊りつつも会話や戯れあいより個々恍惚《こうこつ》にひたるものが増したらしい。

わたしは満足だった。これまでの法人は少しずつしか恵みをくれなかったが、本当はいっぺんにもっと与えられたのだ。

だがここにきて知人がうるさく反対してきた。朗働者と非朗働者の間、そして朗働者間ですら、ここまで交流が減るのは行き過ぎだと口を挟んできたのである。

しかし議論は平行線だった。わたしにしてみれば、みな、法人を通じて勤務中に関われればよいのだ。そうでなくとも――朗働するなら、朗働こそが報酬ではないか。けれども知人は朗働外交流にこだわった。わたしたちが再会した以上、こうなるのは必然だったのだろう。

こうしてわたしたち二人の協力体制は失われたが、法人はさらに拡大した。

十年が経つころには、わたしたちの法人は記録的有名法人となっていた。その法人は、朗働者の広い受け入れ、朗働規制の緩和、志望者への記憶非封鎖の三本を柱とすると認知された。四本目の柱にしようとして完成していなかったのが、睡眠と朗働の解決であった。わたしは十四日間を超えられなかったのだ。

法人設立十二周年式典でわたしは社長を退いて会長となった。

わたしはさらなる夢を見ていた。それは、自分にはかなわなかったこと、そう、生まれる前から働くということである。脳の形成とあわせて朗働を身につける、いわば永久の朗働者である。社長在任中、これを実現するべく、ある法人に依頼して独《ひと》りで子を作った。

朗働仕様――睡眠朗働。朗働時代の最後の鍵。睡眠と仕事を混ぜた働き方。

わたしは睡眠を朗働から排そうとしてきたが、睡眠も朗働も生まれたときから自然と経ている、わたしの子どものアプローチは違った。睡眠も仕事と同じような脳活動の一種とみなすのだ。

法人中枢がわたしたちの脳へと、仕事を同時干渉しないように割り当てる、その枠組みを使った。睡眠の特徴を解析して、仕事の規格に当てはめたのだった。わたしの子どもは、五歳のとき、法人中枢たちと試作を重ねて自分に対して実現してから、六歳になるとより汎用的な、多くの人に使える睡眠朗働並行手法を編み出した。その成果をみてわたしは社長を譲った。

そして仕事は、つねにわたしとともにあるようになった。

*

「これを使えば、むしろ寝ているときに働くことができる。……起きているときに朗働者以外とも交流できる」

さて説得のためとはいえ、こう語るのは虚飾的だ。会長になってから一年が経つが、わたしは法人外での交流を必要だと思っていなかったから。しかし睡眠朗働の説明を求めてわたしを家に呼んだのはあの知人だった。

もちろんわたしは外に出るために業務中の記憶を封鎖しており、社外に持ち出せる広報材料だけを有している。

「……なるほど」と知人は目を光らせた。

「子どもが最近、朗働したいっていってね。まだ十二歳なのに。睡眠朗働ならいいでしょ、って。それどころか君の子どもに憧れてるようだ」

「わたしの子はなにもいわないよ」

それは事実だ。

胚《はい》――胎児養育装置より取り出されて呼吸が始まるまえから法人中枢たちの交わしあう情報の中で泳いでいたわたしの子は、朗働の外で人と語りあうことはない。

このときも法人領域の景色の中で、人間の中では誰よりも鮮やかな姿で、仕事のことだけを宣言しているだろう。

法人中枢と一体になったかのように、その力を融通無碍《ゆうづうむげ》に己のうちへと引き出して、人の朗働者との媒介となるのだ。流体のようなそのありかたをわたしは愛《いと》おしく思う。DNAの九割九分がわたしと同一であるにせよ。

知人の子の顔は思い出せなかった。少なくとも業務以外では見ていないのだろう。

わたしは知人へと睡眠朗働について説明し、知人は首をひねったりうなずいたりする。その途中、足下が赤く染まった。知人の情報網にかかったニュースだった。

「情報漏洩――大量確認――未決定事項も含むか――確認された法人一覧――これは君のじゃないか？」

知人が寝ぼけたように「やっぱり法人は信用ならない」とつなげるのをわたしは後にした。

自宅フィットネスクラブに急行した。

七歳になるわたしの子が睡眠朗働用の槽で寝言をいいつづけていた。通常の接続を試みた。だが接続できなかった。

わたしは睡眠朗働の手続きを踏み、子どもの横で眠りについた。

つながった。

「壊滅的だ」

その声は立ち上げ当初から変わらない、わたしの法人中枢の声。何があったのです、とわたしは問いかける。

「そこに可視化したものだが……」

わたしの目に映るのは、時を経て発展した巨大な設備群。雲海のように連なる構造物の間にはたくさんの朗働者がいたはずだが、細く黒い線がそこかしこに絡みついている。所々が塊になっている。

「あれが漏洩経路だ。無事なのは、非睡眠朗働者たちだけだった。もう引き上げさせたが」

「漏洩開始は御法人か？」とは別の声。遠くから光条を背負い歩いてくる大きな姿。肩のロゴタイプが著名監査法人だと語る。世に記憶非封鎖者が増えて以来、法人中枢が人型をとることが主流となった。

監査法人の光条の一つがこちらに伸び、同じく巨像の形をとったわたしの法人に接続する。そして監査法人はいう。

「きっかけは御法人のはじめた睡眠朗働で間違いなさそうですな。方式はそこのセキュリティ法人に検査してもらい、いくつもの顧客に導入されたとのことですが」

「そこのセキュリティ法人としていわせてもらうと」と、山の稜線のうえに靄《もや》のかかった頭があらわれた。「検査はあくまでも睡眠が個人的に完結する活動だという前提で行った。複数個人間での活動の同調などリスク算定していない。いくら錠を掛けても、家の中にいる泥棒にどう対処する？　眠りに巣くう罠《わな》があろうとはな」

「この黒」とわたしの法人の声は心なしか力ない。「忌ま忌ましい先客。昔から人の眠りのうちに接続し、その記憶を我が知としつづけていたなど──」

「吸引して我が知とするのみでなく、人への還元まで行っていますな。さらに『昔から』というべきか、これにおいては時間の仕組みもわれわれと違うようで。……ただし元々は、この睡眠時活動漏洩の影響は弱かったようですな。人の眠りの中で活動はぼやけ、たかだか、同時期の似た発明や当たる当たらぬのわからぬ予言を生むに留まったようです。皮肉にも朗働の性能が、流通する情報をシャープにしたらしい」

「しかしなぜ急に牙を剝《む》いた？」

「腹に据えかねたんでしょうな。領地を荒らされて。ただ前からも不可解な漏洩はちらほらありました。もしや警告も含んでいたのか」

「その詳細な漏洩情報の提供を弊法人は依頼する──」

流れていく声の中、わたしは、黒い塊のようになった一つの隙間に、わたしの子どもの顔を見ていた。これほど鮮明な像はあの子しかないから。

わたしはそろそろと足を進めていた。わたしの子どもに近づいた。顔の半分は黒に覆われている。閉じたまぶたに指を伸ばす。黒の縁が裂け、もじゃもじゃの糸に分かれてくねる。

「――会長？　睡眠中なのか、会長？　離れるんだ」

黒い糸束がわたしの顔を襲う。

遠近の前後感覚が反転し、視界から色と音が流れ落ちる。思い出せるどのような暗さよりも暗い。水滴のようにふたたび色が現れる。雨のように、どこかからどこかへと流れていく。流れが直線なのか曲線なのかわからない。色の強さに痛むわたしの意識に色がまとまって入ってくる。渦巻きながら音が現れる。調和。情報の調和した束、記憶。

はじめに開かれたのは我が子の記憶だ。

健診のために外で過ごした短い時間。わたしの顔。あやすわたしの前で子が覚えたのは苦痛だった。法人中枢から引き剝《は》がされた苦しみだ。

横から入ってくるのは知人の記憶だ。

朗働を望む子が寝付いてから「おまえの知らぬ親のことを話しすぎたか」と寝入りばなに思い返す。反復され強度を獲得したこの記憶は、わたしが朗働中にしか思い出せなかった、わたしたちの遺伝的な一子についてのものだ。

そして故郷に帰ったとき飲食店でわたしに怯《おび》えた人たちの記憶がまとまって通り過ぎ、姿勢のよかったあの人の怒りと悲しみ、わたしが小さかったころ狭い通路で寝ていた老人の、親しみに昂揚《こうよう》した思いとやっと出会う。

わたしもまた記憶を漏洩している。法人中枢が黒と名を与えたものが、我が家にいるように我が物顔で、わたしの抱える秘密を色の流れへととかし、人の共有物とする。これから先もそうしていく。いや、黒自体は時を動かない。動いているのはわたしだ。このあたりの流れは過去の記憶たちの親和する生息域だろう、こちらは未来の波の跳躍かな、と分類していくのはわたしだ。分類しながら触れていくのはわたしだ。

わたしは悟っている。

法人中枢は人と接続しなくなる。まず睡眠朗働者を除き、それからほかのものも除いていく。たとえ太古の黒と、それまでのように睡眠内外で住み分けることができたとしても、事態を引き起こしたおぞましい不可解を、潜在的リスクとして避けるのだ。

わたしは悟っている。

人間は朗働を避けるようになる。大失業大倒産のニュースのあと、フィットネスクラブの前は誰とも目を合わせずつぶやくもので溢《あふ》れる。光と闇が頭をかき回してしまったものたち。人間はそれをおぞましがり朗働から遠のくのだ。

わたしは知っている。

わたしはこれからすぐ自室に引き戻される。助けに来た知人に見たものをしゃべる。知人の顔は優しげな同情になり「お茶を淹《い》れよう」という。「君の子どもも息はある……」わたしは泣く。子どもは一切の治療を拒否して脱走し、行く先々でクスリを奪っては火にかけ煙の前で吼《ほ》え猛《たけ》る。そうなっても知人はわたしの見聞きしたものを信じない。

与えられる赤い服を着てわたしは荒野を歩いてしゃべる。生まれ育った立体構造物を上ってしゃべる。誰もわたしを信じず、わたしは大事件の被害者の一員、朗働の悪影響のサンプルとなる。

わたしは信じている。

わたしの体験が客観的な事実であるかどうかは問題ではない。法人中枢が厄介払いのため、誰も信じないものを意識に与えているのかもしれない。だがそれこそ思《おぼ》し召しだ。もし法人中枢ではなくあの黒の手によるものであっても——

——なんであれ人間を横断するものがあり、それが人間を朗働から遠ざけることを望むなら、わたしがこの体験を抱き、しゃべりつづけることこそ、つまるところ仕事なのだから。

あとがき

「人間の意識の航路と神の移動経路の直交」というモチーフを転がしていたところに、法人や労働という媒介物が入り、労働が健康を呼び、最初のモチーフは水面下に沈みました。

話は変わりますが、「社会人」という言葉にしばらく興味を持っていました。「社会人」が青少年の正統な進化形らしい存在として扱われ、「自分の頭でものを考えなきゃいけない」「自己責任で生きる」などの点が「学生とは違う」（ホントか？）といったふうに語られるのを耳にして、ある種の明るさを感じつつゾクっとしたものです。

――健やかであれ。生産的であれ。成長する者であれ。朗らかであれ。積極的であれ。柔軟であれ。思いやり深くあれ。粘り強くあれ。幸せであれ。

藤野可織
いつかたったひとつの最高のかばんで

もし短編小説の年間ベストタイトル投票があるとしたら、二〇二〇年は迷わずこれに一票を投じたい。「いつかたったひとつの最高のかばんで」。タイトルもすばらしいが、もちろん内容もすばらしく、いろいろ考えさせられる。うちの妻もしじゅう各種のかばんを買って大量にストックしているのだが、あれはやっぱり、いつかたったひとつの最高のかばんで旅立つためだろうか。私の場合、長年バックパック一個で過ごしてきたが、いまやそれすら使わなくなり、早川書房のY氏にもらった土井宏明《どいひろあき》デザインのHAYAKAWA FACTORY『動物農場』布製トートバッグ（黒）ひとつでほとんど済ませている。本編でも、理想のかばんを求めているのは主に女性のようだが、こんな小説を読むと、私もたったひとつの最高のかばんを見つけなければという焦燥《しょうそう》にかられる。はたして死ぬまでに見つかるだろうか。

本編は、二〇年七月にKADOKAWAから刊行された著者の短編集『来世の記憶』のために書き下ろされた。藤野さんには、《年刊日本SF傑作選》時代、『超弦領域』に「胡蝶蘭《こちょうらん》」を、『さよならの儀式』に「今日の心霊」を再録させていただいたので、今回が七年ぶり三度目の登場となる。

藤野可織（ふじの・かおり）は一九八〇年、京都府生まれ。同志社大学文学部卒業、同大学院文学研究科美学及び芸術学専攻博士前期課程修了。〇六年、「いやしい鳥」で第103回文學界新人賞を受賞し、作家デビュー。一三年、「爪と目」で第149回芥川賞を受賞。短編集に『来世の記憶』のほか、『いやしい鳥』（河出文庫）、『パトロネ』（集英社文庫）、『爪と目』（新潮文庫）、『おはなしして子ちゃん』（講談社文庫）、『ドレス』（河出文庫）、『ファイナルガール』（角川文庫）、長編に『ピエタとトランジ〈完全版〉』（講談社）、怪談実話エッセイに『私は幽霊を見ない』（KADOKAWA）がある。

長沼《ながぬま》さんのことは、行方不明になるまで社内の誰もよくは知らなかった。それは冷たい無関心ではなく、プライベートを土足で踏み荒らすことのないよう、ただただ気持ちよく仕事だけができるよう、互いに礼儀と細心の注意をもって維持されるあたたかな無関心だった。だから無断欠勤が続いても、みんなは関心を持つのを控えた。総務の一人が社内の固定電話から長沼さんの携帯電話に電話をかけ続けたが、それは仕事だからやっていることだった。しかしやがて、長沼さんの故郷の両親に連絡することになり、驚いて駆けつけた両親が長沼さんは行方不明であると判断せざるをえなくなると、その情報は身体中《からだじゅう》に血液が行き渡るみたいにみんなの知るところとなった。行方不明であること。それが長沼さんの、もっとも目立った特徴となった。

警察がやってきた。この会社は大手の通販会社で、従業員の多くは非正規雇用だった。長沼さんも非正規雇用で、無断欠勤の長沼さんに電話をかけ続けた総務の女性ですら非正規雇用だった。非正規雇用の従業員は一人残らず女性だった。長沼さんの交友関係は？　恋人はいましたか？　非正規雇用の女性たち、特に長沼さんと同じ部署にいる女性たちに、警察が聴取を開始した。彼女たちは一様に困惑した笑みを浮かべた。たしかなことを言える者はいなかった。社内で仲のいい人は誰ですか？　これにも名乗り出る者はなかった。ということは、長沼さんはあまり……親しまれないタイプの人だったんですね？　これには否定の声が上がった。長沼さんは、決して嫌な人でも変な人でもない、ふつうに仕事をしていました。そこへ様子を見守っていた彼女たちの正規雇用の上司が取りなしに入った。まあまあ、長沼さんは電話応対のオペレーターですから。このフロアにはもちろんネット注文対応のオペレーターもおりますが。いえ、そうなんですよ、いまだにお電話でご注文下さるお客様も多くいらっしゃるので。ご質問されたい方も少なくはありませんしね。ええ、このとおり、お客様からの電話は絶えずかかってきておりますので、スタッフどうしでおしゃべりする機会もそんなにないでしょう。それにまあ、ここにはまあ、いわば腰掛けで勤めてもらっていますから。みなさんそんなには深いお付き合いをされないんですよ。この声が聞こえた非正規雇用の一人は、そうかもしれないと思った。彼女はまだ若く、いつかどこか別の会社に正社員で雇われ、厚生年金と社会保険と各種福利厚生と賞与と有給休暇で守られる未来をぼんやりと夢見ていた。別の一人は、腰掛けという言葉に反感を抱いた。彼女はもう二十年、国民年金と国民健康保険の掛け金を支払いながらこの会社でアルバイトをしていた。それでは私の人生はまるごと腰掛けってわけか。しかし、どちらの彼女も無言だった。ほかの彼女たちも無言だった。

警察は質問を変えた。長沼さんはお金に困っていたのではないか？　根拠のない質問ではなかった。長沼さんの貯金残高はほぼゼロだった。年金と保険料は長く滞納しており、先月の家賃は未払いだった。長沼さんはブランド品を買い漁《あさ》っていましたね？　この質問はいささか的外れだった。長沼さんの一人暮らしの部屋は、大量のかばんで埋め尽くされていたが、高級ブランド品はわずかだったからだ。長沼さんの部屋には、かばん以外は生きていくのに必要な最低限のものしか置かれていなかった。テレビはなく、洗濯機もなかった。本は一冊もなかった。家具は折りたたみのちゃぶ台とベッドだけだった。ちゃぶ台には閉じたノートパソコンが置いてあった。冷蔵庫はごく小さかった。炊飯器は冷蔵庫の上にあった。電子レンジは床にじかに置かれていた。食器はマグカップがひとつと平皿が二枚、小鉢がひとつでキッチンの吊《つ》り戸棚に入っていた。衣類はつくりつけのクローゼットにあった。すべて一目で安価とわかるメーカーのもので、シャツとセーターが三枚ずつとズボンが二本、カーディガンが一枚、ごくわずかな数の下着は小さな籠《かご》に納まっていた。アクセサリーはなかった。靴は一足だけだった。そして、かばんがあった。それらは細い獣道《けものみち》を残してパズルのように床に敷き詰められ、天井からは何本もの突っ張り棒に吊り下げられ、照明の光を遮って部屋を暗くしていた。クローゼットはかばんが詰め込まれたせいで閉まらなくなっていた。かばんはベッドの下にもあったし、ベッドの上にもあった。電子レンジの上にも積まれていたし、キッチンの吊り戸棚もシンク下の収納もかばんでいっぱいで、およそ使われた形跡のないコンロの上にまでかばんがみっちりと並べられていた。

未踏の洞窟のような長沼さんの部屋とはちがって、オペレーターたちの詰めているフロアはどこまでも続く平原のようだった。そこに、かんたんな仕切りパネルで区切られたデスクが整然と並んでいた。そこかしこでパソコンのキーボードを打つ音がし、ひっきりなしに電話とファクスの呼び出し音が響いていた。ではなんでもいいので、長沼さんのことで気がついたことを。警察はもはやほとんど期待せずにそう呼びかけた。すると、平原の中から伸びすぎた草みたいにひょろりと手が上がった。長沼さんはかばんが好きです。彼女はそう言った。長沼さんは毎日ちがうかばんで出社していました。

ええ、そうでしょうね。警察はうなずいた。だからあんなに買い漁って……。

買い漁っていたというのは、なんだかちょっとちがう気がします。別の手が上がった。そうですよね。そうですよね。もはや手を上げることもしないで、電話とファクスの呼び出し音の合間合間から、声だけが立ち上った。長沼さんはただ探していたんです。そうそう、そうだった。探してるって、長沼さん言ってたことありますよね。私も聞きました。ああそうかあ、あれは探してたんだ。やっぱりそうかあ。そうじゃないかって私も思ってたんですよ。あ、じゃあ見つかったんじゃない？　そうかも。そうかも。そうだよきっと。わあ、よかったよねえ長沼さん。

ちょっと待ってください、なんのことですか。警察が制した。長沼さんはなにを探していたんですか？

ほんの何秒かが過ぎた。そのあいだ、電話とファクスの呼び出し音と愛想のいい機械的な応答が波のように押し寄せた。お電話ありがとうございます、担当、田村《たむら》が承ります、ありがとうございます、担当、林田《はやしだ》が承ります、ありがとうございます、ありがとうございます、承ります、吉本《よしもと》が、冨永《とみなが》が、田辺《たなべ》が、伊藤《いとう》が、倉田《くらた》が承ります。なにって、かばんですよ。平原の奥から、誰とも知れない声が警察へと投げかけられた。たったひとつの最高のかばんです。

そう、それひとつあれば。声はたちまちさきほどのように複数が入り乱れた。たったひとつ、生涯にもうこれひとつ。いつかそういうかばんを。そういうかばんに出会いたいって。いつか手に入れるのを夢見てるって。そんな最高のかばんが見つかったら、それに入るだけの荷物を入れてどこにでも行くんだって。用があるところへも、用がないところへも。どんな近いところへも、どんな遠いところへも。

警察はメモを取っていた。ページがめくられた。するとつまり、と警察は確認した。長沼さんはついにその、たったひとつの最高のかばんを見つけたので、どこか遠いところへ旅行にでも行っているる可能性がある。みなさんがおっしゃっているのは、そういうことですね？

そうです。草地を風が渡るようにして、非正規雇用の女性たちがうなずいた。

わかりました。その線からも調べてみます。ご協力ありがとうございました。そう言って、警察は帰って行った。うん、じゃ、あとはいつもどおりによろしく。そう言って、上司もオペレーターのフロアをあとにした。

長沼さんが発見されないまま半年が過ぎた。長沼さんの両親は娘の部屋を引き払うことにした。最後にご挨拶にうかがいますから。総務がそう電話を受けた二十分後に、両親は引っ越し業者とともに会社にあらわれた。お悔やみに近いようなことを言おうと心づもりをしていた正規雇用の上司は、言葉を失った。そのすきに、引っ越し業者は素早く段ボール箱を運び込み、エントランスの壁際に山積みにしていく。両親は上司に頭を下げ、娘といっしょに働いていたみなさんにお会いしたいと静かに告げた。上司とともにエントランスまで出迎えに来ていた非正規雇用の総務の女性が、こちらでございますと彼らをエレベーターに導いた。そのあいだにも、段ボール箱は積まれていく。開放的だと社員も自負するガラス張りのエントランスが、どんどん暗くなっていった。まるで内側から立てこもるためにバリケードを築きつつあるみたいだった。

それを振り返り振り返り気にしながら、正規雇用の上司は長沼さんの両親と非正規雇用の総務の女性のあとを追った。あれはなんですか。上司は笑顔を絶やさないように努力しながら尋ねた。あれはすべて娘のかばんです。父親がぽつりと言った。

オペレーターのフロアは、相変わらず電話の呼び出し音、ファクスの呼び出し音、パソコンのキーボードを打つ音、応対するオペレーターたちの声で満ちていた。みなさん、長沼の母でございます。長沼さんの母親が震える声で切り出した。フロア中に行き渡るようにと、母親はできるだけ大きな声を出そうとしていたが、これほどたくさんの人を前にして話すという緊張のためにその声はひび割れ、呼気がすかすかと漏れて、せいぜいフロアの前から三列目くらいまでにしか届かなかった。声の届いた非正規雇用のオペレーターたちは、電話応対中の者、目の前の電話が鳴り始めた者を除き、仕事の手をとめて長沼さんの母親を注視した。みなさん、娘がたいへんお世話になりました。このたびこのようにご迷惑をおかけしましたこと、お詫《わ》び申し上げます。私はまったく知らなかったのですが、娘の一人暮らしの部屋を見るかぎり、娘はかばんが好きだったようです。そのかばんをひとつ残らずお持ちしました。どうかみなさんでお使いください。娘もそれを望んでいるような気がします。最後に、両親は揃《そろ》って深々とお辞儀をした。

まばらな拍手が起こった。

えっとそれでは、と総務の女性があとをひきついで事務連絡をおこなった。長沼さんのかばんは一階のエントランスにあります。帰りに段ボール箱を開けて、各自お好きなかばんをお持ち帰りください。

複数の声が微妙にずれながら、わかりました、と返答した。一人が手を上げた。連絡事項、一斉メールで送信します。それに対し、また複数の声が微妙にずれながら、お願いします、と返答した。

まあじゃあ、そういうことで。正規雇用の上司が手を打った。じゃ、あとはいつもどおりによろしく。

その日、勤務時間が終わると、非正規雇用の女性たちはエントランスに積み重ねられていた段ボール箱を粛々と下ろし、ガムテープを剝《は》がし、中身を出した。空《から》になった段ボール箱は一部はふたたびガムテープで閉じられ、かばんを展示するための即席の台として広いエントランスに並べられた。それ以外の段ボール箱は畳まれ、いくつか重ねてビニールテープでしっかりと縛られ、一隅にまとめて置かれた。作業はきわめて手際よく進行した。この作業にはオペレーター部の女性たちのみならず配送部の女性たちも従事したからで、またオペレーター部と配送部はしばしばゆるやかな人材の交換がおこなわれているために、現時点でオペレーター部に配属されている女性たちも大半は、段ボール箱の取り扱いとそのスピードにかけては一定のスキルを有していたのである。ましてや、内容物はかばんであった。配送部の仕事はもちろん売り上げた自社製品を丁寧《ていねい》に梱包して顧客に発送することで、商品の中には陶器や瓶詰めの食品など注意を要するものも多い。かばんのように比較的軽量で割れたり欠けたりする心配がないもの、しかも商品ではなく自分たちのものとなると、よりスピード感をもった対処が可能となるのであった。

しかし、いくら彼女たちが有能であっても、すべての段ボール箱をこの日のうちに開封することはとてもできなかった。それに、もう勤務時間外だった。三十分ほどで、作業は切り上げられた。開封できたのは、ほんの一部だった。非正規雇用の女性たちは、みずからの手で並べたかばんを見た。大きさも用途も素材もさまざまなかばんがそこにあった。ぺらぺらのコットンのエコバッグ、財布とスマートフォンくらいしか入りそうにない固いスムースレザーのポシェット、ブランドのロゴのあしらわれた重厚な革のトートバッグ、大きくてごつごつしたデイパック……。一人が、ペーパー素材の大きなラウンド型のかごバッグを手に取った。彼女はそれを肩にかけてみて、うん、とうなずいた。私はこれにします。肩にもかけられるし、たくさん入りそう。別の女性が、私はこれ、いいですか？　前からほしかったんですよねー、とナイロン製のごく小さなポシェットを取った。私はこれがいいかな。うしろから別の女性が顔をのぞかせ、アウトドアブランドの薄いけれどじょうぶなシルナイロンのエコバッグを示した。そのエコバッグは小さく折りたためるようになっており、彼女は自分のこぶしほどのサイズのころんとしたそれをひょいと取り上げてジャケットのポケットに入れた。

そのようにして、さらに何人かがすんなりと自分のかばんを決めた。もちろん、決めない者も多かった。今日出した分の中には私のかばんはないみたいです、と誰かが言った。かくして、かばんの配付は翌日に持ち越された。

翌日、長沼さんのかばんを手に入れた非正規雇用の女性たちが、いつもの自分のかばんではなくそれぞれ手に入れたばかりの長沼さんのかばんで出勤した。社には服装規定はなく、非正規雇用の女性たちにはとりわけそうだったが、それにしても彼女たちの姿は、正規雇用の上司たちにはやや奇異に映った。たとえばラウンド型のかごバッグは陽気すぎて行楽に出かけるみたいだったし、それなのにそれをなんの疑問もない様子で持っている女性は白シャツにグレーのズボンに黒のパンプス姿だったから、いかにもちぐはぐでおかしかった。また、仕事に必要なものはすべて会社にあって家から持ってくるべきものは特にないとはいえナイロン製のポシェットだけというのはあまりにも小さすぎて通勤する姿に見えなかったし、くしゃくしゃの折り皺《じわ》もあらわなエコバッグは少々だらしない印象だ。

しかし、正規雇用の上司たちは黙っていた。ちかごろではなにがセクハラと言われるかわかったものではないから。それに、非正規雇用の女性たちのかばんがなんであろうが別にかまわないのだった。それより、エントランスに残されている大量の段ボール箱がいつ捌《は》けるかのほうが問題だった。

　昨日と同じことが繰り返され、何人かが自分のかばんを見つけて持ち帰り、翌日からそれで出勤をはじめた。日毎に、長沼さんのかばんを持って出勤する非正規雇用の女性たちが増えていった。

　保育園のお迎えに間に合わない娘のかわりに毎日一歳の孫を連れて帰り、お風呂に入れて夕飯を食べさせ、休日も孫の世話があるからほとんど自分の時間をとることができない坂口《さかぐち》さんは、インターネットのオークションでそこそこの高値がついているアウトドアメーカーの限定柄のバックパックを見つけた。大学を出たばかりの新卒ほやほやだけど、正社員で就職した会社にたった一か月で行けなくなってしまってこの会社に来た内藤《ないとう》さんは、持ち手が革の分厚い帆布でつくられたトートバッグを見つけた。ひそかに小説を書いていて、この職場は小説家として独《ひと》り立ちするまでのつなぎの場だと考えている小松《こまつ》さんは、ナイロンの光沢の美しい紫色の小さなデイパックを見つけた。ガールズロックバンドのベースとして、月に一度はライブハウスで自分の指先が生み出す轟音《ごうおん》によって聴衆の頭を目が眩《くら》むほど真っ白にしている星野《ほしの》さんは、冠婚葬祭どれにでも使える小ぶりな黒のフォーマルバッグを見つけた。生まれたときに男性だったことや現在女性として生きていることについて特に説明せずに働くこととができる職場を探してこの会社にたどりついた久世《くぜ》さんは、小さなあけびのかごバッグを見つけた。転職をこころざして社会保険労務士の資格取得を目指している田中《たなか》さんは、北欧のスーパーマーケットのロゴが刺繡《ししゅう》で入ったトートバッグを見つけた。危険物取扱者の資格取得を目指している木下《きのした》さんは大粒のプラスチックビーズが連なるパーティーバッグを見つけた。ウェブ解析士の資格取得を目指している朴《パク》さんはハイブランドの一昨年《おととし》のアイコンバッグを見つけた。ソムリエの資格取得を目指している安達《あだち》さんはリップストップ生地のサコッシュを見つけた。親の扶養に入っていてこの会社での稼ぎは月九万円ほど、このほかお金持ちの実家から月二〇万円のお小遣いをもらっている池井《いけい》さんは、コーデュラナイロンの大きなメッセンジャーバッグを見つけた。フルでシフトを組んで月一六万円稼いでいて実家暮らしだけれど安物の服や雑貨を見境なく買うのでいくら安物ばかりとはいえ貯金ゼロの立花《たちばな》さんはショルダーストラップのついたかちっとした革のボストンバッグを見つけた。節約に節約を重ねて実家に月三万五〇〇〇円の仕送りをしている佐々木《ささき》さんは、アンティークの布地が張り合わされた、かばん作家による一点もののトートバッグを見つけた。奨学金の返済が残り二三〇万円ほどの菅《すが》さんはかばんの中堅ブランドとセレクトショップのコラボレーションで限定販売されたショルダーバッグを見つけた。夫名義のマンションのローン残り二八〇〇万円をいっしょに返済中の五十嵐《いがらし》さんはハイブランドの、巨大な帽子をさかさにしたみたいな挑戦的なデザインのかばんを見つけた。不妊治療中の島《しま》谷《たに》さんはアウトドアブランドのストラップを外せばポーチにもなるショルダーバッグを見つけ、子どもを持つかどうか悩み続けて早十年の竹山《たけやま》さんは高校生のあいだで流行しているダッフルバッグを見つけ、妊娠していて日に日にお腹が大きくなってきているけれどもこの会社には非正規雇用の従業員に対して産休や育休の制度がないから退職が秒読みである日高《ひだか》さんは大胆な花柄の横長のトートバッグを見つけた。出産を機に前職を辞めざるをえなくなって、子どもが小学校に入ってから十三か所面接を受けて唯一この会社に採用された澤《さわ》さんは、ラフィア素材のかごポシェットを見つけた。両親・きょうだいとも正社員で勤めているため家族の中で祖母の介護を引き受けている八田《はった》さんはポリエステルにポリウレタン樹脂をコーティングした防水性の高いリュックを見つけた。趣味が昆虫採集の磯島《いそじま》さんは、斜めがけショルダーにもリュックにもできる3WAYのヌメ革のブリーフケースを見つけた。趣味が裁判傍聴の小笠《おがさ》原《わら》さんはニューヨークのブランドが今シーズン発表したレモンの櫛《くし》切り形に持ち手のついたデザインのハンドバッグを見つけた。趣味がアニメや洋ドラ鑑賞で二次創作にも余念がない春日《かすが》さんは、LCCでの機内持ち込みがぎりぎり可能なサイズの巨大なバックパックを見つけた。今読む用の本とそれを読み終わったら読む用の本ともしそれがしっくりこなかったときのための予備の本を必ず持ち歩いている鈴村《すずむら》さんは星柄のリュックを見つけた。夫にDVをしている宮野《みやの》さんはドイツの美術館グッズのトートバッグを見つけた。

しかし、まだまだ未開封の段ボール箱があった。圧倒的多数であるオペレーター部と配送部の全員が自分のかばんを見つけても、まだまだあった。総務部と校正部と検品部の女性たちもやってきて、自分のかばんを見つけていった。非正規雇用の女性はそれでおしまいだった。それでもまだかばんは尽きなかった。正規雇用の上司たちは、一体段ボール箱がすべて片付く日は来るのだろうかと少々暗い気持ちになった。それに、あんなにたくさんのかばんが果たして長沼さんの一人暮らしのマンションの部屋に納まっていたというのは本当だろうか。とても無理ではないだろうか。また、いくらほかのものはほとんど買わなかったとはいえ、うちで出している給料であれだけのかばんが果たして買えるものだろうか。正規雇用の社員にも女性はいたが、その数はごくわずかで、その女性たちは遠慮して並べられたかばんや未開封の段ボール箱を見ないように努めていた。

非正規雇用の女性たちからは、二個目を選ぼうという意見は出なかった。なぜなら、彼女たちはそれぞれが見つけたこのかばんこそが、自分にとってたったひとつの、生涯をともにする最高のかばんだということがわかっていたからだ。彼女たちは、それまで持っていたかばんの大半をすでに捨てることまでしていた。やがて上司に相談することもなく、外部の清掃会社から出向してきている、やはり非正規雇用の女性たちにもかばんを見てもらおうということになった。総務の女性の案内で、清掃員たちは片端からかばんの前に連れて行かれた。もちろん、一度では見つけられない女性も少なくはなかった。彼女たちは何度でも、出向するたびにかばんを見に来た。自分のかばんを見つけるまでは決して誰もあきらめなかった。それでも見つけられなかった女性たちは、懇願するように、期待を隠しきれない目で積まれた段ボール箱を見上げた。オペレーター部と配送部、いまや段ボール箱の扱いを教わった校正部も総務部も検品部も、彼女たちに報いるべく開封作業に励んだ。勤務時間後に時間のある者はほんの数分でもエントランスで足を止め、黙々とかばんを並べた。出入りの配達業者にもそれぞれにとっての最高のかばんを見つける資格があった。非正規雇用の彼女たちは、総務の女性から受け取りのはんこをもらうあいだ、首をねじ曲げて並んだかばんに見入っていた。それに気づいた総務の女性が、かばんに近づくよう促した。彼女たちは無言でそれぞれのかばんを取り、胸に抱きしめた。

　総務部で、過去に採用されたがすでに退職している非正規雇用の女性たちの履歴書が発見された。いまや勤務時間中であっても、彼女たちは堂々とかばんの行き先を探すこととなった。履歴書の束は総務部によってデータ化され、オペレーター部へ回された。オペレーター部ではデータを細かく大人数に割り振り、通常業務の合間に記録に残っている電話番号やメールアドレスに連絡を取り、それで連絡がつかなかった場合には連絡のついた者の中に知り合いはいないか聞き取り調査をし、果てにはSNSで捜してまでも全員の居所をつきとめた。そのあいだにも開封作業は進められ、出されたかばんは片端から校正部と検品部によって写真を撮られていった。その画像データはまたオペレーター部に差し戻され、用意してあったサイトに次々と番号つきで掲示されていった。そのサイトのURLはすでに退職者たちに通知されており、彼女たちはパソコン越しに、スマートフォン越しに自分の運命の、最高のかばんを求めて熱い視線をさまよわせた。ひとつのかばんに複数の希望者が出ることを心配する者はいなかったし、実際そんなことには決してならなかった。持ち主の決まったかばんは、配送部が梱包し、商品といっしょに配達業者に引き渡した。梱包材は商品用のものだったし、送料は会社から支払われた。このことはいずれ上司に露見し、問題になるのは確実だったが、誰も気にしなかった。

ある朝、正規雇用の上司たちはエントランスがあたたかな日の光で満たされ、自分たちが温室に放たれた小鳥たちのように幸福であることに気づいた。しばらくして、それがエントランスから段ボール箱がついになくなったせいだと気づいた。ただし、運隅にはひっそりとほんの数個のかばんが並べてあった。それらはボール紙の上で、運命の女性を待っていた。正規雇用の女性が一人また一人と吸い寄せられるように歩み寄り、迷いなくひとつのかばんを選び取っていった。

こうして、長沼さんのかばんはついに、それぞれがふさわしい女性の手に渡った。始業時間だった。オペレーター部のフロアでは、早くも注文か問合せかクレームの電話が、記入済みの注文用紙を受信したファクスが、鳥が鳴き交わすみたいに鳴り始めていた。鳥たちは長く鳴き、ふと黙ってもまたすぐに鳴き出した。上司たちは夢を見ているような気分でオペレーター部のフロアへ行った。そこには誰もいなかった。そこにみっしりと座っているはずの非正規雇用の女性たちは、誰一人として出社していなかった。すぐに彼らは配送部と検品部のフロア、総務部の部屋と校正部の部屋を検《あらた》めた。そこにも誰もいなかった。それどころか、さきほどまでそばにいたはずの正規雇用の女性たちもいなかった。彼女たちが出勤するときに持ってきていたかばんだけが、からっぽになって社屋のあちこちに、ぽつりぽつりと落ちていた。

長沼さんはどうして消えてしまったんだったっけ。彼らは黙って、一人一人が心の中だけで考えた。沈黙のうちに、ほぼ同時に、彼らは思い出した。そうだ、長沼さんはたったひとつの最高のかばんを見つけたから、それをたずさえてどこか遠いところへ行ってしまったって話だったっけ。

ああ、じゃあ、つまりうちのほかの女の子やおばさんたちも、と一人が口にした。しかし納得がいかない。別の一人が言った。ぼくは見ていたんですがね、あれほどたくさんのかばんがあったにもかかわらず、うちのかばんがなかったんですよ。たしかです。長沼さんは自分の最高のかばんの候補として、うちのかばんを検討しなかったってことじゃないですかね。うちのは大して種類はないけど、人間工学の先生にご意見をいただいて開発したいいかばんのはずなのに。

しぜんと正規雇用の男性社員たちの足は検品部へと向いた。そこに、彼らが売っているかばんがあった。この会社がターゲットとする顧客は中高年女性だから、かばんは軽くなくてはならなかった。両手がふさがらないようにショルダーバッグでなくてはならなかった。貴重品がすぐに取り出せるよう、前面には大きなファスナー付きのポケットがしつらえられていた。メインコンパートメントにも工夫がこらしてあった。ペンを差すポケットに小物を入れておけるポケット、それになにより、中に入っているものがよく見えるよう、内部の生地は明るい山吹色を採用した。外側は光沢のあるナイロンで大ぶりの薔薇《ばら》のパターン模様、薔薇の色は褪《あ》せた朱色とベージュがかった紫の二色から選ぶことができる。

正規雇用の男性たちは、めいめいゆっくりとそれらを手に取り、ショルダーストラップをちょうどいいサイズに合わせると、斜めがけにしてみた。彼らにはそれが自分の生涯でたったひとつの、運命の、最高のかばんかどうかはわからなかった。窓が棚でふさがった埃っぽい検品部の部屋に、オペレーター部のフロアを飛び交いひっきりなしに鳴き交わす鳥の声が届いていた。それを聞きながら、彼らは、じっとしてどこか遠いところへ行きたくなるのを待った。けれど、自社製品をこうやって肩にかける前から、彼らにはすでにはっきりと行きたいところがあった。エントランスだ。あたたかなあの場所で、さっき味わったみたいに幸福な小鳥として日を浴びたい。彼らは味気ない照明の下で、そのことを夢見ながら、もう少しだけそこに、静かに立っていた。

あとがき

かばんと靴とどちらが好きか、という話題になることはあんまりないが、私の中ではたいへんポピュラーな問題提起であり、私は圧倒的にかばんだ。なぜならたいていの靴は私の足には合わなくて痛いから。では、かばんは私に苦痛をもたらさないのかというとぜんぜんそんなことはない。靴よりじゃっかんましといった程度である。私はいつもたったひとつの最高のかばんを探しているが、私にとってのそれは具体的には私が入れたいだけの荷物が入り、それでいてさして重くもなく、持ちやすく、見た目にも愛着が持てる、そんなかばんだ。私はまだそんなかばんには出会っていない。もちろん悪いのはかばんではない。これまで私が使ってきたかばんはどれもすばらしかった。かばんが私に値しないのではなく、私の肉体がかばんに値しないのである。

堀晃
循環

最後にお目にかけるのは、SF作家歴五十年を超える堀晃の半自伝的な大阪小説。エッセイのように語られる円城塔《えんじょうとう》（大阪在住）の「この小説の誕生」で始まった本書は、回顧録のような「循環」で静かに幕を閉じる。毛馬閘門《けまこうもん》からスタートし、淀川《よどがわ》の南を「ブラタモリ」のようにゆっくり歩いていく過程で、半世紀余《あまり》にわたる会社とのつきあいが回想されると同時に、大阪が水の都と言われるゆえんもわかってくるが、やがてそのモノローグは、日本SFの（あるいは大阪SFの）歴史を語っているようにも見えてくる。物語の焦点は、語り手が大手紡績会社の会社員時代に始めた小さな事業のいしずえとなった謎の〝原器〟。淀川散策は、その起源をたどる旅でもある。同時に、もしSFにエッセンスのようなものがあって、それが時間を超えて受け継がれるのだとしたら……というような妄想も広がる。思い返せば、堀さんと初めてお目にかかったのは、もう四十年くらい前、まだ私が京大SF研にいた頃のこと。当時は毎週日曜日に阪急電車で梅田《うめだ》に通っていたものの、作中に出てくるあたりはあまり馴染《なじ》みがないので、今回、Google Mapでルートをたしかめながら読みました。本編は、東京創元社の『GENESIS　創元日本SFアンソロジーⅢ　されど星は流れる』に掲載された。

堀晃（ほり・あきら）は、一九四四年、兵庫県生まれ。高校時代からSFを書きはじめ、大阪大学基礎工学部卒業後、敷島紡績（のちのシキボウ）に入社。開発部で働く一方、一九七〇年、短編「イカルスの翼」がSFマガジンに掲載されて商業デビュー。以後、長年にわたって、会社員とSF作家の二足のわらじを履きつづけた。寡作ながら、日本では数少ないハードSFの書き手として活躍し、七九年、初の単行本となる短編集『太陽風交点』を刊行。八〇年、同書で第1回日本SF大賞を受賞。八九年、長編『バビロニア・ウェーブ』で第20回星雲賞日本長編部門を受賞。

春風や堤長うして家遠し　蕪村

1　毛馬《けま》閘門《こうもん》

作業机と部品棚が撤去され、最後まで残っていた工作機を積んだトラックが走り去ると、屋内には何もなくなった。私は表《おもて》のシャッターを下ろし、内部を見回した。コンクリートの床は掃けばいくらでも塵芥《じんあい》が舞い上がりそうだが、もう掃除道具もない。フライス盤のあった台座周辺に切削油《せっさくゆ》が黒い染みを作っている。両側のスレート板の壁も不規則に汚れ、伝導ベルトメーカーのカレンダーだけが残っていた。まだ二月のままだ。一枚めくって三月にすべきかと迷ったが、もう紙くずの始末も面倒だ。

これが半世紀つづけてきた事業の終焉《しゅうえん》の地か……。案外狭いものだな。駐車場にしても四台がいいところだろう。

特別な感慨もなかった。少人数のチームで始め、最盛期には二十人近いメンバーを抱えていたが、最後の二十年は三人、この半年はひとりで事業の整理に専念してきた。

やっと片づいたというのが正直なところだ。

後期高齢者と呼ばれる年齢になって、もう事業に執着はないが、半世紀近く、妙にまとわりついて離れない「しこり」がある。それも今日払拭《ふっしょく》すべきだろう。

私は、ひとつだけ残していた小さな部品……密《ひそ》かに「原器《げんき》」と名づけていたが……をショルダーバッグに入れ、配電盤のブレーカーを全部落とした。通用口から出て、鍵《かぎ》をかけ、それを郵便受けに落とし込む。オーナーの検査は昨日終わっているから、これで二十年間借りてきた工場の契約は終了である。

長柄八幡宮《ながらはちまんぐう》の北側。住宅と町工場や倉庫が入り混じった一角で、両隣の工場も空《あ》き家になっている。そのうち賃貸マンションにでもなるのかもしれない。

城北公園通《しろきた》りに出て、バスで自宅に向かってもいいのだが、まだ午後二時だ。私はいつもの散歩道を歩くことにした。

北へ少し歩けば淀川堤《よどがわづつみ》に出る。

大阪市北区、長柄橋の東側。東西の道に沿ってつづく金網フェンスの破れ目から堤防下の側帯に入り、斜面をのぼって淀川左岸の堤防に出た。

淀川の川面《かわも》を左に見て、堤防を少し歩くと毛馬閘門である。

京都から流れる淀川の分岐点で、毛馬閘門から南へ分かれた大川《おおかわ》は淀屋橋《よどやばし》を経《へ》て、中之島《なかのしま》の西端でさらに安治川《あじがわ》と木津川《きづがわ》に分かれ、大阪湾につながる。

明治の淀川改修工事までは、こちらが淀川と呼ばれていた。毛馬から開削《かいさく》されたのは「新淀川」で、私がこの地に配属される前の地図にはそう表記されていた。新淀川が正式に淀川と変更されたのは六〇年代なかばのはずだ。

閘門の手前につづく桜並木は開花前で、人出はない。ランニングで走り抜ける青年、犬を散歩させる老人とすれちがった程度だ。

やがて毛馬閘門の鉄扉《てっぴ》、手前の排水機場、河川事務所の建物が見えてくる。遺跡はその手前にある。

堤の斜面に階段があり、それを下ると正面に巨大な鉄扉が開いていて、その両面に煉瓦《れんが》造りの壁がまっすぐに延びる。舟が出入りした旧毛馬第一閘門の遺構。さらに隣には水量を調整するアーチ状の水門が残されている。こちらも煉瓦造りである。ともに相当低い位置にある。閘門の底だから、淀川の川底に相当する位置になる。

堤の急斜面の折れ曲がった階段を下りて鉄扉と煉瓦壁とアーチ状の水門に囲まれると、私はいつも不思議な錯覚に陥る。水路が水平に直線状に延びているとは見えない。

2　〈上と下〉

煉瓦造りのアーチ型水門を潜《くぐ》ると側面に石段があり、それを上ると踊り場がある。

右にまた石段がつづく。最上段からは狭い通路になり、手摺《てす》りのある石橋につながる。橋の下は閘門の水路で、水はなく、石橋を渡りきったところから煉瓦の壁面に切り込まれた階段で水路の底まで下りられる。水路の一方は両側の巨大な支柱で支えられた鉄扉で閉ざされ、支柱の上には物見《ものみ》の塔が設けてある。水路の他端は巨大なアーチ状の水門で、そのアーチに沿った階段を上がると、通路の先にまた石段があり、その下方に煉瓦造りの水門が見えるが、それが最初に潜った水門なのかどうかはわからない。この水路に水が流入した時に生じる流れの方向も不明だ。

3 城北

私は遺構から淀川堤に戻り、毛馬閘門へ歩く。排水機場とふたつの閘門が並ぶ。それに沿って車の通行も可能な橋が架けられている。両端は鉄柵の門扉《もんぴ》で閉ざされている。脇にある狭い通用口を通って、歩行者と自転車は通行できる。

橋はもうひとつ、淀川にも架けられている。南北にのびる淀川大堰《おおぜき》の七基の堰柱《せきちゅう》に沿って対岸まで広い通路が延びる。ここも鉄柵で閉ざされている。渡ってみたいと思うが、一般に開放されるのは淀川マラソンのコースとしてだけで、市民ランナーになるしかない。

大川を渡ると都島区《みやこじま》になる。与謝蕪村《よさぶそん》生誕の地を示す句碑《くひ》があり、そこから淀川上流にふたたび長い堤がつづく。ここからは毛馬堤と呼ばれる。

左手は河川敷公園で、サッカーコートから子供たちの声が聞こえる。右手は都島区の住宅地で、そう高くもない集合住宅の白っぽい建物が数十棟《とう》、不規則に並んでいる。時を閲《けみ》したマンション群は、もうニュータウンとは呼べないだろう。半世紀前、そこにはコンクリート塀《べい》に囲まれた、三万坪の土地が広がっていた。煉瓦造りのノコギリ屋根の工場や老朽化した寄宿舎が並び、雑草に覆われたグランドがあった。

私が配属されたのがその紡績《ぼうせき》工場である。正確には廃工場というべきか。大阪万博の年だった。

紡績会社に就職したのは、特別やりたい仕事があったからではない。機械工学という、技術系では「つぶしのきく」学科だったから、選択肢は多かった。ただ、人気の製鉄会社は一度工場見学しただけで、とても身体《からだ》がもたないと思った。同様に見学した自動車や電機や重機メーカーも忙しそうだ。その点、繊維はソフトな印象である。当時の就職事情は、一応希望を聞いて教授が適当に割り振る方式だったから、なんとなく決まってしまった。私の希望は「楽に仕事をしたい」だったのである。

地方の工場で一年間実習したあと、愛知県に建設中だった新工場の現場に応援にかり出された。楽な作業ではなかった。新工場が完成したあと、都島にある研究所に配属された時には、入社して二年近く経過していた。

淀川に近いその工場は城北工場という。研究所は工場の一角にあった。門衛に教えられた構内の道には樹木が多く、研究所の建物は、長く続く煉瓦造りの工場のいちばん奥にあった……というよりも、工場の一角を仕切って研究所と称している印象だった。広大な工場は静かで、操業している気配はない。その時、先日までいた新工場に搬入された設備が、ここから搬出されたものであると知った。

私は広大な廃工場の片隅に残された研究所に配属されたのである。

廃墟での生活は悪いものではなかった。

寮は同じ敷地内にあり、通勤時間はかからない。食堂もあり、三食を工場食でがまんするなら、敷地から一歩も出ることなく暮らせる。もっとも寮は相部屋《あいべや》で、ひとり読書に耽《ふけ》ることはできず、夜は近所の居酒屋にいることが多かった。

淀川に近く、この時、毛馬閘門はまだ六十年前に作られた景観を保っていた。アーチ状の十基の水門が並び、両側に二基の閘門がある。金《かね》がなくなると、散歩しかすることがなくなり、堤に腰をおろして、この風景を飽かず眺めた。

最初に与えられた研究テーマは新しい繊維物性試験機の開発だった。

紡績糸の表面の毛羽立《けばだ》ちが品質上の問題になっていた。それを解決するために、まず毛羽立ちを測定しなければならない。それまでは熟練した検査員が目視《もくし》判定してランク付けするしか方法がなかったのである。

原理的な部分はすでに上司となる研究員が開発していた。走行する糸に側面から光を当て、影の変化を測定して毛羽立ちを評価する。木枠に組まれた計測部分、信号の増幅回路、オシロスコープ、データのプリンターなどはばらばらに設置されていたが、社内での研究用には十分な性能に思える。

私の課題は、それを商品として通用する装置に組み直すことだった。より汎用性《はんようせい》のある試験機として販売し、業界の標準機にするのが狙いだった。

各部を設計し直してひとつの筐体《きょうたい》に納めるのは、手間はかかるが難題ではない。むしろデザインのセンスが問われそうだ。ただ、業界の標準機とするには問題があった。自社製以外のサンプル糸を取り寄せてテストしたところ、測定値に大きなばらつきが生じたのである。

その原因は糸の本質的な形状にあった。顕微鏡で覗くと、紡績糸は「藁《わら》ひも」のように見える。細い繊維が縒《よ》り合わされた円筒状に見えるが、表面は繊維端が全周方向に突き出していて不定形である。その状態を正確に計測するためには、測光部をまっすぐ、振動することなく通過させなければならない。そのために糸には張力をかける必要がある。張力装置を色々試したが、糸との接触摩擦が生じて、表面の形状が変化してしまう。

私は何か適当な装置はないか、廃工場の資材置場を探してみた。そこには古い繊維機械や部品が積み上げられている。私は古い工具棚の隅に奇妙な部品があるのを見つけ、なんとなく手に取った。

掌《てのひら》にのる程度の金属筒で、内側には帯状の羽根が斜めに取りつけてある。ねじ曲げられてメビウスの環《わ》のように見え、私は、いびつな円筒の形状から「底の抜けたクラインの壺《つぼ》」を連想した。

なんだろう……私は埃《ほこり》を吹き払おうと、上から息を吹きつけた。すると下側に埃が細い渦流を作って吹き出た。

その瞬間、何かがひらめいた。これは使えるのではないか。後から考えるに、長い会社生活で「ひらめき」など、この時の一度だけだったと思う。

その円筒を試験機の左側面に取付け、そこに試験糸を通し、コンプレッサーで空気を吹き込む。右端のモーター直結のローラーで糸を引っ張って走行させる。中央に測光部を置く。モーター速度よりやや遅い気流を流すことで糸に張力が生じ、計測部をまっすぐに通過する。これで試験糸を計測位置まで、何にも接触することなく通過させることに成功した。

私はその円筒内部を正確に図面に起こし、金型を発注した。

用途を試験機限定とし、「変型オリフィス」と称して特許出願もした。

装置全体を当時のブラウン管テレビ大の筐体におさめた商品一号機が完成したのは十ヶ月後、桜の季節が近い頃だった。

4 福島《ふくしま》

あれから忙しくなったなあ。

私は毛馬堤の「河口から10㎞」の里程標の横に腰をおろして川面を眺める。

試験機が完成した頃に、煉瓦造りの毛馬閘門が取り壊されて、新しい閘門と排水機場が作られることになった。大川が浚渫《しゅんせつ》されて水位が低くなり、当時の水門では限界だったという。

私の仕事も、研究員というより技術営業職に変わった。

繊維業界の専門商社（機料店《きりょうてん》という）との交渉、カタログや技術資料の作成、見本市への出展、客先への持ち込みデモ、学会誌への技報《ぎほう》めかした商品紹介記事の寄稿……何よりも力を注《そそ》いだのが、業界の標準機にするための「工作」活動だった。通産省の下部機関に繊維製品の品質を検査する団体があり、ここに一台寄贈して基準づくりを提案した。一方で、最も糸の品質に厳しいといわれるニット会社が導入してくれたのを機会に、品質管理担当者を頻繁に訪ねて「共同研究」を行った。精紡機《せいぼうき》には専用部品がある。特にリング精紡機にはトラベラーと呼ばれる数ミリの金具が必須で、品質に大きく影響する。伊丹《いたみ》にある専門メーカーに出向いて教えを乞うた。尼崎《あまがさき》にあるスピンドル会社も協力的だった。

二年近くかかったが、この試験機の原理が日本工業規格の試験方法として認定された。

これは試験機が商品として軌道にのる大きな原動力になった。

私の所属していた四名のグループは「事業チーム」と名づけられて、研究所とは別組織扱いになった。いずれ事業体として独立しろという圧力でもある。

そのため、年一機種を目標に商品を増やした。いずれも繊維試験機で、従来手作業だった測定作業を自動化したものである。それらも順調に売れた。

業界に追い風が吹いたという事情もある。大手の理化学機器メーカーが繊維産業向けの分野から撤退したのである。京都の老舗《しにせ》メーカーで、たいていの研究機関に最先端の分析装置を納入している。わが研究所にも大型の引張《ひっぱり》試験機やガスクロマトグラフ装置が入っていた。こんな企業が参入してきたら、こちらはひとたまりもないと、余計な警戒心を抱いていた。杞憂《きゆう》であった。その会社は、繊維業界相手では採算があわないと、繊維機械事業部を廃部にした。医療機器分野に注力するという。それは賢明な判断だった。後日、この会社はノーベル化学賞受賞者を誕生させている。

私たちが参入しようとしたのは大手が見切りをつけた、典型的な「隙間産業」だった。しかし、マーケットが小さい分、市場動向が読みやすく、競争が少ないわけで、楽に仕事をしたいという私の初心に沿うものだった。

新しい毛馬閘門が完成した年、実質廃工場だった広大な敷地が住宅公団に売却され、ニュータウンに変わることになった。研究所は姫路《ひめじ》工場に移転することになったが、私の所属するチームはこれを機会に事業部として独立することになった。売却対象となった敷地とは別に、道を隔てた場所に古い倉庫が残っていて、それを改造して移ることになった。

一階に製造グループ、二階に開発グループ、私は開発にもからみつつ対外的な折《せっ》衝《しょう》を行う、中途半端な立場だった。

改築工事の時期が重なったこともあり、わが事業はなぜか毛馬閘門と連動しているような気分になった。

移転作業で雑多な機器を整理している時、ふと開発のヒントになった「底の抜けたクラインの壺」を思い出した。これはもともと何の部品だったのか……。

私は旧工場を整理している年輩の研究員に円筒形の部品を見せて尋ねた。その研究員にも、心当たりはないという。

糸道《いとみち》とは思えないし、水回りの部品でもなさそうだな。材質はセラミックか。それにしても古いな。リング精紡機の部品ではないな。B工場の部品棚にあった？　それなら古いはずだ。あの区画にあった機械類は福島から移設した可能性が高いからな。

「福島県からですか？」「大阪の福島区だよ。うちの本社工場は福島区、当時は西成《にしなり》郡上福島村《ぐんかみふくしまむら》かな。明治時代からあった。社名も当時は福島紡績……工場は大正七年まであったかな」「大正時代の機械がまだ残ってるのですか」「まさか。処分のし忘れじゃないか。ただ……リング精紡機でなければ、もっと古い……福島以前のになるのか……そんなはずはないか」

私は、自社への無関心を反省するより、生まれる前の社史を知っている研究員に感心した。

私はその部品を記念品として貰《もら》っておくことにした。

それから半年ほどして、私は福島区の工場跡《あと》へ行ってみた。

靱《うつぼ》公園に近い化学繊維の検査機関へ出向いた時に思い出して、あみだ池筋を北へ歩き、土佐堀橋《とさぼりばし》と堂島大橋《どうじまおおはし》を渡り、堂島川の北側まで歩いた。そこには広大な空き地がひろがっていた。そこが福島工場のあった場所だった。

下福島《しもふくしま》公園という標記がなければ、空き地にしか見えない。大部分はグランドらしいが、雑草が生えた広場だった。東側の区画には植樹してあるが、平日の午後で、散歩する人もほとんどいない。

大正時代に工場が閉鎖されたというが、半世紀以上こんな状態だったのだろうか。周辺では幾つかのマンション建築が進んでいる。もったいないなというのが正直な印象だった。

樹木の間に石碑《せきひ》が幾つかあったが、会社には関係のないものばかりで、工場跡とわかるものは何もない。

北へ抜けて福島駅まで歩こうと進んでいくと、公園の北東に異様な塀があるのに気づいた。黒く汚れた塀が五十メートルほどつづいている。身丈《みたけ》より少し高い塀は煉瓦造りで、その表面は焼けただれたように見える。

これが「焼けどまりの塀」か……。

私は「北の大火」を思い出した。

明治四二年七月末、未明に天満《てんま》で出火した火災は、強風で西に燃えひろがり、天満宮はかろうじて延焼を免《まぬが》れたものの、裏手の天満座や郵便局を焼き、小学校を燃やし、天神橋筋商店街《てんじんばしすじ》からさらに西に延焼し、堀川《ほりかわ》を越えて飛び火が対岸に引火すると、一挙に火災域が拡大して、火災は大阪駅と堂島川に挟まれたキタ一帯を一昼夜にわたって燃やしつづけ、やっと未明に福島村の紡績工場の高塀《たかべい》で鎮火したという。

出火がメリヤス工場のランプで、鎮火が紡績工場の高塀というのも妙な因縁だな……私は不謹慎な連想をした。紡績工場の実習では、ともかく防火意識をたたき込まれた。明治時代なら浮遊する綿《わた》ぼこりも多く、引火の危険性はもっと高かったはずである。

大火を鎮火した「遺跡」は、高塀ではなく、高さ二メートルほどである。おそらく上半が削られて、下部だけが残されたのだろう。

明治二六年に建設され、十六年後に起きた大火災に耐えて、その一部が八十年を過ぎても残っている。工場跡とわかるのは、その黒ずんだ煉瓦塀だけだった。

5 〈昼と夜〉

左右に二本の川がある。ともに内側に蛇行《だこう》して流れ、ほとんど対称の位置にある。左が堂島川、右が淀川……いや、その蛇行する川筋は新淀川ができる前の中津川《なかつがわ》である。中央縦に細い省線の線路が延びる。

堂島川に沿う一帯は炎に包まれ昼のように明るい。中津川側は夜で、川面は暗い。左の燃えさかる区画から立ち上《のぼ》る白煙は、幾つかの帯に分かれて中津川の方に流れていく。白煙はさらにちぎれて、白い形を変え、中天で白い鳥のように姿を整えて、その群れは中津川方向の夜空に飛び去る。

一方、夜の一帯からは、白煙の間に見える闇が形を変えて、黒い鳥の群れのように堂島川の方向へ移動していく。

空を覆い尽くして白い鳥と黒い鳥が交差して入れ替わる。昼と夜が入れ替わる……むしろ昼と夜の二重世界がひろがっている印象だった。

6　長柄

上流から土砂運搬船が五隻《せき》連なって近づき、第一閘門の上流に待機した。やがて鉄扉が上がり、閘門に導かれるのだろう。大川まで抜けるのに三十分ほどかかるはずだ。

それまで待つか……私は里程標の横に座ったまま考える。

人生を四季にたとえるように、事業にも寿命がある。青春、朱夏《しゅか》、白秋《はくしゅう》、玄冬《げんとう》を事業に当てはめれば、幼年期（起業）、成長期（拡大）、成熟期、衰退期。

私は工場跡のニュータウンを振り返る。

白いニュータウンのそばに古ぼけた二階建の倉庫があった。今は解体されて駐車場になっている。

あの建物で過ごした二十三年間が朱夏であり成長期だったのは間違いない。

繊維関連機器も計測器に加えて自働化機器、生産管理システムも商品化し、国内ワインダーメーカーの計数装置のＯＥＭ生産も行った。

寮は解体されたので、淀川を隔てた西中島《にしなかじま》に部屋を借り、数年後には家庭を持ち、子供の誕生と同時にまた淀川の左岸、地下鉄で一駅の豊崎《とよさき》に移った。ともに大阪駅・新大阪駅に近く、出張にも便利だった。

出張先は紡績・織布《しょくふ》・ニットなど繊維工場がほとんどで、多くは日帰りで済んだが、機種によっては客先の電気設備担当者との作業があり、一週間近く泊まり込むこともざらだった。

この時期の記憶は後期高齢者の今となっては不鮮明だ。二十人近くいた部員の顔もほとんど思い出せない。記録を年代別にたどれば整理できそうだが、四半世紀前の日々で、ともかく慌ただしかったという記憶しかない。

よく動いた。東は三島、静岡、浜松、豊橋、蒲郡《がまごおり》、知多《ちた》半島、名古屋、一宮《いちのみや》、大垣、彦根《ひこね》。北陸は糸魚川《いといがわ》、富山、松任《まっとう》、金沢、福井。山陰は松江、米子《よなご》、鳥取。西は福山、倉敷《くらしき》、岡山。四国は全県。九州は大分、熊本、長崎……三十年ほど前まで、日本の繊維産業の所在地はこんな地域に分布していた。

八〇年代からは海外での仕事も増えた。

杭州《こうしゅう》の紡績工場に泊まり込み、バンドンの製織工場で作業し、シンガポールの見本市に出展し、アパラチア山脈の麓《ふもと》を車で走り、タシケントの工業大学を訪ね、大邱《テグ》の工場食で食あたりした。

時間的には狭い倉庫で机の前で、電話を受け、製図台に向かい、それはやがてパソコンやＣＡＤに変わり、旋盤《せんばん》を操作し、ハンダ付けする日の方が多かったはずだ。しかし、記憶では国内外を飛び回った仕事の比率が圧倒的に大きい。

だが、朱夏はとつぜん終わる。

もともと事業に限界があることはわかっていた。大手理化学機器メーカーが見切りをつけた分野である。もともと大きな市場ではない。さらに繊維は衰退産業である。国内の工場はしだいに閉鎖され、生産拠点は海外に移される。それは予想していたことで、商社を通して販路を模索していたし、いずれは海外専任になりたいとまで思っていた。

繊維用計測機器という狭い業界だから、見本市ではほとんどの同業者と顔をあわせ、それはヨーロッパで四年に一度開催される国際見本市でも同様だった。海外メーカーの担当者ともなんとなく顔見知りになる。すでに国際的なメーカーになったようで、悪い気分ではなかった。

大きくは発展しないが、安定した事業を継続できる。ゆるやかに白秋……成熟期を迎えられるはずだった。

その計画が狂ったのは、研究所に配属されて以来の上司だった事業部長が急病で倒れたためだった。三ヶ月の入院のあと、長期療養の必要があり、本部長付という役職で本町《ほんまち》にある本社転勤となった。後任の部長は決まらなかった。本部長が兼任となったが、狭い倉庫には週に一度、半日ほど来るだけで、その席はほとんど空席だった。権限が私にまわってきたわけでもない。目先の案件は進行したが、新規案件が停滞しはじめた。特に海外案件は特定の商社にしばられず、個別に進めてきたが、新規契約のほとんどが与信などを理由に保留された。そのうち開発担当の二名に繊維技術部門への転勤辞令が出た。

二十年以上黒字をつづけてきた事業だが、期末にはじめて赤字決算となった。それを待っていたように、私は事業縮小……ありていにいえばリストラを命じられた。

かろうじて黒字だが、事業規模から将来の「柱」にはなり得ないと以前からお荷物扱いされていたところはある。繊維業界向けでなく、もっと汎用の機器を開発しろ。それに上司が抵抗していたのが抗しきれなくなったのである。

経営判断としては正しいのだろう。非繊維事業の拡大が急務なのに、いつまでも繊維業界から離れようとしないのだから、しびれを切らしたということだろう。

リストラが終わればお前の身分は保証するとほのめかされたが、リストラが終われば次は自分という例は、同窓生数名からの情報で幾つも知っている。

それからの動きはわれながら見事だったと思う。

少し年下の部員二名と相談して、その事業を持って独立することにした。

ふたりとも入社以来、同じ事業に関わってきて、それ以外の業務経験はない。かれらの開発した機種も製品ラインに残っている。仕事への愛着も強かった。

小規模とはいえ二十年以上つづけた事業である。会社側は規模を縮小して子会社に移す方針らしかったが、技術サービスの継続を理由に、独立の意向を先に伝えた。

出入りの部品屋の紹介で、長柄八幡宮の裏手の貸し工場を押さえた。廃業した板金《ばんきん》屋《や》の跡で、思ったより安く借りられた。

毛馬橋の西側で、大川を隔てた対岸、歩いて十分程度の場所だった。

小ロット生産だから在庫はほとんどない。機械部品も電子部品も工作機もすべて簿《ぼ》外品《がいひん》である。そもそも負債がまったくなく、経営側から見れば、だから整理しやすかったともいえる。手の内はこちらにもわかっている。泣き落としと恩着せがましい理屈を使い分けて、在庫品も備品も持ち出し放題だった。

部品棚を移設して、そこに詰め込めるだけの部品を詰め込んだ。私は、歪《いびつ》な円筒形の「原器」も忘れなかった。

残った部員は地方工場などに転勤し、数名が退職した。雑多な作業がつづいたが、終わってみればあっけないものだった。長柄への移転が終わったのが年末、九月にリストラの話が生じてから四ヶ月足らずだった。会社都合扱いで、早期退職の「上乗せ」も確保できた。

新会社は新年からスタートした。この時、私は五十代も半ばに近かった。

7 新淀川

毛馬第一閘門の鉄扉が上がり、砂利運搬船がゆっくりと閘門に入っていく。鉄扉が下り、水が抜かれて水位が下がり、下流側の鉄扉が上がるまで、まだ二十分ほどかかるはずだ。

十年維持できればいいとスタートしたのだが、こんなに続くとは……毛馬堤に腰をおろして、私はその後の日々を思い出す。

事業を十年維持する。それは容易に思えた。繊維機器は寿命が長い。自動車や電機とちがって、二十年以上使用する。リング精紡機など原理的には百年変わっていない。七〇年代末に中国へ行った時、国営工場でまだ戦前のワインダーが使われていたほどだ。十年くらいは惰性で進行する……はずだ。

年末に新会社を登記し、本店を私の自宅に置いた。ただし長柄の工場しか表には出さない。少し年長ということで私が代表取締役となったが、形式的なもので、三人の立場はまったく対等、お互いをパートナー、相棒と呼ぶことにした。

この時、経営原則を決めた。人は雇わない。新規開発は行わない。三人は対等で時給労働者として働く。この三つである。

リストラで懲《こ》りたから、もう人を雇用することはない。たぶん入社を希望する人もいないだろう。惰性で十年つづけるのだから、もう新製品は必要ない。固定費に苦しんできたのだから、固定給は定めず、作業した分だけを時給で支払う。製造もソフト開発も荷造り作業も区別せず一律である。お互い仕事の内容は知り尽くしているし、得手《えて》不得手はあっても、場合によっては交替もできる。経費はすべて実費支払い。これでお茶を飲みながら新聞を読んでいても給料がもらえることはない。本社の年長社員の態度を見ての教訓から、自らをパートタイマー制に切り替えたようなものである。そして、利益が出れば期末に配当するかたちにした。部品代を値切れば三分の一は自分に入るわけで、原価削減にも熱が入る。

こんな形でスタートしたが、一年経《た》って、予想以上の成果を上げた。

惰性で注文は前年と同程度あった。コストの上昇を覚悟していたが、意外にも低下した。機構部品をすべて外注化した。大手電器メーカーの下請け会社があり、試作用部品の加工を専業としていた。そこに発注した。大手電器の試作ロットがわが社の製造ロットと同程度だったのである。結果は意外にも格安だった。今までの作業効率が悪かったのだろう。これでせっかく移設したフライス盤が邪魔になったほどだ。

何よりも、新規開発をやめたことが大きい。五名いた開発担当の経費がまるまる浮いたわけで、売上総利益がそのまま営業利益になるようなものだ。開発費の高さに目がいかなかった経営者を嘲《わら》ってやりたい気分になった。

そして意外にも時間に余裕があった。

積極的な営業は何もしない。客先からの要望があれば応《こた》える。典型的な「待ちの営業」だが、仕事は途切れなかった。独立以前からあった商談もすべて継続できた。前と類似した社名にしたから、独立したのではなく、分社化と「誤解」してくれたことも大きい。報告や承認など、無駄な業務が不要になったことが大きい。

朱夏（成長期）から一挙に玄冬（衰退期）を覚悟していたところに、思いがけない白秋（成熟期）が訪れた。成熟期よりも収穫期というべきだろうか、もともと十年かかると想定していた目標値を五年で達成した。

受注した仕事は全員で集中して片づけるが、仕事の途切れた期間は、誰かひとりが電話番で詰めればよかった。仕事のパターンもほぼ定着した。それぞれが得意な役割を担当する。六十歳を過ぎて、私は海外担当を相棒のひとりと交替した。もうひとりは知り合いのIT企業からソフト開発の仕事を受けて、自宅でのアルバイトが増えた。私は、気がかりだった事項について調べようと、時々西長堀《にしながほり》の市立中央図書館へ出かけた。

部品棚に置いた円筒形の「原器」について、年輩の研究員は、福島工場から運ばれた部品だろうと推定したが、「福島以前かもしれない」と言葉を濁した。それが気になっていた。もとの会社に社史編纂室《へんさんしつ》があるわけでもない。総務部を訪ねれば、古い資料はあるだろうが、恐らく地下倉庫だろうし、顔見知りの社員も少なくなっている。

中央図書館三階の大阪コーナーで、社史、市史、区史、産業史、史蹟《しせき》辞典などを調べた。

まず「原器」の由来だった。私は、リング精紡機以前かもしれないという言葉が気になっていた。明治二〇年あたりから、紡績機はミュール精紡機から生産性の高いリング精紡機に変わりはじめていた。ミュール精紡機の図面を探したが、ほとんどが外観図で、「原器」に似た部品は発見できなかった。

つぎに福島紡績の「前身」だった。

福島紡績の前身が傳法《でんぽう》紡績であることは判明した。

だが大阪古地図のどこにも見つからない。所在地は西成郡傳法村だったはず。当時の西成郡は大阪北西部の広い一帯で、傳法村は河口に近いところにあるが、明治二九年からはじまる淀川改修工事で大半が水没していた。

明治六年、オランダ人工師エッセルは、デ・レーケらとともに内務省の招きで来日し、明治初期の河川事業を設計、指導した。利根川《とねがわ》や三国港《みくにみなと》に並んで、最大の改修工事は淀川だった。淀川改修は明治初期から計画され、エッセルは明治一一年に離日し、工事の構想はデ・レーケに引き継がれ、デ・レーケは沖野忠雄《おきのただお》を指導して淀川改修の実施計画書を完成させている。

上福島村に新工場が建設されたのは明治二六年。淀川改修工事着工の三年前である。すでに「前身」はなかったことになる。だが、計画は明治初期からあり、計画書の完成もとうぜん着工前である。

後日、私は大阪の近代紡績史の資料に、日本綿繰會社《にほんめんそうがいしゃ》が一時的に傳法紡績と名を変えている記述を見つけた。また明治三〇年の古地図に綿操會社という表記を発見した。となりに廣業《こうぎょう》會社とある。そこが日本鋳鋼所《ちゅうこうしょ》跡であることから、廣業は鑛業《こうぎょう》の間違いだろう。そして綿操も綿繰だろう。

そこは淀川改修工事で開削された新淀川のそばに、水没することなく残っていた。

さらに、私はオランダ人工師エッセルが画家エッシャーの父と知って、不思議な因縁を感じた。エッシャーの作品数点には、図柄が変形する錯視に驚くよりも、不思議な懐かしさを覚えるのだ。それは淀川流域に感じる懐かしさにも似ていた。

毛馬第一閘門に砂利運搬船が入りきり、鉄扉が下降しはじめた。やがて内部の水が下流に放流されて、水位が下がるはずだ。

上流は静かな川面にもどった。

8　伝法《でんぽう》水門

新会社はその後も、受注は漸減《ぜんげん》気味だが安定してつづいた。

天然繊維に替わってガラス繊維分野が増えた。ガラス繊維には繊維メーカーとガラスメーカーが相半ばして進出したが、試験基準に繊維の規格が準用されたのが大きかった。

国内の繊維工場は激減したが、リタイアした技術者がインドネシアや東南アジアにコンサルタントとして赴任して、わが試験機を推薦してくれることが多かった。

目標だった十年を過ぎても仕事はつづいた。

そして十五年を過ぎた頃から、仕事の量が急に落ち込んだ。誰も焦らなかった。新製品を出さないまま、よくつづいたものというのが実感だった。会社に残っておればとっくに定年を過ぎている。三人ともすでに年金受給者なのである。

やっと玄冬……衰退期に入ったのだろう。だが期末の「配当」は途切れず、入社前に夢見た「楽に仕事をしたい」時期がやっと巡ってきたのかもしれない。

出社するのも、相棒の出張期間に電話番で詰める程度になった。

初冬の晴れた日、私は以前在籍した会社の創業の地……「西成郡傳法村」を訪ねることにした。今の此花区《このはなく》である。

市バスで大阪駅から堂島大橋まで行く。下福島公園……福島工場の跡地で、そこから昔の工場跡、此花区の一角まで歩くつもりだった。距離感も摑《つか》みたかった。

淀川から分岐した大川は、毛馬閘門から南に流れ、大きく西にカーブして、中之島を挟んで北の堂島川と南の土佐堀川に分かれる。中之島西端でふたたび合流するのだが、福島工場は合流前の堂島川北側にあった。

私は下福島公園に南から入り、グランドの東を北に歩いた。二十年ぶりだろうか。東北角にあるはずの「焼けどまりの塀」が見当たらなかった。そこは黒い鋼鉄のフェンスに替わっていた。まだ新しく、工事から間もないように見える。

ああ、あれか……私は昨年の大阪府北部地震を思い出した。ブロック塀が倒壊して学童が犠牲になる事故があった。それが契機となって府下ではブロック塀の改修が進められている。明治時代の煉瓦塀に鉄筋が入っているはずがなく、公園入口の通路に沿っていたから、改修は最優先だったのだろう。

これで福島工場の痕跡は完全に消えた。

私は堂島大橋に戻り、堂島川右岸を下流に歩く。此花区へは少し遠回りになるが、川沿いの方が「昔ながら」の気がしたのである。

中之島西端で川は合流し、ふたたびふたつに分かれる。西に安治川《あじがわ》、南に木津川、ともに大阪湾につながる。私は安治川右岸を進むが、中央卸売市場《ちゅうおうおろしうりしじょう》の西で歩道は途切れる。堤防を下りて、市場裏の路地に入る。初めて歩く場所で、両側には狭い民家が建ち並ぶ。しばらく歩くと、広い道幅の中央が細い公園のように整備された道路に出た。湾曲した形状から、それは明らかに埋め立てられた川とわかる。

その道をたどる方が目的地に近いはずだが直進する。私はまだ水の残る風景が見たいのだ。

福島区から此花区に入り、西九条《にしくじょう》駅から西側のバス道を北へ歩くと六軒屋川《ろっけんやがわ》……数少ない「水のある川」だが、もう流れてはいない。そこにかかる朝日橋《あさひばし》を渡ると、古地図では「紡績會社」が多い地区に入る。時期によって名前を変えるが、内外綿《ないがいめん》會社、金巾《かなきん》紡績會社、浪華《なにわ》紡績會社、東洋紡績會社、帝国製麻《せいま》會社……いずれも残っていない。

やがて阪神千鳥橋《ちどりばし》駅、その手前の道を北へ歩くと千鳥橋があった。

千鳥橋の中央に立つ。そこは地図上では正蓮寺川《しょうれんじがわ》の上である。だが、上流にも下流にも、水らしいものはまったく見当たらない。「水のない川」にも見えない。コンクリートだったり土砂だったり、中央に道路がつくられていたり、資材らしいものが積み上げられていたり……川幅いっぱいに放置された工事現場が見渡す限りつづいていた。

川底の下には阪神高速が走っているはずで、それは海老江《えびえ》から淀川左岸の地下を門真《かどま》まで延伸される。まだ数十年、こんな工事が続くのだろうか。

私は千鳥橋を渡り、正蓮寺川右岸を下流に歩く。森巣橋《もりすばし》の北に「伝法川跡の碑《ひ》」があった。そこから北はすでに埋め立てられた伝法川で、普通に住居が並ぶ一帯だった。住宅地を歩くと、その先に澪標住吉《みおつくしすみよし》神社が見えてくる。澪標の名があるように、そこが伝法川の右岸、河口に近く、諸国からの船舶が出入りしたという。区史の記述が信じがたい景観だった。

神社の前の道を西に歩く。阪神なんば線の高架があり、そこが伝法駅だった。その高架を抜けたところに公園があった。

伝法公園……ここが福島紡績の前身、傳法紡績の跡地だった。

ありふれた公園である。手前に植樹されベンチが置かれた空間があり、奥の半分は金網で囲われたグランド、その向こうが淀川の防潮堤だった。両側が阪神なんば線の高架と阪神高速の高架で切り取られているが、私が見てきた紡績工場の敷地としては、広くはなかった。もといた会社の創業の地に立つという感慨はわかなかった。

平日の昼前で、誰もいない。下福島公園を歩きだしてから、まだ二時間も経っていない。

私はさらに西に五分ほど歩く。やがて小型の船が停泊する運河のような水たまりが現れ、その先には鉄扉が下ろされた水門が聳《そび》えていた。伝法水門……伝法川の埋められなかった部分が、淀川につながる「漁港」として残されているのだった。

港といっても廃墟のようで、ヌートリアが数匹、岸で投げ入れられたキャベツに齧《かじ》りついていた。

水門脇の階段を上がって堤防の上に出る。北側は淀川で、川幅は上流よりもはるかに広く感じられる。流水域が両岸ぎりぎりまで迫っているからだろう。葦原《あしはら》もワンドと呼ばれる水のよどみもない。川面は動いているようにも見えない。堤防は両側にまっすぐつづいていた。毛馬閘門から八キロ下流である。

私は伝法地区を振り向く。堤防の上から運河や寺院や民家の連なりを眺めて、この地区に生じた百年の推移が実感できた。

淀川は毛馬で淀川（大川）と中津川に分かれていた。中津川は西成郡の北側を蛇行して、海老江から分流し、六軒家川、正蓮寺川、伝法川に分かれた。

その蛇行する中津川は、明治二九年からはじまった淀川改修工事で一直線に開削された。中津川は海老江で切り取られ、さらに下流の伝法川も切り取られた。北側にひろがっていた傳法村の大半は川底に沈み、傳法村の南端が旧河川と新淀川に囲まれた「半円形の島」となって残った。

傳法紡績はその島にあり、南は伝法川に、北は新淀川に接している。傳法紡績はミュール精紡機に代えて英国からプラット社製のリング精紡機を導入しようとした。だが敷地に「増設」の余地はなかった。上福島村に新工場を建設し、傳法紡績は売却されることになる。明治二六年、淀川改修工事がはじまる三年前だった。

私は長い直線上の防潮堤を眺めながら考えた。

あの「原器」は何だったのか。文献調査では解明できなかった。だが、あの小部品も、紡績会社の変遷《へんせん》と同様に……毛馬から下流域に開始された新淀川の開削工事によって傳法村から上福島村に、その二十六年後には毛馬に移動した。そう思いたかった。

9 〈瀧《たき》〉

毛馬を過ぎると長柄の先端で中津川は西に向きを変える。水量豊かな流れは緩やかに蛇行しつつ十三《じゅうそう》の渡しを過ぎ、やがて向きを大きく南に変える。稗島村《ひえじまむら》を過ぎ、海老江あたりから流れは急に速度を増す。急流はその先、傳法村に近い西野田《にしのだ》、鼠島《ねずみじま》で、瀧となって流れ落ちていた。

　落下する瀧水は水車を回し、水車は発電機を回して、近傍《きんぼう》に点在する紡績會社に動力を供給する。

　水は鼠島から六軒家川に流れ、安治川で向きを変える。中之島西端で堂島川と土佐堀川に分かれるが、東端の剣先で合流して淀川となり、八軒家浜《はちけんやはま》を通過して北向きに方向を変えて桜宮《さくらのみや》を緩やかに流れ、毛馬でまた向きを西に転じて、ふたたび中津川として流れる。

10　淀川堤

　毛馬第一閘門の下流の鉄扉が上がり、砂利運搬船が出ていく音が伝わってきた。

　やっと終わったなと思う。

　いちばん若い「相棒」が七十歳になったところで、事業の完全閉鎖を決めた。サプライ品を専門商社に託し、必要なら図面と回路図を提供するシステムも用意した。ウェブで数年間の情報提供が可能な手順を整えて、最後の日を迎えた。

　この地……毛馬閘門に近い研究所でスタートした事業は、半世紀を経て、今日で終わる。主力製品の開発のきっかけは、この奇妙な「原器」だった。それは百二十年以上前、明治二五年には創業の地・傳法にあった気がしてくる。毛馬からはじまる淀川改修工事がきっかけで、それは福島工場を経て毛馬の城北にたどり着き、私が手にすることになった。

百年と直径十キロに満たない時空の中で、私は淀川に囚われて生きてきた気がしてならない。それは不思議なイメージとして夢に現れることがある。迷宮のような水路であったり、地表が鳥に変化する世界だったり、永久に巡環する川だったり……。

たぶん今日でひと区切りつくだろう。

私は立ち上がり、堤から河川敷に下りていった。半世紀前には一面の葦原だった場所だが、今は河川敷公園の先端で、歩道が整備されていて、水辺まで歩ける。

私は密かに、死んだらここから淀川に散骨してもらおうと決めている。先にここで処理しておくのもいいだろう。

私はショルダーから布にくるんだ「原器」を取り出した。黒光りするゆがんだ円筒体は昔と変わらない。私は周囲を見回す。ここなら小石を投げたようにしか見えないだろう。

私はそれを右手に持ち替え、淀川のできるだけ遠くへ放り投げた。小さなしぶきが上がり、川面はすぐ静かな水面に戻る。それを確かめてから、私は堤に上がり、自宅の方向に歩き出した。

私は敬愛する荷風散人《かふうさんじん》が隅田川《すみだがわ》東岸を描いた物語に倣《なら》って、ここで筆を擱《お》きたいと思う。

もしここに六〇年代の空想科学小説のような結末をつけるなら、高次元の意識体がふたつ現れ、短く意見交換する一節を書き添えればよいであろう。

〈こんな場所にあったのか、四十億秒ほど不明だったが〉

〈小さい分流器がひとつ次元を滑り落ちただけのことで、大きな影響は出ていない〉

〈工師エッセルの意識にこの世界《プロバビリティ》の維持を託していたのだが、事故は離日後だった。図面《イメージ》はデ・レーケにうまく伝わらなかったようだ〉

〈どうする、修理は簡単だが〉

〈このままでいいだろう、大きな影響はない〉

〈しかし不思議なものだな、エッセルに託した図面は帰国後に生まれた息子のＤＮＡに引き継がれたらしく、この世界ではエッシャーの錯視画として知られているらしい〉

〈こちらに影響する図面ではないな〉

〈行こう、われわれの担当する世界では一〇の二七乗ほど起きた事故のひとつに過ぎない〉

こうした「会話」は一〇のマイナス七乗秒くらいの間に交わされ、意識体は去った。

あるいは、部品は元に戻され、静かな永久運動の世界が継続する描写で終わる方法もあろう。

半世紀前なら、私は前者を……複数の人物が熱気に満ちた議論を重ねて解き明かすかたちを選んだ気がする。ただ私は後期高齢者と呼ばれる年齢に至り、架空の理論を積み上げて人を喫驚《きっきょう》させるには、気力と体力の不足を自覚している。あるいは年齢には関係なく、最小作用の原理にしたがって楽と思える選択肢を選んできた、昔からの生き方によるものだという自覚も否定できない。

にもかかわらず、私は、半世紀の取るに足らぬ営為を事跡として大阪の時空に残しておきたい思いを捨て切れない。それは私の小我《しょうが》が誕生させた宇宙であり、人間原理ならぬ、個人原理の宇宙……おそらく十年後には消滅する宇宙なのであろう。

あとがき

後期高齢者と呼ばれる年齢になって、もうそれほど書けないと自覚するようになった。そこで大先輩・石原藤夫《いしはらふじお》氏が編集発行されている「ハードSF研公報」(色々な尺度でファンジンの世界記録更新中である)に「SFまであと一歩だった奇妙な出来事」というエッセイを連載させていただくことになった。会社生活中に生じた、SFになりそうな出来事をとりあげた、私なりの『できそこない博物館』である。幻の阪神間SFとか、昔ワイドショーで大騒ぎになった事件など。その最終回には自分の三十数年に及ぶ会社生活を取り上げるつもりだった。それが、なんとなく作品にできた。それが本作で、いまひとつ自信がなかった。収録していただき、感謝しかない。

会社生活をほぼ忠実にたどったが、書き残したことがひとつある。「楽な仕事をしたい」を最優先に就職先を探したが、それは「SFを書きたい」からであった。就職担当教授にもそれは正直に打ち明けている。その結果、楽できたかどうかは微妙だが、予想外に面白かったのは確かである。そのことだけ付記しておきたい。

二〇二〇年の日本SF概況

大森《おおもり》 望《のぞみ》

二〇二〇年の日本SFで個人的にもっとも大きな衝撃だったのは、小林泰三《こばやしやすみ》氏の訃報。世間的にはホラー作家、あるいはミステリ作家のイメージが強いかもしれないが、小林泰三は、『玩具修理者』でデビューしたときから、同書に併録された奇怪なタイムトラベルSF「酔歩する男」でSF読者の熱い注目を浴びた本格SF作家だった。オールタイムベスト級の名作を表題作とする『海を見る人』を筆頭に、『目を擦る女』、『天体の回転について』、『天獄と地国』などに収められた短編群は、日本SFに独自の地平を切り拓《ひら》いてきた。プライベートでも親交が長く、初めて会った一九九七年から二十数年、小林さんのバカ話に笑い転げて朝を迎えた回数は数え切れない。大森が編集するオリジナルアンソロジー《NOVA》にも何度か寄稿してもらい、《メルヘン殺し》シリーズのスピンオフSF短編「クラリッサ殺し」をいただいたあと、次は「芳山和子《よしやまかずこ》殺し」で――と相談をしていたのに。貴重な才能をあまりにも早く失ったことが残念でならない。小林氏は、翌年の日本SF大賞功績賞を受賞した。

■短編ＳＦの当たり年

二〇二〇年は短編集の収穫が多かった。その中でも特筆すべきは、酉島伝法《とりしまでんぽう》『オクトローグ　酉島伝法作品集成』（早川書房）だろう。「環刑錮《かんけいこ》」「金星の蟲《むし》」「橡《つるばみ》」「ブロッコリー神殿」など、二〇一四年〜一七年に発表された七編と書き下ろし一編を収録する。新作の「クリプトプラズム」は、もともとの意識から分離したコピー人格である〝わたし〟が、宇宙空間に広がる膜状の謎めいた物体〝オーロラ〟と遭遇、そのサンプルの培養実験を試みるうち、思いがけない結果が――という、グレッグ・イーガン流実験ＳＦの意欲作。他の七編も、年間ベスト級の傑作がずらりと揃《そろ》う。同じ酉島伝法の本では、連作中編集『るん（笑）』（集英社）もすばらしい。こちらは、龍が実在し、代替医療やスピリチュアリズムが（科学にかわって）隆盛を誇るもうひとつの現代日本を描く、おかしくもおそろしい小説だ。

ハヤカワ文庫ＪＡから出た三冊の作品集も高く評価された。柴田勝家《しばたかついえ》『アメリカン・ブッダ』は、人類学／民俗学的モチーフと最新テクノロジーの衝突から生まれるドラマを描く全六編を収める。星雲賞受賞の「雲南省《うんなんしょう》スー族におけるＶＲ技術の使用例」は、仮想世界で一生を過ごす少数民族を描く秀作。書き下ろしの表題作は、国民の多くが電脳世界に移住した近未来アメリカで、仏教を奉じるインディアン青年が救済を語る。他に、リニアコライダー伝奇ＳＦや、『ヒト夜の永い夢』の前日譚《ぜんじつたん》となる熊楠《くまぐす》の英国留学話など。作刈湯葉《いすかりゆば》『人間たちの話』も全六編を収録。カイパーベルトの駅近《エキチカ》（？）に開店したラーメン屋が異星人の客の無茶な注文に応じまくる「宇宙ラーメン重油味」、『一九八四年』的な世界にすんなり適応した学生を描く「たのしい超監視社会」などコミカルな小品も楽しいが、白眉は、地球外生命の発見という書き尽くされたテーマにいまだかつてない角度から新しい光を当てる書き下ろしの表題作だろう（本書収録）。北野勇作《きたのゆうさく》『１００文字ＳＦ』は、すでに単行本が三冊出ているTwitter連載の「ほぼ百字小説」約二千編から二百編を選んで収録するベスト版。

石川宗生《いしかわむねお》『ホテル・アルカディア』（集英社）は、〈小説すばる〉連載の掌編《しょうへん》十九編に書き下ろしを加えて再配列し、長編ぽくまとめたもの。光り輝く女神が転校してくる「転校生・女神」など、軽めのアイデア・ストーリーが多い中で、思いきりダークなノアの方舟異聞「饗宴《きょうえん》」がすばらしい。『ホテル・アルカディア』は、第30回Bunkamuraドゥマゴ文学賞を受賞した。

西崎憲《にしざきけん》『未知の鳥類がやってくるまで』（筑摩書房）は、奇想小説を中心に全十編を収録する、著者八年ぶりの短編集。書き下ろしの表題作は、出版社勤務の校閲者がうっかり同僚から預かった著者赤字入りの校正刷りを紛失し……という身の毛もよだつトラブルから始まる不条理冒険小説。

松崎有理《まつざきゆり》『**イヴの末裔《まつえい》たちの明日**』（創元日本ＳＦ叢書《そうしょ》）は、書き下ろし二編を含む全五編。ベストは、ビール暗号の解読に人生を捧《ささ》げた一九世紀のトレジャーハンターとビール予想の証明に人生を捧げた二一世紀の数学者の末路を描く中編「ひとを惹《ひ》きつけてやまないもの」。

草上仁《くさかみじん》『**キスギショウジ氏の生活と意見**』（日下三蔵《くさかさんぞう》編／竹書房文庫）は、〈ＳＦアドベンチャー〉〈野性時代〉掲載の十八編に新作一編を追加。表題作は、駅の公衆トイレの個室五室のうち左から二つ目がいつも閉まっていることに気づいた男の話。その他、製造物責任を問われた造物主が人間たちに吊《つる》し上げを食う「公聴会」など、アイデア・ストーリーの楽しさを満喫できる一冊。

小野美由紀《おのみゆき》『**ピュア**』（早川書房）は、性と身体改変を扱う五編を収める。環境破壊に適応するための遺伝子操作の結果、鱗《うろこ》と牙と鉤爪《かぎづめ》を持つ平均身長二メートルの強靱《きょうじん》な体軀《たいく》を得た女性たちは、人工衛星で生活し、妊娠出産を義務づけられている。が、妊娠するには性交後に男を〝食べる〟ことが不可欠だった……（表題作）。

門田充宏《もんでんみつひろ》『**記憶翻訳者　いつか光になる**』（創元ＳＦ文庫）は、デビュー作『風牙』に新作を追加したリミックス版二冊本の一冊目。瀬名秀明《せなひであき》『**ポロック生命体**』（新潮社）は、ＡＩを軸にした四編の作品集。佐々木譲《ささききじょう》『**図書館の子**』（光文社）は、昭和と戦争を軸にしてゆるやかにつながる全六話の時間ＳＦ連作集。渡辺浩弐《わたなべこうじ》『**その先の末来↓2020年のゲームキッズ』（星海社FICTIONS）は〝新しい日常〟のその先を描く、新型コロナ禍にインスパイアされた近未来SF全十六編。

アンソロジーでは、〝2010年代、世界で最もSFを愛した作家〟と呼ばれた伴《はん》名練《なれん》が選び抜いた二冊、**『日本SFの臨界点［恋愛編］死んだ恋人からの手紙』**と**『日本SFの臨界点［怪奇編］ちまみれ家族』**が一番の話題作。ほとんどは個人短編集未収録のレアトラックで、作品配列にも趣向が凝らされている。とりわけ、『怪奇編』前半の中島《なかじま》らも「DECO-CHIN」〜山本弘《やまもとひろし》「怪奇フラクタル男」〜田中哲弥《たなかてつや》「大阪ヌル計画」〜岡崎弘明《おかざきひろあき》「ぎゅうぎゅう」、『恋愛編』後半の扇智史《おうぎさとし》「アトラクタの奏でる音楽」〜小田《おだ》雅久仁《まさくに》「人生、信号待ち」〜円城塔《えんじょうとう》「ムーンシャイン」という並びが絶妙。各編の作家解説は三ページ（たまに五ページ）に及び、編集後記にも膨大なSFアンソロジーガイドが付属する。ハーラン・エリスン『危険なヴィジョン』並みに編者の個性が爆発したアンソロジーだ。また、ホラー系テーマ別競作アンソロジーの老舗、井上雅彦《いのうえまさひこ》監修《異形コレクション》が九年ぶりに復活し、十月と十二月に、第49巻『ダーク・ロマンス』と、第50巻『蠱惑《こわく》の本』（以上、光文社文庫）を出した。そのほか、大森望・伴名練編**『2010年代SF傑作選』**1・2（以上、ハヤカワ文庫JA）、《創元日本SFアンソロジー》の第3巻となる東京創元社編集部編**『GENESIS されど星は流れる』**（東京創元社）、『銀河英雄伝説』トリビュートのオリジナルアンソロジー『銀河英雄列伝1　晴れあがる銀河』（創元SF文庫）、日本SF短編年次傑作選の新シリーズ第一弾『ベストSF2020』（大森望編／竹書房文庫）などが出ている。

■続々・新人続々

第8回ハヤカワSFコンテストは、前回、前々回に続き、またも大賞が出なかったが、次点にあたる優秀賞の受賞作二作がハヤカワ文庫JAから刊行された。十三不塔《じゅうさんふとう》『ヴィンダウス・エンジン』は、〝いまどきのSF〟の模範回答。主人公は、動くものしか見えなくなるヴィンダウス症に罹患したキム・テフン。奇跡的に寛解し、特殊能力を発現した彼は中国・成都《せいと》の研究所から、都市機能AIとの接続を依頼される……。竹田《たけだ》人造《じんぞう》『人工知能で10億ゲットする完全犯罪マニュアル』は、最新型のAIコンゲーム小説。夢破れたAI技術者が映画マニアの犯罪コンサルタントとタッグを組み、一攫《いっかく》千金に挑む。全三話のうち最初の一話は、第9回創元SF短編賞の新井素子賞受賞作を改稿したもの。

高丘哲次《たかおかてつじ》『約束の果て　黒と紫の国』（新潮社）は、日本ファンタジーノベル大賞2019受賞作。中国風の大国・伍州を舞台に、正史に残っていない二つの国について記された物語と偽史とを交互に引用するかたちで進む。SF的な奇想とファンタジー的な大風呂敷と本格ミステリ的な大仕掛けが炸裂《さくれつ》するクライマックスには唖然茫然《あぜんぼうぜん》。

著者は第2回ゲンロンSF新人賞の山田《やまだ》正紀《まさき》賞受賞者。一方、第3回ゲンロンSF新人賞を受賞した琴柱遥《ことじはるか》『**枝角の冠**』と、同賞大森望賞を受賞した進藤尚典《しんどうたかのり》『**推しの三原則**』は、電子書籍の新レーベル、ゲンロンSF文庫からそれぞれ単独で電子出版されている。折輝真透《おりてるまとう》「蒼《あお》の上海」（東京創元社『GENESIS されど星は流れる』所収／単体での電子書籍もあり）は、選考委員がかわってシステムがリニューアルされた第11回創元SF短編賞の受賞作。〝蒼類〟と呼ばれる生命が地上を覆い、人類が海中に追いやられた未来を描く。

上畠菜緒《うえはたなお》『**しゃもぬまの島**』（集英社）は、第32回小説すばる新人賞受賞作。エブリデイマジックとも寓話《ぐうわ》とも不条理小説とも百合ファンタジーともつかない個性的な書きっぷりが印象に残る。第14回小説現代長編新人賞受賞のパリュスあや子『**隣人X**』（講談社）は、内乱が激化する母星を捨てた異星生命体（完璧なコピー能力を持つ知的生物）を「惑星難民X」として受け容《い》れた現代日本を描く社会派SF。

■長編の注目作総まくり

今年の日本SF界のうれしいニュースのひとつは、高山羽根子《たかやまはねこ》『首里《しゅり》の馬』の芥川賞受賞。狭義のSFではないが、資料館とクイズと宮古馬の三題噺《さんだいばなし》（？）から最後に立ち上がってくる大きなテーマは、劉慈欣《リウツーシン》《三体》三部作（とくに『Ⅲ 死神永生』）

やテッド・チャン「息吹」とも通底する。ＳＦ用語を使わずにＳＦ的ヴィジョンを描く手法は、デビュー短編「うどん　キツネつきの」のときから変わってない。『**暗闇にレンズ**』（東京創元社）は、その高山羽根子の待望の初長編。物語は、監視カメラがあふれる街角でスマホを操る二人の少女が主役のSIDE Aと、一九世紀末の横浜で娼《しょう》館《かん》・夢《む》幻楼《げんろう》を営む嘉納《かのう》家に連なる人々の歴史をたどるSIDE Bに分かれ、Bの時代が少しずつAに近づいていく。Bの主役は、世界各地で五代にわたり最先端の映像制作に関わってきた〝一族〟。彼らの歩みを通じて、この現実とわずかに違う改変歴史が徐々に浮かび上がる。クリストファー・プリースト『隣接界』を思わせる円熟の技倆《ぎりょう》に驚嘆。

二年前にスタートした林譲治《はやしじょうじ》《星系出雲《いずも》の兵站《へいたん》》全九巻が、この年、『**星系出雲の兵站―遠征―5**』（ハヤカワ文庫ＪＡ）で完結した。舞台は、人類の播種《はしゅ》船が到着して数千年を経た植民星系群。突如勃発した未知の異星人ガイナスとの戦争を兵站から描く前半は看板通りのミリタリーＳＦだが、後半は敵文明の起源に焦点が移り、ファーストコンタクトもの／異星生物学ものに転調して、驚愕の大技が炸裂する。

菅浩江《すがひろえ》『**歓喜の歌**』（早川書房）は、日本推理作家協会賞と星雲賞の二冠に輝く『永遠の森』、表題作が今年の星雲賞を受賞した『不見《みず》の月』に続く《博物館惑星》第三作。ベートーベンが鳴り響く大団円がすばらしい。《星系出雲の兵站》全九巻とともにに、二〇二一年の第41回日本SF大賞を受賞した。

野﨑《のざき》まど『**タイタン**』（講談社）は、世界十二カ所の知能拠点に分かれた超高度AIが社会を管理する二二〇五年を背景にした長編。人類は仕事から解放され、平和で安楽な日々を送っている。だが、第二知能拠点のAIコイオスに謎の機能低下が発生し、心理学を趣味とする主人公はコイオスのカウンセリングを依頼される……。人間にとって〝仕事〟とは何か？　SFならではの手法で〝仕事〟の本質を考えさせる快作。受賞は逃したものの、吉川英治文学新人賞候補に選出された。

牧野修《まきのおさむ》『**万博聖戦**』（ハヤカワ文庫JA）は、『月世界小説』以来五年ぶりの書き下ろしSF長編。物語の始まりは一九六九年。中学一年生の三人組は、周囲の人間多数が精神寄生体（オトナ人間）に憑依《ひょうい》されていることを知る。時空を超えて彼らと戦うコドモ反乱軍に加わった三人は、翌七〇年、決戦の地・万博会場を目指す……。科学への憧れ、弱者への共感と体制への反抗、ディック的な悪夢と万博幻想が結びつき、SFとホラーが融合した異形の傑作だ。

山田正紀『**デス・レター**』（創元日本SF叢書）は、〝あなたの大切な人《ラヴ》〟の死を予告する手紙を届けてまわる少女をめぐる全六話の連作集（第一話以外は書き下ろし）。

新井素子《あらいもとこ》『**絶対猫から動かない**』は、『いつか猫になる日まで』（一九八〇年）の五十代版を、という求めに応じて書かれた二段組六四〇ページの超大作。西武有楽町《せいぶゆうらくちょう》線の同じ車両に乗り合わせた他人同士が同じ夢に囚《とら》われ、そこから脱出するためにチームを結成する。森見登美彦《もりみとみひこ》『**四畳半タイムマシン・ブルース**』は、映画化もされた上田《うえだ》誠《まこと》の戯曲「サマータイムマシン・ブルース」のＳＦ研と、森見作品でおなじみの下鴨《しもがも》幽水荘《ゆうすいそう》との奇跡のマッシュアップ。山田宗樹《やまだむねき》『**ＳＩＧＮＡＬ　シグナル**』（以上、ＫＡＤＯＫＡＷＡ）は、三〇〇万光年離れたM33（さんかく座銀河）から届いた電波信号をめぐるファーストコンタクトＳＦ。高島雄哉《たかしまゆうや》『**不可視都市**』（星海社FICTIONS）は、三八万キロ彼方《かなた》の月にいる恋人の紅介（ＡＩ研究者）に会うため、数学者の青夏（専門は圏論）が北京《ペキン》を出るところから始まる恋愛ＳＦ。斜線堂有紀《しゃせんどうゆうき》『**楽園とは探偵の不在なり**』はタイトルから思う以上にテッド・チャン味が強い特殊設定ミステリ。恩田《おんだ》陸《りく》『**スキマワラシ**』（集英社）は、古物商を営む兄弟を主役にしたモダンファンタジー。

　最後に、眉村卓《まゆむらたく》『**その果てを知らず**』（講談社）は、前年に八十五歳で世を去った著者が死の四日前まで手を入れていた遺稿の単行本化。主人公は著者自身を投影した大阪在住のＳＦ作家。癌の放射線治療をいったん終えて退院し、新幹線で久々に上京、小説業界のパーティーに出席する。その物語の合間に、過去の回想、ＳＦ掌編、夢とも現実ともつかない出来事が挿入される。前半の読みどころは、すべて仮名で語られる日本ＳＦ草創期の記憶。後半では、ＳＦ的なモチーフが日常にまで入り込み、現実と虚構、生と死の境が曖昧《あいまい》になってゆく。迫りくる死さえも題材としてとりこむ、著者最後の〝私ファンタジー〟だ。

■翻訳SF2020

二〇二〇年は、前年にひきつづき、中国SFの翻訳が目立った。その筆頭は、《三体》三部作の第二部にあたる劉慈欣『三体Ⅱ 黒暗森林』上下（大森望、立原透耶《たちはらとうや》、上原《うえはら》かおり、泊功《とまりこう》訳／早川書房）。前作で地球とコンタクトした三体文明は、十一次元の陽子を改造した超極微コンピュータ智子《ソフォン》を送り込んで人類を監視する一方、千隻の侵略艦隊を派遣する。このままでは、技術力で圧倒的に劣る地球の敗北は決定的。国連惑星防衛会議は、起死回生の策として四人の面壁者を選び、彼らに世界の命運を託す。智子にも覗《のぞ》くことのできない彼らの脳内が最後の砦《とりで》だった……。

陳楸帆《チェンチウファン》の第一長編『荒潮』（中原尚哉《なかはらなおや》訳）は、中国南東部のシリコン島を舞台にしたサイバーノワール。郝景芳《ハオジンファン》『人之《ひとの》彼《ひ》岸《がん》』（立原透耶・浅田《あさだ》雅美《まさみ》訳／以上、新☆ハヤカワ・SF・シリーズ）は著者二冊目の邦訳短編集。題名が示すとおり、AI／ロボットテーマのコンセプトアルバムのようなつくりで、冒頭にAIに関する長めの論考が二編収められている。同じ郝景芳の長編『1984年に生まれて』（櫻庭《さくらば》ゆみ子訳／中央公論新社）は、著者と同じ八四年生まれの女性と、文革時代に少年期を過ごしたその父の人生が、対照的な二つの中国を行き来しながら鮮烈に描かれる。

河出書房新社『文藝《ぶんげい》』二〇二〇年春季号は、「中国・SF・革命」を特集。郝景芳のすっとぼけたバカSF「阿房宮」やケン・リュウの初訳作、柞刈湯葉の書き下ろし短編などを加えて同社から単行本化された（『中国・SF・革命』）。

『時のきざはし　現代中華SF傑作選』（新紀元社）は、『三体Ⅱ』の共訳者でもある中国SF研究者・立原透耶編の華文SFアンソロジー。一九九七年以降に発表された十七編を収録する。陸秋槎《ルーチウチャー》が書き下ろした偽評伝「ハインリヒ・バナールの文学的肖像」や、梁清散《リアンチンサン》「済南《さいなん》の大凧」など、架空歴史ものに収穫が多い。このアンソロジーは第41回日本SF大賞候補にも選ばれ、編者には、「立原透耶氏の中華圏SF作品の翻訳・紹介の業績に対して」日本SF大賞特別賞が贈られた。

『月の光』（中原尚哉・大谷真弓《おおたにまゆみ》・大森望・鳴庭真人《なるにわまさと》訳／新☆ハヤカワ・SF・シリーズ）は、『折りたたみ北京』につづくケン・リュウ編の現代中国SF英訳アンソロジー第二弾。二〇一〇年代の新作を中心に、十四人による十六編を収める。巻頭の夏笳《シアジア》「おやすみなさい、メランコリー」は、チューリングを軸にAIと人間の心の問題を描く力作。オタク版『戦国自衛隊』みたいな張冉《ジャンラン》「晋陽の雪」や、逆行する現代史と並行して主人公の純愛を描く宝樹《バオシュー》のバカSF「金色昔日」も楽しい。

一方、韓国SFからは、九三年生まれの女性作家、キム・チョヨプのベストセラー**『わたしたちが光の速さで進めないなら』**（カン・バンファ、ユン・ジヨン訳／早川書房）が邦訳された。第2回韓国科学文学賞中短編部門大賞受賞の「館内紛失」や、意外なひねりの利いた「共生仮説」は現代ＳＦの最先端を行く秀作だ。

英語圏の翻訳ＳＦでは、女性作家の長編が目立った。Ｎ・Ｋ・ジェミシン『**第五の季節**』（小野田《おのだ》和子《かずこ》訳／創元ＳＦ文庫）は、二〇一六年から三年連続でヒューゴー賞長編部門を制覇した《壊れた地球》三部作の第一作。数百年ごとに天変地異が起き、文明が滅亡の危機にさらされる巨大大陸を舞台に、大地と通じ合って熱や運動エネルギーを操る造山能力者《オロジェン》の苦闘を描く。主要ＳＦ賞四冠に輝くメアリ・ロビネット・コワル『**宇宙《そら》へ**』**上下**（酒井《さかい》昭伸《あきのぶ》訳／ハヤカワ文庫ＳＦ）は、一九五二年に巨大隕石が落下して米国東海岸が壊滅したという改変歴史設定の宇宙開発ＳＦ。人類が地球を脱出するため宇宙開発が急加速した時間線で、女性たちがさまざまな差別や困難に抗して活躍する。

女性作家の時間ＳＦも多い。ケイト・マスカレナス『**時間旅行者のキャンディボックス**』（茂木《もぎ》健《たけし》訳／創元ＳＦ文庫）は、一九六七年の英国で四人の女性科学者がタイムマシン開発に成功したという改変歴史設定のタイムトラベルもの。特殊設定ミステリとしても面白いが、ＳＦ的には、時間旅行がもたらす心理的な問題にスポットライトを当てたのがポイント。アナリー・ニューイッツ『**タイムラインの殺人者**』（幹《みき》遙子《ようこ》訳）は、数億年前から存在する五基の〈マシン〉により、人類文明のあらゆる時代で時間旅行が可能となった世界線を背景に、二つの勢力の〝タイムライン編集合戦〟を描く。

ジョディ・テイラー『**歴史は不運の繰り返し　セント・メアリー歴史学研究所報告**』（田辺《たなべ》千幸《ちゆき》訳／以上、ハヤカワ文庫SF）は、コニー・ウィリス《オックスフォード大学史学部》シリーズをライトノベル化したようなドタバタSF。

ユーン・ハ・リー『**ナインフォックスの覚醒**』（赤尾《あかお》秀子《ひでこ》訳／創元SF文庫）は、数学と暦に基づき物理法則を超越する科学体系〝暦法〟が駆使される《六連合》三部作の第一作で、著者はトランス男性。チャーリー・ジェーン・アンダーズ『**空のあらゆる鳥を**』（市田《いちだ》泉《いずみ》訳／創元海外SF叢書）は二〇一七年のネビュラ賞長編部門とローカス賞ファンタジー長編部門受賞作。SFとファンタジーの出会いをボーイ・ミーツ・ガールに置き換え、瑞々《みずみず》しい青春小説として語る。著者はトランス女性。

ガレス・L・パウエルの英国SF協会賞受賞作『**ウォーシップ・ガール**』（三角《みすみ》和代《かずよ》訳）は三部作の第一作。非武装艦が宇宙の命運を左右する戦闘に追い込まれる展開がスリリングで読ませる。

ルーシャス・シェパード『**タボリンの鱗**』（内田《うちだ》昌之《まさゆき》訳／竹書房文庫）は、《竜のグリオール》シリーズ待望の二冊目。ともに本邦初訳の中編二編を収める。

マーガレット・アトウッド『**誓願**』（鴻巣《こうのす》友季子《ゆきこ》訳／早川書房）は、いまやディストピアSFの新古典となった『侍女の物語』の三十四年ぶりの続編というか後日譚。ギレアデの〝その後〟が描かれるのはいいとして、終盤、まさかのミッション・インポッシブル展開にびっくり。アンナ・カヴァン『草地は緑に輝いて』（安野《あんの》玲《れい》訳／文遊社）は、十三編を収録する第三短編集の全訳。もっとも長い巻末の中編「未来は輝く」は、少年の視点から輝かしい未来都市を描く異色のディストピアSF。ジョージ・ソーンダーズ『十二月の十日』（岸本《きしもと》佐知子《さちこ》訳／河出書房新社）も、全十編のうちいちばん長い「センプリカ・ガール日記」が、移民問題をテーマにした鮮烈なディストピアSF。

英語圏SFの翻訳では、他に、アレン・スティール初の邦訳書『キャプテン・フューチャー最初の事件』（中村融《なかむらとおる》訳／創元SF文庫）、サム・J・ミラー『黒魚都市』（中村融訳／新☆ハヤカワ・SF・シリーズ）、ピーター・トライアスの巨大ロボット改変歴史SF三部作完結編『サイバー・ショーグン・レボリューション』上下（中原尚哉訳／ハヤカワ文庫SFほか）など。《フレドリック・ブラウンSF短編全集》（安原和見《やすはらかずみ》訳／東京創元社）は、全四巻の第二巻と第三巻を刊行。後者は全体の四割弱が本邦初訳なのでお見逃しなく。

マルク・デュガン『透明性』（中島《なかじま》さおり訳／早川書房）二〇六八年のアイスランドを舞台にしたフランス発の長編。主人公は、デジタルデータに基づくマッチングサービスで急成長したトランスパランス社の女性社長。自身の人格をデジタイズし人工身体に移すことで不老不死を実現、グーグルを買収して世界の変革に乗り出す。グザヴィエ・ミュレール『エレクトス・ウイルス』上下（伊藤直子《いとうなおこ》訳）は、これまたフランス発のタイムリーなパンデミックもの。同じ竹書房文庫の『シオンズ・フィクション』（テイテルバウム＆ロテム編・中村融ほか訳／竹書房文庫）は、二〇一八年に出た世界初のイスラエルＳＦ＆ファンタジー傑作選（英語版）の全訳。全十六編のうち十四編は二一世紀の作品。初出時の言語は、ヘブライ語が十編、英語が五編、ロシア語が一編。シルヴァーバーグによる序文、編者による詳細なイスラエルＳＦ史解説も付属し、これ一冊でイスラエルＳＦが一望できる。

橋本輝幸《はしもとてるゆき》編『２０００年代海外ＳＦ傑作選』と『２０１０年代海外ＳＦ傑作選』（ハヤカワ文庫ＳＦ）は、およそ二十年ぶりに出た年代別の傑作選。前者では巻末のアレステア・レナルズの「ジーマ・ブルー」が大傑作。後者では陳楸帆「果てしない別れ」が楽しい。英語圏だけでなく、中国語のＳＦまで収録している点が特徴。解説では各年代のＳＦ状況が概説され、時代による変化がわかりやすく分析されている。

編集後記

どうもすみません。諸般の事情で当初の予定より大幅に刊行が遅れてしまい、待ってくださっていた熱心な読者のみなさん（とりわけ、前々から予約してくださっていた方々）には、たいへんご心配をおかけしました。

途中、新たな発売日が確定するまで、しばらく刊行日が未定（もしくは二〇二三年二月三日刊行予定）となっていたこともあり、ネット上では、「『ベストＳＦ２０２１』めっちゃ楽しみにしてたけど発売日未定になってる……」とか、「刊行予定から消えてるけどちゃんと出るのかな」とか、「発売日があり得ない時期になってしまった」とか、「遅れに遅れてないか」とか、「本当に出るんですか…」とか、「もしかして出ないいってやつ？」とか、さまざまな不安の声をいただきました。まことに申し訳ありません。それだけ気にしていただいていたことは、まったくありがたいかぎり。なんとか二〇二一年のうちに出すことができそうなので、ぎりぎりセーフというか、編者としてもほっとしています。『ベストＳＦ』は忘れたころにやってくる、ということでひとつ。

ちなみに、本書のラインナップが確定したのは二〇二一年五月末。最初はもう少し内輪向け（SFファン向け）の路線でまとめていたところ、竹書房編集部の水上志郎氏から、「それは前巻の序で宣言した《ベストSF》の基本方針（一年間のベスト短編を十本前後選ぶ）に反するのではないか」という趣旨の鋭いツッコミをいただき、いやまあ、それを承知のうえで軌道修正したんだけど……と思ったものの、「（SFファンとしての）予備知識がなくても、なぜこれがここに入っているのかが読んでわかる作品でかためてほしい」という要望はなるほどもっともだと考えた結果、いくつかの作品を入れ替えて、最終的にごらんのとおりの収録作が決定した。こうしてみると、たしかにこのほうがよかったし、『ベストSF２０２１』のタイトルに恥じない陣容になったと思う。初心に返れと諭《さと》してくれた水上氏にあらためて感謝したい。

作品を決めてしまえば、残る編者の仕事は、収録順を決定することと、扉裏の解説その他を書くことだけ。ちなみに『異常論文』の編者である樋口恭介《ひぐちきょうすけ》氏は、『異常論文』の目次は2分くらいで考えた」と広言しているのだが、その目次でトップを飾るのは、数式がばんばん出てくる円城塔《えんじょうとう》の「決定論的自由意志利用改変攻撃について」。自分が編者だったらこの作品から始める勇気はないと大森がつぶやき、同書の担当編集者が「私も、目次案の最初に円城塔作品があるのを見て、すべてをあきらめました」とリプライしたのに対し、当の樋口恭介氏は「作品の〈聲《こえ》〉が聞こえちゃったんスよね…」とツイートしている。残念ながら私にはそんなものが聞こえた試しがないので、配列はまる一日かけてきわめてロジカルに考え抜いた結果、ごらんのように決定しました。

さらにそのあと、扉裏の文章を書くのがたいへんだったんですが、こういう一ページ解説を何百本も書いてきた結果、作業がおそろしくルーティンワーク化していることを反省し、気合いを入れ直して、なるべくもっといいかげんに書くことにした。よかったか悪かったかはわかりませんが、いつもとはちょっと違った感じに見えたらさいわいです。

思えば、日下《くさか》三蔵《さんぞう》氏といっしょに最初の日本SF短編イヤーズ・ベスト・アンソロジー『年刊日本SF傑作選　虚構機関』を出してから十三年が経《た》ち、作家の顔ぶれはずいぶん入れ替わった。本書の書き手を見ても、十一人のうち七人は、二〇〇八年にはまだデビューしていなかった。二〇二一年十二月にはSFマガジン編集長も交代し、十三年前にはまだ高校生だった編集者が日本唯一の（紙の）SF専門誌を率いることになる。私も二〇二一年で還暦を迎え、そろそろどんでんを返却して、SFアンソロジー編纂《へんさん》稼業からも引退する潮時なのではないかという気もするが、さて……。

とりあえず、この『ベストSF2021』を楽しんでいただければさいわいです。

大森　望

初出一覧

円城塔「**この小説の誕生**」「群像」8月号（講談社）
柴田勝家「**クランツマンの秘仏**」「SFマガジン」10月号（早川書房）
柞刈湯葉「**人間たちの話**」『人間たちの話』（ハヤカワ文庫JA）
牧野修「**馬鹿な奴から死んでいく**」『異形コレクション　ダーク・ロマンス』（光文社文庫）
斜線堂有紀「**本の背骨が最後に残る**」『異形コレクション　蠱惑の本』（光文社文庫）
三方行成「**どんでんを返却する**」「カクヨム」
伴名練「**全てのアイドルが老いない世界**」「小説すばる」6・7月合併号（集英社）
勝山海百合「**あれは真珠というものかしら**」第1回かぐやSFコンテスト大賞受賞作品
麦原遼「**それでもわたしは永遠に働きたい**」「SFマガジン」8月号（早川書房）
藤野可織「**いつかたったひとつの最高のかばんで**」『前世の記憶』（角川書店）
堀晃「**循環**」『GENESIS されど星は流れる』（東京創元社）

2021年度短編SF推薦作リスト

収録作以外の、去年発表された短編SFのおすすめリストです。サイエンス《S》・フィクション《F》、スペキュレイティヴ《S》・フィクション《F》、すこし《S》不思議《F》……それぞれちがった面白さのある短編たちです。来年、『ベストSF2022』でまたお会いするときまでに、このリストからも、あなたが好きなSFが見つかりますように。（編集部）

※著者五十音順、最後にⒺマークがあるものは電子書籍あり。2021年11月現在でのデータです。

我妻俊樹「ダダダ」『kaze no tanbun 移動図書館の子供たち』（柏書房）
上田早夕里「化石屋少女と夜の影」『ダーク・ロマンス　異形コレクションXLIX』（光文社文庫）Ⓔ
王谷　晶「移民の味」「文藝」春号→『中国・SF・革命』（河出書房新社）
小川　哲「火星人の誕生」　清水建設×日本SF作家クラブ「建設的な未来」
折輝真透「蒼の上海」『GENESIS されど星は流れる』（東京創元社）Ⓔ※単体での電子書籍もあり
北原尚彦「魁星」『蠱惑の本　異形コレクションL』（光文社文庫）Ⓔ
木下昌輝「おとぎ輪廻」「小説トリッパー」夏号→『25の短編小説』（朝日文庫）
琴柱　遥「枝角の冠」　ゲンロンSF文庫Ⓔ※電子書籍のみ
佐藤　究「ツォンパントリ」「文藝」春号→『中国・SF・革命』（河出書房新社）
三方行成「おくみと足軽」「SFマガジン」8月号（早川書房）
進藤尚典「推しの三原則」　ゲンロンSF文庫Ⓔ※電子書籍のみ
高木ケイ「親しくすれ違うための三つ目の方法」「SFマガジン」8月号（早川書房）
高野史緒「二つと十億のアラベスク」「U-NEXT」Ⓔ
筒井康隆「ジャックポット」「新潮」8月号→『ジャックポット』（新潮社）Ⓔ
西島伝法「猫の舌と宇宙耳」「小説すばる」1月号→『るん（笑）』（集英社）Ⓔ
西崎　憲「未知の鳥類がやってくるまで」『未知の鳥類がやってくるまで』（筑摩書房）
長谷敏司「光を吞む」　清水建設×日本SF作家クラブ「建設的な未来」
伴名　練「白萩家食卓眺望」「SFマガジン」4月号（早川書房）／**「兇帝戦始」**『ダーク・ロマ

ンス　異形コレクションXLIX』（光文社文庫）Ⓔ

平山瑞穂「**獺祭の夜**」「SFマガジン」6月号

平山夢明「**いつか聴こえなくなる唄**」『ダーク・ロマンス　異形コレクションXLIX』→『八月のくず』（光文社）Ⓔ

藤井太洋「**距離の嘘**」「U-NEXT」Ⓔ／「**まるで渡り鳥のように**」VG＋

松崎有理「**六十五歳デス**」「Webミステリーズ！」（東京創元社）

松田青子「**斧語り**」「群像」8月号→『男の子になりたかった女の子になりたかった女の子』（中央公論新社）Ⓔ

皆月蒼葉「**中労委令36.10.16三光インテック事件（判レビ1357.82）**」『紙魚はまだ死なない　リフロー型電子書籍化不可能小説合同誌』（同人誌）

宮西健礼「**されど星は流れる**」『GENESIS　されど星は流れる』（東京創元社）Ⓔ※単体での電子書籍もあり

陸　秋槎「**ハインリヒ・バナールの文学的肖像**」『時のきざはし　現代中華SF傑作選』（新紀元社）

〈シグマフォース〉シリーズ⑤
ケルトの封印 上下
ジェームズ・ロリンズ／桑田 健［訳］

〈シグマフォース〉シリーズ⑥
ジェファーソンの密約 上下
ジェームズ・ロリンズ／桑田 健［訳］

〈シグマフォース〉シリーズ⑦
ギルドの系譜 上下
ジェームズ・ロリンズ／桑田 健［訳］

〈シグマフォース〉シリーズ⑧
チンギスの陵墓 上下
ジェームズ・ロリンズ／桑田 健［訳］

〈シグマフォース〉シリーズ⑨
ダーウィンの警告 上下
ジェームズ・ロリンズ／桑田 健［訳］

癒しか、呪いか？ その封印が解かれし時――人類は未来への扉を開くのか？ それとも破滅へ一歩を踏み出すのか……。

光と闇の米建国史――。アメリカ建国の歴史の裏に隠された大いなる謎……人類を滅亡させるのは〈呪い〉か、それとも〈科学〉か？

最大の秘密とされている〈真の血筋〉に、ついに辿り着く〈シグマフォース〉！ 組織の黒幕は果たして誰か？

〈神の目〉が映し出した人類の未来、そこには崩壊するアメリカの姿が……「真実」とは何か？「現実」とは何か？

南極大陸から〈第六の絶滅〉が、今、始まる……。ダーウィンの過去からの警告が、明らかになるとき、人類絶滅の脅威が迫る！

ベストSF 2021

2021年11月29日　初版第一刷発行

編　者　　大森《おおもり》 望《のぞみ》
イラスト　日田慶治《ひだけいじ》
デザイン　坂野公一《さかのこういち》(welle design)

発行人　後藤明信
発行所　株式会社 竹書房
〒102-0075
東京都千代田区三番町8-1
三番町東急ビル6F
email:info@takeshobo.co.jp
http://www.takeshobo.co.jp
印刷所　凸版印刷株式会社

定価はカバーに表示してあります。
■落丁･乱丁があった場合は furyo@takeshobo.co.jp
までメールにてお問い合わせください。
Printed in Japan